言の葉は、残りて

佐藤雫

集英社

言の葉は、残りて

主な登場人物

源実朝　鎌倉幕府三代将軍
信子　御台所／実朝の妻
北条政子　尼御台所／実朝の母
源頼朝　初代将軍／実朝の父
源頼家　二代将軍／実朝の兄
阿波局　実朝の乳母／政子・義時の妹
善哉（公暁）　実朝の甥／頼家の息子
竹姫　実朝の姪／頼家の娘
大姫　実朝の姉
阿野全成　実朝の乳母夫／阿波局の夫
水瀬　信子の侍女
坊門信清　権大納言／信子の父

北条義時　政所別当／実朝の叔父で政子の弟
北条時政　実朝の祖父／政子・義時・阿波局・時房の父
北条泰時　義時の息子
北条時房　義時の弟
牧の方　時政の妻
大江広元　文吏
畠山重保　御家人
畠山重忠　御家人／重保の父
和田朝盛　御家人
和田義盛　侍所別当／朝盛の祖父
三浦義村　御家人／善哉の乳母夫

一

千幡《せんまん》は御所《ごしょ》の庭を一人歩いている。

雨上がりの少しひんやりとした白い朝だった。風が吹いて、草花に宿る朝露《あさつゆ》が陽の光を受けて輝いていた。

（きらきら光る、玻璃《はり》の玉みたいだ……）

千幡は透き通った露の玉を見て、いつだったか父の膝《ひざ》の上で見た、都から来た商人が持っていた玻璃の玉を思い出した。

千幡はその輝きに引き寄せられるように草の中に分け入る。早朝の御所はまだひっそりとしていて、そっと寝所を抜け出した千幡に乳母《めのと》も女房たちも気づいていないのだろう。

鶴岡八幡宮《つるがおかはちまんぐう》の森だろうか、遠くの梢《こずえ》で鳴く山鳩の歌が朝もやの中に聞こえる。衣の袖《そで》がしっとりとするのにも気づかず、千幡はしゃがみ込み一つ一つの煌《きら》めきをじっと見つめた。露の玉に映った己《おのれ》の顔に、少し驚いて離れた。すると露の玉は晴れだした青空を映し、今度は淡く蒼《あお》く光った。色が変わったことが不思議で、千幡は珠玉を手に取るように、露を指でつまんだ。その瞬間、透明な玉は千幡の小さな手の中で水となって消えた。

「あれ？」

千幡は自分の濡れた掌をじっと見つめた。立ち上がると辺り一面、星屑《ほしくず》を散らしたように露の玉が風に揺れていた。

（どうして、消えてしまうのだろう。この美しい露の玉を、持って帰って母上に見せたかったのに……）

母、政子《まさこ》の顔は、きぃんと凍った透明な氷のように美しいと思う。母に見つめられると、千幡の心もきぃんと張りつめたようになる。母に、花を摘んで見せたり、由比ヶ浜《ゆいがはま》で貝殻《かいがら》を拾って来たりすると、その顔がほころんで瞬間融《と》けたような笑顔になる。その表情に千幡は心底嬉《うれ》しくなるのと同時に、張りつめた気持ちも融けるのだ。

そんなことを、ぼんやりと考えているうちに、御所の方が慌ただしくなり女房たちが廊《ろう》を歩き回る音がした。

「千幡様ぁ、千幡様ぁ」

鎌倉の征夷大将軍 源《みなもとの》頼朝《よりとも》の愛息の寝所はいつの間にかもぬけの殻で、慌てた女房たちが廊を右往左往しながら千幡の名を呼んでいる。中でも、乳母の阿波局《あわのつぼね》の声が特に大きい。

千幡はしばらくの間、悪戯《いたずら》心で草の陰に隠れたままその様子を窺《うかが》ってみた。

阿波局は政子の実の妹でもあった。二人はあまり似ていない。見た目が、というわけではない。政子が何があっても毅然《きぜん》として落ち着いているのに対し、阿波局は些細《ささい》なことでも大げさなくらいに感情を露《あら》わにする。

そんな阿波局を幼心にからかうつもりで隠れていたが、千幡を探し求める阿波局の声が微《かす》かに震えているような気がして、いたたまれなくなって千幡は立ち上がった。

「ここだよ、阿波」

「千幡様、そんなところに……」

「うん」

千幡は庭に面した廊に立つ阿波局の方へ歩み寄った。

「どこへ消えてしまったのかと心配しましたよ」

「そんな、大げさだなあ」

消えてしまったという言い方が千幡にはなんだかおかしくて、声に出して笑った。だが、忽然《こつぜん》と姿を消した千幡に、阿波局は相当慌てたのだろう。その顔は青ざめてさえいた。

「大げさなことはございません！」

千幡は、将軍頼朝の後嗣《こうし》の一人である。

長男の頼家《よりいえ》がすでに元服しているとはいえ、頼家と千幡それぞれを支持する御家人《ごけにん》たちの思惑が絡み合い、いつ何が起きてもおかしくはなかった。

「とにかく、庭へ行かれるならそうと言って下さいませ。お一人で出歩くなど、このようなこと御母上様に知られたら……」

きぃんとした母の顔を思い浮かべ、千幡の心もきぃんとした。

母の少しえらの張った顔立ちは北条《ほうじょう》家の男たちに共通するもので、父は、そんな母を大切にしている。大切な北条の嫁、政子を。

千幡は政子が妹の不始末を叱る姿を思い浮かべ、肩をすくめた。

「次からはそうするよ」

「そのような恰好で庭に出られては、またお風邪を召しますよ」

阿波局は、千幡の肩に自分の羽織っていた袿《うちき》を掛けようとして、驚いたように言った。

「まあ、こんなに露に濡れて」

その時、千幡は自分の袖が濡れていることに初めて気づいた。

自分が歩んだことで、気づかぬうちに美しい露の玉は袖に吸われて消えていったのか……。

千幡は露の消えた方を不思議に思いながら眺めると、小さなくしゃみをした。

二

信子《のぶこ》が住み慣れた都を発《た》つ日はどんよりと曇っていて、北山から下りる冷たい風と共に粉雪が舞っていた。

朝廷の権威を示すかのように、金銀錦《にしき》の刺繍《ししゅう》が施された襲《かさね》を纏《まと》い着飾らされた信子が一歩、進むたび、衣擦《きぬず》れの音が重々しく部屋に響く。今日は邸《やしき》の者は皆一様に余計なことは言うまいとでもいうように押し黙っていて、しんとした部屋の中に信子の衣擦れの音だけがする。

父はうっすらと潤んだ目で信子を見つめ、母は御簾《みす》の奥でうつむいたまま、兄は、美しく着飾った妹に素直に見惚《みと》れていた。

信子が用意された輿《こし》に乗り込むために外へ出た時、鎌倉からの迎えの武士たちが一斉に信子の姿を仰ぎ見た。ざっと武士たちが顔を上げる音がして、張りつめた空気にさざ波が立った。

（この、武士《もののふ》たちの頂点に立つ、将軍家に嫁ぐのだ……）

信子が一瞬、身を震わせたのは、寒さのせいだけではなかった。

信子は女房たちに促されるままに輿に乗り込んだ。輿のすぐ脇に控える女房の顔を見て、信子の気持ちが少し和らいだ。

「水瀬《みなせ》」

そっと囁《ささや》くと、その若い女房は「心配はいりません」というように目礼した。

水瀬は信子が物心ついた頃にはすでに側仕《そばづか》えしていた女房だ。歳は十二歳の信子より五つほど上で、信子にとっては侍女《じじょ》というよりは、姉のように頼れる存在だった。

信子が鎌倉へ嫁ぐことになった時、仕える者たちには都に残るか、鎌倉へついて行くかは本人たちの意志に任せるとした。一度鎌倉へ行けば、そう簡単には帰れない。女房たちの中には、やはり都を離れることはできぬと泣く泣く鎌倉下向を辞退する者もいた。慣れ親しんだ女房たちが離れていく中、こうして水瀬が残ってくれたことが信子は何よりも心強かった。

一行が都の法勝寺《ほっしょうじ》の西の小路に差しかかった時、行列は止まり輿が下ろされた。水瀬が輿の御簾越しに囁いた。

「上皇様が御見送りです」

わざわざ桟敷《さじき》を設け、後鳥羽《ごとば》上皇自《みずか》ら鎌倉へ下向する信子を見送っていた。その隣には信子の姉で、上皇の寵妃《ちょうひ》坊門局《ぼうもんのつぼね》がいた。

輿の中から、上皇と美しい姉の姿を信子は黙って見た。

(どうして、私が?)

そんな思いが込み上げそうになる。

幼い頃から見慣れた都を囲む青い山々、そよいでくる都の風、親しい人の顔……決して離れたくない大切なものたち……。東国の武士に囲まれて大切なものから引き離されていく妹の姿を、それらから決して引き離されることのない姉はどんな思いで見ているのだろうか。

同じ、権大納言坊門信清《ぼうもんのぶきよ》卿の姫として生まれた姉と妹……しかし、歩む道は全く違うのだ。

溢《あふ》れそうな涙をこらえる信子の側には、水瀬がいた。水瀬は口数少なく、いつもこうして信子の側にひっそりと控えている。鎌倉からの縁談が突如降りかかった日も、そうだった。

◇

摂関家《せっかんけ》の姫として、嫁ぐ相手は天皇か、東宮《とうぐう》か、親王家か、それが当然のことでもあった。ところが、成人の儀である裳着《もぎ》を済ませた信子にやって来たのは、鎌倉の征夷大将軍との縁談だった。新しく鎌倉幕府将軍となった源《みなもとのさねとも》実朝の妻になれという。

父、信清から告げられた言葉に、信子は耳を疑った。

「鎌倉、にございますか」

東国の海沿いにあるという、想像もつかぬ遠い土地の名であった。ちょうど、伏《ふ》せ籠《ご》で飼っていた雀《すずめ》の子に餌《えさ》を与えようとしていた信子の掌から、粟粒《あわつぶ》が零《こぼ》れ落ちた。動揺しながら信子は信清を見たが、信清はその視線から逃れるように庭に目をやりながら事の成り行きを伝えた。

「さよう。鎌倉の将軍源頼朝殿が落馬がもとで亡くなり、将軍職を継いだのは長男の頼家殿だった。だが、頼家殿は重い病《やまい》でにわかに出家し身罷《みまか》られた。それで新たに将軍職を継ぐこととなったのが、頼朝殿の二男、千幡君。急遽元服《きゅうきょ》され、先ごろ源実朝という名を上皇様より賜《たまわ》った」

「…………」

信子はそんな内情などどうでもよかった。なぜ、自分が、東国の武家に嫁がねばならぬのか、その理由が知りたかった。

「実朝殿はまだ若い。そこで朝廷と繋《つな》がりのある姫を妻にと望んできたのだ」

「それで、私が？」

「うむ。摂関家の中から一人、年頃の良い姫君をと談議があり、そなたが選ばれた。そなたは上皇様の従妹《いとこ》にあたり、歳も実朝殿の一つ下、申し分のない条件……」

信清はそこで言葉を止めた。信子がうつむき肩を震わせていることに気づいたのだろう。

「信子よ、わしとてつらい」

信清は信子に近づき、その震える肩に手を置いた。

「そなたを、かように遠くへ手放すことになるとは思いもしなかった」

信子は顔を上げた。涙で滲《にじ》んだ視界に映るのは、不安で泣いている幼子をあやすかのような父の不自然な笑みだった。信清はことさら優しく信子の背中を撫でた。しかし、信子の次の言葉にその手を止めた。

「父上様がそれを望んだのでしょう」

私が何もわからぬ子供だとでも思うのか、と信子は父を睨《にら》んだ。

今や権力は朝廷にあらず。

信子にはありありと想像できた。宮中で「将軍の婿《むこ》」を背景にして権力を振るおうとする父の姿が。

信清は一瞬戸惑いの表情を浮かべたが、すぐに落ち着き払い答えた。

「やはり、そなたは賢い。なんともありがちな言葉だが、世辞でなくそなたが男であったならと思う時さえあった。信子が忠信《ただのぶ》だったらと」

「…………」

信子は長兄の顔を思い浮かべた。六つ年上の兄、忠信の品のある横顔。いかにも育ちの良さそうな青年貴族といった風貌《ふうぼう》だが、その育ちの良さゆえか人を疑うことがなく、よく言えば大らかで余裕のある、悪く言えば暢気《のんき》な性格は気になるところだった。

「信子よ、そなたの賢さを見込んで本当のことを言おう」

「本当のこと？」

「この縁組は、何より上皇様がお望みなのだ」

「上皇様が？」

「そしてその繋がりは、上皇様と血縁のある姫であらねばならぬ」

「どうしてですか」

「そなたと実朝殿の間に男子が出来た時、その子が次期将軍となろう」

信子は頬がぽっと熱くなるのがわかり、父から目をそらした。しかし信清は娘の恥じらいには動じなかった。娘を権力のために嫁がせるのは信子が初めてではない。

「その子は上皇様と繋がりの強い将軍となるのだ。……朝廷は再び力を取り戻す」

「ですが……」

聡《さと》く問い返す信子からは、その時にはもう、一人の少女としての恥じらいは消えていた。

「もし、男子が出来ねば？」

「……その時は、そなたが後見となってしかるべき家から次期将軍となる子を迎えるのだ」

「本当はそれをお望みなのでは？」

信子の鋭い切り返しに、信清は表情一つ変えなかった。信子は、父の表情が変わらぬことが、それが真意であることを告げているのだと静かに悟った。

しかるべき家、とはどこの家なのか……。いずれにせよ、父が意図し、上皇が意図する血を将軍として迎える、そのための摂関家の姫なのか。

信子は、ただ黙って父に深々と頭を下げた。それは、承知したという意味でもあり、女として生まれた己《おの》が身の運命を静かに受け入れる黙礼であった。

何もわからぬ雀の子が、信子の零した粟を欲しがるように鳴いていた。無垢《むく》な鳴き声だけが響く部屋で、信清が再び信子の肩に手を置いた。

「だが信子、これだけは忘れてくれるな」

「…………」

「わしなりに、大切に育ててきた娘だ。嫁ぐ娘に、幸せになってほしいと願わぬ親はおらぬ。……そうなると信じて嫁がせるのだ」

それは、弁明でもなく、詫びでもなく、父として娘へ語りかける、濁りなき愛情に満ちた素朴《そぼく》な言葉だった。信子はゆっくりと顔を上げ、その父の言葉に答えた。

「ならば私も、そうなると信じて嫁ぎましょう」

◇

都からの長い旅路を、鎌倉から遣わされた御家人たちに囲まれて、信子は輿に揺られて進んだ。その間、水瀬はいつも信子の輿の横に連れ添い、信子が不便な思いをすることのないよう常に気を配ってくれた。

「まるで、幼い妹を世話する姉のようですね」

気遣う水瀬を見て、屈託なく声をかけてくる若武者《わかむしゃ》がいた。涼やかな目に鼻筋の通ったいかにも武家の好青年といった若い御家人を、水瀬は一瞥《いちべつ》した。

この畠山重保《はたけやましげやす》という名の若い御家人は、その爽《さわ》やかな風貌で自然と相手が好感を抱いてくれることに慣れているのだろう。ことあるごとに水瀬に物怖《ものお》じせず声をかけるのだった。

「姫様を私のような者の妹に例えるとは、無礼でございますよ」

水瀬は淡々と重保を窘《たしな》めた。

「よいではないか、水瀬」

信子は輿の中から声を発した。

「そなたのことは、姉のように信じているのだから」

「もったいないお言葉にございます」

水瀬は、恐縮したように頭を下げた。

「余計なことを申しましたかな」

悪びれる風もなく重保は肩をすくめ、水瀬は重保を軽く睨んだ。二人を見やりながら信子は微笑《ほほえ》む。重保は軽率な態度をとっても、不思議と憎めない若者であった。

箱根の山を越えた頃には、口数の少ない水瀬をからかう重保を信子が微笑ましく見ている、和やかな雰囲気になっていた。

「姫様、まもなく鎌倉でございます」

水瀬の声に、信子ははっとした。険しい山道を過ぎた後はなだらかな道が続き、ついうとうとしていたのだった。信子はそっと御簾の隙間《すきま》から外を見やった。その時、眩《まぶ》しいくらいの蒼い光が信子の目を射た。

「止めよ」

思わず、信子は命じた。突然響いた声に、輿を担いでいた力者《りきしゃ》が少し驚いたように足を止めた。それに合わせて、行列を警護している御家人たちの馬も一斉に止まり、嘶《いなな》きと蹄《ひづめ》の足踏み、鎧具足《よろいぐそく》の重なり合う音がさざめく。

「どうかなさりましたか」

信子の輿にすかさず重保が駆け寄った。馬上の重保はひらりと慣れた身ごなしで下馬すると跪《ひざまず》いた。

「あれは……?」

信子は御簾の隙間から指差した。信子の白く細い指がさす先を見て、重保は合点したように答えた。

「海にございます」

「これが、海……」

道中、あいにくの天気で、晴れた海を見渡すのはこれが初めてだった。

思わず身を乗り出して御簾を掻《か》き上げると、水瀬が慌てて力者に輿を下ろすよう命じた。輿は地面に下ろされ、水瀬が改めて御簾を巻き上げる。信子が水瀬に手を引かれ外へ出ると、重保は信子に敬意を示すように頭を下げた。

信子の目の前に、どこまでも蒼い海が広がった。深く蒼い海に、風が吹き寄せ白い波が打ち寄せては消えていく。波のさざめきが、信子の心を揺らし、見入れば見入るほど、心が吸い寄せられそうになる。

「まあ……」

風が信子の黒髪を揺らし、今までに感じたことのない匂いが信子を包み込んだ。

「この匂いは……」

重保の声が風と共に軽やかに響く。

「海の匂いにございます」

「海の、匂い……」

信子は胸いっぱいに海の匂いを吸い込んだ。

どこか切なく、たゆたう波のように心もとなく、それでいて沁《し》み入るような……。

「水瀬、私は海がこんなに美しいものだとは思わなかった」

「さようにございますね」

水瀬も海に心を奪われたように、蒼い景色を見つめていた。

「御所はもう近いのか」

信子は重保に問うた。

「もうほどなくでございます。実朝様も今か今かとお待ちでしょう」

実朝の名を聞いて、信子は胸のざわつきを覚えた。それはなぜか、打ち寄せる波の音に心が揺れる感覚に似ている気がした。

（いったいどんな人なのだろうか……）

「実朝様は、それは賢く、お優しい御方にございますよ」

信子の気持ちを察したかのように、重保が言った。重保の言葉にはもちろん世辞も入っているのだろうが、その口調や表情に偽りはなさそうだった。

「もうこの先は鎌倉の町にございます。鎌倉の地は一昔前まではただの小さな漁村でしたが、頼朝様が鎌倉入りされてからは人が集まり物が集まり、今や都にも劣らぬ賑わいにございますよ」

「姫様、あまり長居しては……」

立ち尽くす信子に、水瀬が少し諫《いさ》めるように言う。その時初めて、路傍に大勢の見物人がいることに気づいた。物珍しげに信子を見る鎌倉の民たち。都からやって来たという「新しい将軍の御台《みだい》所《どころ》」を一目見ようと、皆、興味津々の面持《おもも》ちだった。

大勢の人々の目に晒《さら》されていることに信子は恥じらいを感じたが動揺はしなかった。下々の者たちに姿を見られても、慌てて身を隠すことはせず、むしろ堂々と背筋を伸ばして笑顔を見せる。

そんな信子に魅了された鎌倉の民たちの明るい感嘆の中、再び信子は輿に乗り、鎌倉の町に入った。鎌倉の中心を貫くように一本の太い道が通っていて、その道から都のように小路が整えられ、神社仏閣の伽藍《がらん》や武家の邸宅、庶民の家々などが入り交じっている。しかし都の広々とした盆地とは異なり、三方を山に囲まれた狭い地にそれらがひしめき合い、山の斜面にすら家が建っている。

「ずいぶん狭い土地ですね」

率直な水瀬の感想に、重保は快活に笑った。

「ははは、都に比べたらそうでしょう。鎌倉は谷戸《やと》といって山と山の間の狭い土地が多くあるのです。御所の裏もすぐ山ですよ。住むには多少不便かもしれませぬが、守るには容易な土地にございます。三方は山、前は海、敵は山から攻めるか海から攻めるかしかありませぬゆえ」

「まさに武家の都なのですね」

輿の中から二人のやり取りを聞いて、信子は心がさらに重くなった。敵に襲撃されることを想定して作られた「武家」の都で待つ実朝は本当に優しい人なのだろうか……そして、この鎌倉の地で「公家」の自分はどう生きればいいのだろうか。

真っ直ぐに延びる道の先には朱塗りの大鳥居と楼門《ろうもん》が見えた。

「この道は朱雀大路《すざくおおじ》か」

まるで都の中央を南北に貫く朱雀大路のような雰囲気に懐かしさを感じて信子は尋ねた。重保が丁寧《ていねい》に答える。

「いいえ、若宮大路《わかみや》にございます。突き当たりにあるのが鶴岡八幡宮、鎌倉を鎮守する社《やしろ》であり、源氏の守護神にございます。その鶴岡八幡宮の東に御所がございます」

御所、と聞いてまだ見ぬ夫のことを思い、また信子の胸は不安に揺れた。それを気取《けど》られぬよう、そっと「そう」とだけ答えた。

◇

だが、御所で初めて出会った夫は、思いがけず美しい少年だった。

(この人が、本当に東国の武士をまとめ上げる源氏の棟梁《とうりょう》なのかしら)

蒼白い細面《ほそおもて》の顔に、薄茶色の瞳、十三歳のすらりとした四肢には勇ましさは露ほども感じない。この少年が、先程まで信子を囲んでいた重保ら御家人たちが敬い慕う「将軍」なのか。服装は武家の若者らしく直垂《ひたたれ》に袴《はかま》を穿《は》き、侍烏帽子《さむらいえぼし》を被《かぶ》っているものの、衣さえ替えれば公家の少年といってもおかしくない風貌だった。

実朝は信子と目が合うと少し戸惑うように蒼白い顔をほころばせたが、緊張しているのか表情は硬い。もともと無口なのか恥じらいがあるのかはわからないが、言葉をかけることもなかった。声をかけてくれないことに信子は少しがっかりしたと同時に、ますます不安になる。この人と、一生を共に生きていけるだろうか、と。

婚礼の儀が滞りなく終わり、宴《うたげ》の席になると、すっと尼姿《あま》の女人《にょにん》が信子の前にやって来た。

「実朝の母の政子です」

この方が、北条政子という人か、と信子は思わず身構えた。

関東の武家に生まれ、伊豆に配流《はいる》されていた源頼朝の正妻となり、源氏の棟梁の妻として平家打倒から鎌倉幕府を開くまで夫を支えたという。そして夫亡き後は尼御台所として将軍となった我が子を後見している。

毅然とした物言いと、少しえらの張った顔は気の強さを顕《あらわ》しているようだったが、切れ長の目は歳を重ねても凜《りん》としていて、若い頃はさぞ美人だったのだろうと窺わせる。尼姿の義母に信子は深々と頭を下げた。

「信子と申します。義母上《ははうえ》様、どうか末永くよろしくお願いいたします」

「…………」

政子は返事をしない。信子は何か気に障《さわ》ることを言ったのかと、背中に汗が噴き出る。どうしようと、ちらりと実朝の方を見やると、実朝は信子の目を見て「うん」と頷《うなず》いた。実朝の表情は相変わらず硬い。その頷きの意味するところがわからず、信子はどうしたものかと思案しながら、政子の目をじっと見つめ返した。するとその政子の目にうっすらと涙が浮かんでいるような気がして、信子は戸惑った。

上皇の従妹でもある公卿の娘が嫁となり、そして恭《うやうや》しく頭を下げて挨拶《あいさつ》したことに、政子は涙していたのであろうか。東国の地方武士の家に生まれ、流人《るにん》であった夫のもとに嫁いだ頃には、全く想像もしないことであったろう……信子は色々と思いを巡らせた。

「よう、来てくれました」

そう、政子は静かに言った。その言葉に、信子は心底ほっと胸をなでおろし、もう一度実朝の方を見やると、実朝も嬉しそうに「うん」と頷いた。自然に信子も笑って頷き返し、ふんわりと胸の奥が温かくなった。

続いて挨拶に来たのは、政子の弟で実朝の叔父である北条義時《よしとき》と、その息子の泰時《やすとき》であった。

「末永くよろしくお願いいたします」

余計なことを一言も言わず、鋭い目を向ける義時の顔は、政子に瓜二つだった。

「こちらは長男の泰時にございます」

義時に紹介され、生真面目《きまじめ》な態度で黙礼する息子の泰時も僅《わず》かにえらが張っていて、それが「北条の顔」なのかもしれない、と信子は思った。

「まあまあ、そんな堅苦しい挨拶では新しい御台様も怖がってしまいますよ」

明るい声で横から割って入ったのは、実朝の乳母で政子と義時の妹、阿波局だった。義時は、妹の笑顔を黙殺するように淡々と紹介を続けた。

「それから、あちらにいるのが、私の弟の時房《ときふさ》にございます」

後ろの方で控えめに座る時房は、信子と目が合うとうっすら笑みを浮かべて黙礼をした。政子や義時より一回りほど若く、二人のような勝気な雰囲気はなかった。だが、その二人の陰に隠れるように浮かべる薄ら笑いには、どこか他人事《ひとごと》を見るかのような飄々《ひょうひょう》とした雰囲気すら感じられた。

信子は、次々と紹介される実朝の親族に目を白黒させながら、一度挨拶した人を忘れたり間違えたりするわけにはいかぬと冷静に各人を覚えようとした。

政子、義時、阿波局、時房、の北条の兄弟姉妹に、義時の息子の泰時。

「それから、こちらが父の時政《ときまさ》……」

義時が紹介するより前に、時政は上機嫌ですっかり泥酔している様子であった。

「これはこれは、さすがは摂関家の姫君様。東国の女どもとは品が違いますな！」

がはは、と笑う姿に信子はどう反応していいかわからない。困ったようにおっとりと笑った。そんな時政に、義時は眉間《みけん》に皺《しわ》を寄せている。政子が、険しい顔つきで「父上、お酒が過ぎますよ」と諌め、実朝は恥じらうように、蒼白い頬を僅かに染めてうつむいているだけだった。


その夜、二人きりになった時、実朝は思いきって口を開いた。

「みだい」

声変わりが始まったばかりの実朝が「みだい」と呼ぶと、その声は不安定な音色になってしまった。それでも信子は、その声を真剣な表情で聞き取ると、耳慣れない言葉を聞いたかのように「みだい？」と首を傾《かし》げて繰り返した。それを察して、実朝は丁寧に説明してやった。

「武家では将軍の正妻を御台所というのだ。だから、そなたは今日から私のみだいなのだよ」

「みだい……」

信子はもう一度その呼び名を繰り返すと、今度は照れたように笑った。左頬に現れる小さなえくぼを実朝はじっと見つめた。

「実朝様が呼ぶと私には『みだい』と聞こえます」

「……？」

「漢字で『御台』ではなくて、ひらがなで『みだい』」

「みだい」

実朝は、ひらがなを意識して言ってみた。なるほど、そうか。目の前にいる左頰に小さなえくぼを作る少女には「御台」より「みだい」がよく似合う、そんな気がした。

「きぃん、としたなあ」

「……？」

「みだいが母上に挨拶した時」

「なるほど、きぃん、ですか」

「うん。きぃん、だ」

実朝があの時の緊張感を音で表現すると信子は頷いてくれた。

「私も、きぃん、としました」

秘密の言葉を共有し合う子供のように、信子は悪戯っぽく笑った。その笑顔に実朝もつられて自然と笑った。

「もっと、怖いところかと思っていました」

「怖いところ？」

「だって、武家に嫁ぐとは思ってもみませんでしたもの。おまけに、鎌倉なんて遠いところ」

「うん」

実朝は曖昧《あいまい》に笑った。その時、ふうわりと風が吹いて、部屋の御簾を揺らした。

「今、海の匂いがしました」

信子が不思議そうに言った。御所から由比ヶ浜までは少し距離があるはずだ。実朝も不思議に思って嗅《か》いでみた。すると、確かに海の匂いがした。

「きっと、風に乗って来るのだ」

「風に乗って……」

「うん」

信子は目を瞬《しばた》き、小さな鼻でくんくん風の匂いを嗅いだ。

実朝は、信子のその仕草に、何とも言えず心の中がこそばゆくなるような気がした。この感情を何と言葉で表せばいいのだろうか。身近にいる女人たち、母や阿波局やその周りで仕える女房たちには感じたことのない感情だった。信子の仕草の一つ一つには心がきゅんとする感じも全くない。

実朝は思うままをぽつりと言った。

「みだいは、かわいい」

信子は実朝の言葉にきょとんとした。その表情がまたかわいらしかったが、実朝は自分で言った言葉に自分で戸惑っていた。その戸惑いを隠すように実朝は慌てて話をそらした。

「しかし、よくこの微かな匂いに気がついたな。私は毎日ここにいるのに言われるまで気づかなかったよ」

「私、初めて見たのです」

「海を？」

「ええ、鎌倉へ来て、生まれて初めて蒼い海を見ました」

実朝にとって海は生まれた時から目の前にある当たり前の光景だった。海の匂いもいつもそこにある匂いだったから、信子に言われるまで気づかなかった。そのことに実朝は新鮮な驚きを感じていた。

信子は蒼い海をうっとりとした表情で思い返しているようだった。

「海が、あんなに美しいものだとは思っていませんでした」

その瞬間、実朝はその白い頰に触れたいという衝動にかられ思わず手を伸ばした。実朝の細い指が触れた途端、信子は驚きを露わにして身を硬くした。

「す、すまぬ」

実朝は信子の反応に慌てて手を引いた。そして己の衝動に頰が火照《ほて》るのを感じながら取り繕《つくろ》うように言った。

「……今度、海に遊びに行こうか」

「海には、遊びに行けるのですか?」

信子は純粋に何も知らない少女のように問い返してきた。海で遊ぶという発想が信子には無かったのだろう。実朝は信子の反応に笑みがこぼれた。そうして何も知らぬ子供に説明するように答えた。

「そうだよ。海では遊べるのだよ。御家人たちは浜に出て、馬で駆けたり、弓矢の稽古《けいこ》をしたりするけれど。波打ち際まで行って貝殻を拾って集めることもできるし、海に舟を浮かべて遊ぶこともできる」

「それは、私もしてよいのですか?」

「もちろん」

実朝はそう言うと同時に、思いきって信子を抱き寄せた。

信子は驚いた様子だったが、拒むことなく実朝に身を預けた。それが無性《むしよう》に嬉しくて実朝は思いつく限りの優しい言葉を、心を込めて言った。

「みだい、遠いところまで来てくれてありがとう」

信子は実朝の言葉が思いがけなかったのだろうか、目を丸くして実朝を見つめた。実朝はそんな信子の瞳を見つめながら、自分の思いを真っ直ぐに伝えた。

「私は、そなたが鎌倉に来るのをずっと待っていたのだよ」

「実朝様……」

実朝を見つめる信子の目から、みるみる涙が溢れ出た。

独り、親や兄、姉のもとを離れ、都を離れ、誰も知る人のいない遠い遠い鎌倉の地へやって来た。そこで待つ、顔も知らぬ将軍という名の夫がどんな人なのかと、不安に押し潰されそうだったのだろう。

実朝は急に泣き出した信子に戸惑いつつも、その心中を思いやって、優しく直垂の袖で涙を拭《ぬぐ》ってやった。

「泣かないでくれ、みだい」

その言葉に信子は余計に泣いてしまった。実朝の直垂の袖は涙でしっとりと濡れていく。実朝は止まらない信子の涙を拭うのをやめ、そのまま胸にそっと抱いた。信子は実朝の胸の中で幼子のように声をあげて泣いた。

「都を離れて寂しいか?」

信子は実朝の胸の中で、こくりと素直に頷いた。

「そうか……そうだろう」

実朝は信子の背を撫でてやりながら、自分のために都を離れ鎌倉まで来てくれた、この愛らしい妻を生涯大切にしようと、心の中で誓った。

◇

麗《うら》らかに晴れた日を選んで、実朝は約束通り信子を由比ヶ浜に連れて行った。

北条義時と泰時、それから水瀬と阿波局もつき従った。

「波の近くまで行ってもよいですか？」

信子は広い海原に目を輝かせながら言った。実朝は頷いた。

「だけど、波は冷たいよ」

「それでも構いません」

信子ははしゃいで波打ち際まで行くと、胸いっぱいに息を吸い込んだ。信子の隣で実朝も海を見つめた。波は絶え間なく寄せては返っていく。沖から寄せる蒼い波は浜に上がると白い泡となって淡く消え、そうして再び海へと静かに引き戻されていく。じっと波に見入っていると、そのまま波と共に海へ吸い込まれそうな感覚になる。

突然、信子が実朝の袖を摑《つか》んだ。

「みだい？」

「なんだか、とてもとても広くて……」

「少し不安になった？」

実朝が言うと、信子は驚いた表情で実朝の顔を見た。

「どうして、わかったのですか？」

実朝は「うん」と頷き返すと、淡々と言った。

「海は、美しいけれど、果てが無いから、あんまり見つめすぎると怖くなる」

信子は海原を見つめた。

「海の向こうには何があるのですか」

「さあ、何だろう……」

そう実朝は言いながら、自分で自分の声がどこか哀しいと思った。

「御台様、美しい貝殻を拾って集めてはいかがですか」

阿波局が明るく信子に声をかけてきた。信子は言われて初めて自分の足元に様々な形や色の貝殻が散らばっていることに気づいた様子で、あたりを見回した。阿波局は形の良い貝殻を拾って信子の掌に載せた。

「綺麗……」

信子は白く薄い貝殻を陽の光に透かして、その美しさに見惚れたように呟《つぶや》くと、ぱっと実朝の方を振り返った。

「実朝様、ご覧になって！」

先程の不安も忘れたように、信子は純粋に海を楽しむ笑顔を見せた。その笑顔に実朝はどきりとした。そんな実朝の胸の高鳴りに気づく様子もなく、信子は無邪気に実朝の手を引いた。さらりとした信子の掌の感触に、実朝はどぎまぎしながら信子に誘われるがままに波打ち際を歩いた。

波に足を濡らして楽しそうに笑い声を上げる信子を見て、実朝も自然と笑顔になる。婚儀の夜、都を思って泣いた信子の心が少しでも晴れてくれれば、そんな思いで海へ連れて来た。信子が笑顔になると、左頬に小さなえくぼができる。そのえくぼを見て、実朝の体はくすぐったいような感覚になる。

（この気持ちはいったいなんだろう）

そう思った時、信子が実朝の方を真っ直ぐ見て言った。

「きっと私、鎌倉を好きになると思います」

実朝は信子の言葉に胸が貫かれるような気がした。何と答えていいかわからず、蒼い海の向こうを見やった。

海はどこまでも広く、吸い込まれそうに深い蒼は、見つめ続けると不安になるくらい美しい。海の向こうの広い空は雲一つ無く、どこまでも透き通るように青い。

（その二つのあおが交わる先は、どんな光景なのだろう……）


義時が二人並んで貝を集める将軍と御台所の姿を見ていると、阿波局が声をかけてきた。

「すっかり、打ち解けたようですね」

義時はふん、と鼻で返事をすると腕を組んだ。それを見て阿波局がからかうように言った。

「武家の棟梁があれでは困る、とでも言いたそうなお顔ですこと」

義時が心の中で舌打ちをすると、それも見透かしたように阿波局は笑った。

「あら、図星でしたか」

義時は阿波局を軽く睨んだ。

（この妹は……）

いつも本当のことをぐさりと言う。幼い頃から、思ったことを素直に口にする性質《たち》だった。実朝の乳母になった頃からだろうか、それはさらに磨きがかかり相手がどう受け取るかなど配慮する気配すらない。時と場合によっては、勝気な政子よりずっと相手に深手を負わせる。それでいて、本人には悪気はないらしく、政子にぴしゃりと言われて初めて言いすぎたということに気づいたような表情をする。

「ねえ、ああやって後ろ姿だけ見ると、御台様は大姫《おおひめ》様に似ていると思いません？」

阿波局が義時にそっと囁いた。

何年も前に病で死んだ、頼朝と政子の長女の名に胃がきりりと痛んで、義時はみぞおちを押さえた。大姫が死んだ日、政子は部屋から出て来なかった。

人前で決して弱音を吐かない気の強い姉は、我が子が死んだ時も人前で涙は見せなかった。だが、義時は知っている。あの日独り、部屋の中で歯を食いしばって嗚咽《おえつ》していた姉の姿を。

「口が裂けても姉上には言うなよ」

「でも、姉上様もきっと同じように思っているはずですよ。婚儀の日のご様子を見た時、私、そう感じましたもの」

したり顔で言う阿波局に義時は返事をせず、みぞおちをさすりながら、都から来た御台所と仲睦《なかむつ》まじく並ぶ実朝の後ろ姿を黙って見た。

夢中で貝を集める信子を、水瀬は少し離れたところから見つめていた。

「御台様、そのように波に近づいてはお裾《すそ》が濡れますよ」

信子の裾が波に浸かりそうになって、水瀬は声をかけた。

「あら、そんなこと言わずに水瀬もいらっしゃいな」

信子はお構いなしといった様子だ。少し高い波音がしたと思ったら、そう言う水瀬の足元まで波が寄せてきて、慌てて水瀬は身を引いた。

「きゃ」

慌てて後ずさった水瀬は、砂に足を取られ尻をついた。その途端、波が打ち寄せて裾から尻までしっかり濡れた。

「まあ、水瀬ったら」

信子はおかしそうに笑った。実朝もそんな様子を見て楽しそうに目を細める。水瀬は苦笑いするしかなかった。

「なかなか、海を楽しんでおられますな」

すっと手が差し出され、驚いてそちらを見やると泰時が静かな笑みを浮かべて立っていた。水瀬は恥ずかしさもあり、余計な言葉は交わしたくないとでもいう態度で、泰時の手は取らずに立ち上がると、信子の方に目を向けた。

「そうやっていつも御台様を見ているのですね」

「……………」

「婚儀の時もそうでした。水瀬殿は、御台様の側でじっと御台様だけを見ている」

「それが、女房としてのつとめにございますもの」

水瀬はそっけなく答える。

「それだけかな」

水瀬は怪訝《けげん》に思い泰時を見た。泰時は微笑するだけでその続きは言わなかった。そんな水瀬と泰時の会話は波の音にかき消され、水瀬が見つめる先までは届かなかった。


海へ行ってからというもの、実朝は信子のもとへ足繁く訪れるようになった。

信子やその女房たちが纏う美しい色とりどりの襲や、信子が都から持って来た調度品、絵巻や書物を見るのが好きだった。実朝の目には都の文化は何もかもが新鮮に映った。鎌倉の武家らしい無骨さではない、美しい屏風《びょうぶ》や硯箱《すずりばこ》の絵や細工に目を輝かせて見入る。

「どれもこれも美しいなあ」

そんな実朝に応えるように、信子も嬉しそうに色々な道具を広げて見せる。

「実朝様は美しいものがお好きなのですね」

信子の言葉に実朝は恥ずかしくなった。

「おかしいか？」

「いいえ」

信子はとんでもない、というように否定した。実朝はうつむきがちに言った。

「実はな、私は弓も騎馬も得意でない」

「…………」

信子の反応がないので、ひょっとして失望しているのではないか、という思いがよぎった。こんなことを言えばきっと、母なら失望した瞳で自分を見据えるだろう。恐る恐る信子の顔を窺った。

ところが、信子は穏やかに微笑んでいる。

「それで、美しいものがお好きなのですね」

すんなりと実朝を受け入れた信子の反応に、実朝の方が戸惑った。

「おかしいだろう。武家の棟梁なのに、武芸が得意ではないなんて」

「そうかしら」

信子は微笑んだまま小首を傾げた。

「おかしいとは思いません」

「……どうして」

「それは、わからないけれど……ただなんとなく、実朝様には武芸より文芸の方が似合うと思います」

「文芸」

「言葉の綾かしら」

信子は冗談交じりに言ったつもりなのだろうが、実朝の心に信子の文芸という言葉が沁み入った。

実朝が信子の言葉に感じ入っていると、信子が思い出したように「そうそう、これも美しゅうございますよ」と漆《うるし》塗りの箱から扇《おうぎ》を出した。

「都の父が先日送ってくれました」

信子は父、信清が送って来た檜扇《ひおうぎ》を広げた。実朝は「触ってもよいか」と律義《りちぎ》に尋ねた。信子は「もちろんです」と渡す。実朝は受け取った扇にじっと見入った。

金銀が塗られた檜扇には、細やかな筆づかいで竹林で戯《たわむ》れる雀の子が描かれていた。

「まるで雀が生きているようだな」

「ええ」

ほんの少し、信子の声が暗くなった気がして「どうした？」と実朝は訊いた。

「都にいた頃、伏せ籠に雀の子を飼っていたのです。それを思い出してしまいました」

くすんと、信子は鼻を鳴らした。婚儀の夜のように信子がまた泣いてしまうのだろうか、と実朝は少し心配になった。

「鎌倉へは連れて行けぬからと、都を発つ前に空へ放ってしまいました。よく懐いた子で、こうやって手を差し伸べると、『ちゅん』と鳴いて、掌に乗ってきて……」

雀を手に乗せる仕草をして、信子はやっぱり泣いてしまった。

「また、鎌倉でも飼えばいい。雀など、御家人にいくらでも捕まえさせよう」

実朝は信子を慰《なぐさ》めながら、その背を撫でた。だが、信子は袖で顔を覆いながら幼子が駄々をこねるように首を振った。

「いいえ、あの子は他の雀とは違っていて、頬が白いのです。それに、捕まえてきた雀は掌には乗りません」

「そうなのか……」

実朝はどうしたものだろう、と思案した。

「御台様、そのように都の品々ばかり広げているから、寂しくなるのです」

側で控えていた水瀬が、その場の雰囲気を変えようと広げた調度品を片付け始めた。実朝も手に持っていた檜扇を閉じて水瀬に渡した。片付けをする水瀬を目で追って、ふと、実朝は美しい和紙で綴《と》じられた双紙《そうし》を見つけた。

「これは？」

実朝は話題を変え、信子に双紙を指し示して優しく問いかけた。信子は顔を上げると、涙声で答えた。

「これは古今《こきん》和歌集です」

「和歌集？」

「公家の家に生まれたら、諳《そら》んじられるように幼い頃から教えられます」

「見てもよいか？」

実朝がまた律義に問うと、信子はほんの少し笑顔になって「もちろんです」と頷いてくれた。

実朝は和歌集を手に取り開いた。流れるような字に見入りながら、最初の項を読み上げる。

「やまとうたは……」

実朝の声に重ねて信子も読んだ。二人の声が重なり合い、実朝は信子の顔を見た。実朝と信子の目が合って、信子は笑みをこぼした。実朝は信子が笑顔に戻った喜びを感じながら、そのまま声を重ねた。

「……人の心を種として、万《よろず》の言《こと》の葉《は》とぞなれりける」

そこで二人は言葉を止め、実朝は問うた。

「これは？」

「これは仮名序《かなじょ》です。今から三百年ほど前に、紀貫之《きのつらゆき》という歌人が和歌とはいかなるものかを説いた序文です」

「和歌とはいかなるものか？」

「言葉は言の葉、人の心から生まれた万の言の葉が梢に繁る若葉のように瑞々《みずみず》しい歌となり、その歌がまた他の人の心の種となって、広がっていく。和歌は言の葉の力そのものなのです」

信子なりの解釈に、実朝は頷くとぽつりと言った。

「言の葉の……私にも詠《よ》めるだろうか」

「あら、実朝様の御父上様も、和歌をお詠みになっていますよ」

「え？」

「今、都では上皇様が勅撰和歌集を作ろうとされていて、その中に、頼朝様の歌が入ると聞いていますす」

「父の……」

実朝は幼い頃に失った父が和歌を得意としていたことに、言い知れぬ高揚感を覚えた。

「その和歌集、読んでみたいな」

「ええ、完成したらさっそく私の父に頼んで、都から取り寄せましょう」

その晩は、二人並んで月明かりの下、古今和歌集に読み耽《ふけ》り、いつの間にか和歌の言の葉の上で眠りに落ちていた。

三

年が明け、実朝は十四歳、信子は十三歳となった。

信子が鎌倉で初めて見る桜は御所の庭先の桜だった。ぼんやりと桜の花を見ている信子のもとを阿波局が訪れた。

「御台様、よろしゅうございますか？」

阿波局の明るい声に信子は振り返った。

信子が鎌倉に慣れるようにと、阿波局は頻繁に信子のもとへやって来ていた。将軍の妻としてのつとめはもちろんのこと、鎌倉での生活の細々としたことを教え、たわいもない世間話をしていく。

実朝の右近衛権中将《うこんえのごんのちゅうじょう》任官に対する拝賀《はいが》の儀が鶴岡八幡宮で執り行われることとなり、そのための支度や当日の段取りなどを教えに来たというのが今日の名目だった。

「拝賀の儀とはどのようなものなの？」

阿波局は気軽にものを尋ねやすい雰囲気で、信子の素朴な質問にも嫌な顔一つせず、明るく答えてくれる。

「将軍様御自《おんみずか》ら八幡宮に参拝して、朝廷より官位昇進を受けたことを報告し御礼をするのです。鶴岡八幡宮は鎌倉の守護神であり、源氏の氏神様でございますから。鎌倉の将軍としての大切なつとめの一つにございますよ」

信子は阿波局の話から、鎌倉のしきたりを学びとろうと耳を傾ける。そんな信子の素直な態度に阿波局は気を良くしたのか、上機嫌で話を続けた。

「あの参道の若宮大路は、亡き頼朝様が政子様ご懐妊の折に、安産を願って造らせたものなのです」

「そうなのか？」

「ええ」

頼朝と政子の間には、長い間男子が生まれず、後嗣誕生を願う思いを込めて造ったのだという。

「頼朝様は政子様のご懐妊を跳び上がらんばかりにお喜びでした。人夫《にんぷ》たちに交じって頼朝様御自ら石組を積み上げるほど」

阿波局は当時の頼朝の喜ぶ姿を思い出すように笑った。

「それほど嬉しかったのね」

「それはもう、一日に何度も政子様のもとを訪れては『具合はどうだ』『何か欲しいものはあるか』、まだ男子ともわからぬのにお腹に耳を当てては『おお、なかなか力強い蹴《け》りじゃ、立派な武者になろうぞ』と言ってみたり」

それらの話は、源頼朝を、源平合戦で平家を壇ノ浦《だんのうら》に滅亡させ、鎌倉に幕府を立ち上げた源氏の棟梁、という言葉でだけしか知らなかった信子にとって、妻を愛し、我が子の誕生を願う一人の人間「頼朝」として生き生きと色づいた存在に思わせるものだった。

「さらに、暑い夏につわりで苦しむ政子様を見かねて……」

そこまで言って、阿波局は噴き出した。さも滑稽《こっけい》なことを思い出したような笑みに、信子は続きを聞きたくて「それで？」と身を乗り出す。周りにいる水瀬をはじめとする信子の女房たちも聞き耳を立てている。

「政子様の居室から見える夏山が暑苦しかろうと言って、御家人たちに夏山を雪山にせよ、と命じたのです」

「まあ、どうやって」

「御家人たちは、頼朝様の命に『できませぬ』などとは決して言えず、もう皆、必死で猛暑の中、山に分け入り汗水流して山の木々に白い布をかけ、雪が積もっている様を仕立て上げたのです」

「まあ」

「それで、政子様の居室にやって来てご満悦の様子で『見よ、政子。暑さを忘れさせるために夏山を雪山にしたぞ』と」

阿波局の少しおどけたような頼朝の物真似《ものまね》に、信子は素直に笑った。

「それで、お生まれになったのが、実朝様？」

「……いいえ、その時お生まれになったのは、ご長男の頼家様にございます」

途端に、阿波局の表情からおどけたような笑顔が消えた。

頼家は、病死した、と聞いている。

信子は、阿波局の表情に翳《かげ》が射したのを、若くして死んだ頼家のことを悼《いた》んでいるのだと思い、神妙に言った。

「その頼家様がお亡くなりになって、義母上様はさぞ、嘆かれたであろうな」

「……ええ」

阿波局はぼんやりと笑んだ。その時、凛とした声が部屋に響いた。

「何の話をしているのですか」

場は静かになり、女房たちが慌てたように声のした方を向いた。部屋の入り口に立っていたのは、政子だった。

「義母上様」

信子も突然の来訪に驚きつつ、先程まで阿波局から聞いていた話を思い出し、政子の立ち姿に今までにはない親近感を覚えた。頭を下げて上座を政子に譲ろうとした時だった。

「どうぞ、こちらへ」

女房の一人が政子を信子の下座に座るよう促したのだ。政子の顔が一瞬で険しくなった。

（きぃん、だ）

信子の耳に、実朝の声が聞こえた気がした。慌てて信子は立ち上がり政子に「こちらへ」と自分の上座を譲った。しかし、政子は信子の方をちらりとも見ずに答えた。

「いいえ、私は東《あずま》の田舎老尼《いなかろうに》でございますれば」

そう言って、最初に女房が指し示した下座に座った。

（時、すでに遅しだったか）

信子はこめかみに手を当てた。当の女房はすっかり青ざめ恐縮して小さくなっている。水瀬が「何やってるのよ」というようにその女房を肘《ひじ》で小突く仕草をした。阿波局はその様子を眺めるだけで、介入しようとはしない。信子がどう捌《さば》くのか試すような目で見ている。

「そんなことをおっしゃらず、私の義母上様なのですから……」

信子はなおも上座を促した。それでも政子は動かない。

（さあて、どうしたものかしら）

信子がおっとりと思案しながら、今度実朝に会ったら「きぃん」の時の正しい対処法を聞いておかねばなるまい、などと思っていると、政子は少しも笑むことなく淡々と言った。

「とりたてて用件はないのです。ただ、そろそろ鎌倉には慣れたかと思い、御台の様子を窺いに来たまでで……」

それでは、と立ち上がろうとする前に、信子がそれを遮《さえぎ》った。

「それならばこれでよろしいでしょうか」

信子は、これは良いことを思いついた、と自信たっぷりに政子の真横に坐した。二人並んで、空いた上座を眺めることになり、脇に控える女房たちが居所に困ったように身じろぎする。こうなったら政子も意地で動かない。そのままくるりと向きを変えて庭の桜でも眺めるようにすれば何ともないというのに、しばらくの間、二人並んでただじいっと空いた上座を眺めた。

二人の様子に水瀬が冷や汗をかきながら「庭でもご覧に……」と進言したちょうどその時、部屋に人が入って来た。その姿に、信子と政子の声が重なる。

「実朝様」

実朝は部屋に入るなり、空いた上座を並んで見ている二人に目を瞠《みは》った。

「な、何をしているのだ」

「どうぞ、そちらへ」

信子がすかさず実朝を空いた上座へ促した。実朝は成り行きがよくわからないという顔のまま、言われたように上座に坐した。まるで、実朝が来るのを二人で待っていた風になる。

「はあ、これでしっくりしました」と、信子がおっとりと言うので、女房たちは噴き出して笑いそうになるのをごまかすかのように咳払いした。

信子と政子と実朝の親子三人で歓談するうちに、政子の表情はだんだん和らいだ。しばし話をした後、政子が満足そうに「ではこれで」と立ち上がったので、信子は心の中でほっと安堵《あんど》の息を吐いた。政子とともに、阿波局も退出した。

政子が去った後、事の成り行きを聞いた実朝は心底おかしそうに笑い転げた。

「そんなに笑わなくても、こちらはどうしたものかと背中に冷や汗を流していたのですよ」

「そうかそうか」

実朝は笑いすぎて涙が出たのか目をこすりながら言った。

「あれでも、昔より丸くなったのだ。若い頃は、嫉妬《しっと》のあまり父上の側室の家を打ち壊したこともある。まだ、私の生まれる前の話だがな」

「まあ」

「それで怒った父上がその打ち壊しに関わった者の髻《もとどり》を切ってしまって。その髻を切られたのが祖父の時政の家人だったから、祖父が怒って北条一門を率いて鎌倉を出て行ってしまった」

想像しながら信子は、御家人たちを巻き込む壮大な夫婦喧嘩《げんか》につい笑ってしまった。先程、阿波局から聞いた政子の懐妊の際に狂喜した頼朝の話も相まって、頼朝と政子という夫婦がなんとも人間味に溢れた存在に思えて、微笑ましかった。

「なあ、みだい」

信子は少し首を傾げ、実朝の顔を見上げた。

「そんな母だが……」

「はい」

「私にとっては唯一の母だ。……私を産んでくれた母を、嫌いになってくれるなよ」

信子は実朝の言葉を最後まで聞いて頷いた。

「ええ……私にとっても、唯一の義母上様にございますれば」

実朝は頬を染め、信子の言葉に嬉しそうに頷き返した。

そうして、実朝は本来の目的を思い出したのか、「そうだった」と呟きながら懐《ふところ》から小さな包みを取り出して、信子の掌に載せた。

「これを、みだいに渡そうと思って来たのだったよ」

「これは？」

「開けてみたらいい」

実朝は信子を見つめて微笑した。信子は首を傾げ包み紙をゆっくり開いた。

「これは……」

信子は驚いて目を瞬き、実朝の顔と掌の上を見比べた。包みに入っていたのは、小さな雀の形をした土鈴だった。

「鎌倉で一番の土師《はじ》を探して作らせた」

信子は雀の土鈴をじっと見た。黙ったままの信子の反応に、実朝は窺うように言った。

「ちゃんと頬も白く塗らせたのだが……やはり違うか」

途端に信子の目頭が熱くなる。

「すまぬ、むしろ哀しくさせてしまったな」

実朝が慌てたように土鈴を取ろうとすると、信子は「いいえ」と首を振って答えた。

「嬉しくて、泣いてしまいそうでした」

「え？」

「実朝様のお優しさが、嬉しゅうございます」

実朝が信子のために鎌倉一の土師を探して作ってくれたことはもちろんだが、何より、実朝が雀の話を覚えていてくれたことが嬉しかった。信子は本物の雀を慈《いつく》しむように撫でた。

信子に実朝はそっと寄り添った。信子が実朝の顔を見上げると、実朝は信子を見つめて言った。

「みだいが笑顔になると、私も嬉しい」

その薄茶色の瞳は、将軍実朝としてではなく、一人の少年として信子を愛《いと》おしそうに見つめていた。実朝の純粋な言葉に、信子は心の中が温かくなるのを感じながら、自分も公家の御台所としてではなく、一人の少女としてこの優しい夫の気持ちに応えたいと思った。


そんな二人の仲睦まじい様子を、廊の向こう側から政子はこっそりと見ていた。実朝の楽しげな姿に安堵すると同時に、言いようのない寂しさもあった。

「何をお話しになっているのやら、あんなに楽しそうに笑う千幡様のお姿……初めて見たかもしれませんね」

振り返ると、したり顔の妹がいた。

「幼名で呼ぶのはよしなさい」

「あら、つい癖《くせ》で、申し訳もございません」

(この妹は……)

悪びれた風はない。慇懃《いんぎん》無礼に言い返され、政子は心の内で舌打ちした。だが、阿波局は政子の苛立《いらだ》ちに気づく様子もなく、信子の華奢《きやしや》な後ろ姿を遠目に見やりながら言った。

「ですが、さすがは摂関家の姫君様ですね」

「……?」

「まだ幼いお顔をしているのに、姉上様の機嫌を損ねても一人で慌てもせずに乗り切って……かわいげのないこと」

昏の端だけに笑みを浮かべて言い放つ妹に、政子は僅かにたじろいだ。阿波局はそのままの顔で政子を見た。

「嫁という女子《おなご》は、大切に育てた子を一瞬で奪い取ってしまうのですね」

「…………」

「御台様と由比ヶ浜へ遊びに行った時の実朝様の楽しそうなご様子、姉上様にもお見せしたかったですわ。まるで、昔の大姫様と千幡様のようで」

政子は妹の視線から逃れるように顔をそむけると、「幼名で呼ぶのはやめなさいと言ったはずです」とだけ答えて、その場を後にした。

「最近、実朝様の様子が変わったとは思いませぬか」

時政の邸で親子で杯を傾けながら、何気なく義時はそう言った。時政は義時にそう言われ、「何を言っておる」と少し驚いたように息子の顔を見た。

「権中将拝賀の儀の時にふと、そう思ったのです」

義時は先日行われた鶴岡八幡宮での拝賀の儀のことを思い起こして言った。だが、時政は首を傾げた。

「そうか？　相変わらず、蒼白い顔をしておったぞ。木の芽《こめ》どきでまた体調を崩しそうな」

齢《よわい》六十をとうに過ぎた時政は、ひ弱な孫がよくもまあここまで育ったものよ、と思ったくらいなのだろうか。

義時は、姉の子であり主君の子でもある実朝を生まれた時から側で見てきた。義時の知っている実朝は、とても武家の男子とは思えぬ線の細い、蒼白く病弱な少年。その見た目が変わったということではない。ただ何となく、右近衛権中将の衣冠束帯を纏い、鶴岡八幡宮に参宮する実朝の立ち居振る舞いを見た瞬間、義時の知っている実朝が遠くなったような気がしたのだ。

自分の知っている実朝は政子の後ろに隠れて不安げに辺りを見回しているような少年だった。そうして義時の姿を見つけると「叔父上！」と蒼白い頬を緩ませ、信頼しきった瞳を向けてきた。

「何と言いますか……もう、私のことを叔父上とは呼ばない気がしました」

「叔父は叔父だろう」

時政は義時の言葉を、豪快に笑って退けた。

（父には、この繊細な変化がわからないのだろうか）

それとも、この老いた父は、人の心の僅かな移ろいを見抜く力が衰《おとろ》えたのか。きっと、その力が

ない者にこれからの世を生き抜くことは、

（……できまい）

義時は静かに杯を飲み干した。

そこへ、酒の肴《さかな》を持って時政の妻、牧《まき》の方《かた》が入って来た。時政は相好《そうごう》を崩し牧の方を手招いて側に座らせた。義時は静かに杯を置くと、父の隣に坐した自分と歳の近い義母に黙礼した。

牧の方は時政の後妻で、義時や政子の実母が亡くなった後、いつの間にか正妻の座におさまっていた。時政はこの我が子とさして歳の変わらぬ後妻に耽溺《たんでき》していた。

そのこと自体は、勝手にすればいいと義時はさして深い関心を示していない。むしろ深く考えたくないことともいえる。一方、姉の政子は明らかに冷ややかな侮蔑《ぶべつ》の目で父を見ていた。そのことを牧の方も知っていて、気の強い二人が顔を突き合わせると周りの者の神経がすり減りそうになるくらい、空気が緊迫する。

牧の方を庇《かば》う父と、それに対し不快感を露わにする政子。大抵その間に挟まれるのは義時の役割で、胃がきりりと痛む。そんな時、阿波局はというと「だって、父上は牧の方の言いなりですもの」などと言って政子の怒りに油を注ぎ、弟の時房はにやりと笑うだけで余計な口を出さない。

昔からそうだった。気性《きしょう》の激しい政子と短気な父に挟まれる時、気楽な弟妹という立場が義時には憎たらしくさえ思える。

いつだったか、頼朝の側室に政子が嫉妬をしてその側室の家を打ち壊したことがあった。その時も義時は政子の悋気《りんき》と父の短絡な行動に頭を抱えた。怒り心頭で手のつけられぬ政子に、阿波局は「あの側室は頼朝様が伊豆にいた頃からの仲ですって」とわざわざ言い、まだ幼かった時房は少年らしからぬ飄々とした態度で笑い、明らかに面白がっていた。そんな二人に苛立ちつつも、義時は冷静に北条家の行く末を案じ、痛む胃を押さえながら父と頼朝の間を取りなした。

今宵《こよい》は、政子はおらず義時の胃は穏やかに酒を受けいれる。穏やかな心持ちのまま、義時は思い出したように言う。

「そういえば、先日実朝様が和歌の話をなさいました」

「和歌？」

「何やら、上皇様が和歌集を作るとか。その中に、頼朝様の和歌が入るらしいと嬉しそうになさっていました」

「ふん、近頃、実朝様は都の話ばかりだな」

時政は面白くなさそうな表情で言った。

義時は、あどけない少女のような御台所を思い出す。摂関家の姫君であり上皇の従妹であり義妹、という一点の曇りもない肩書がそう感じさせるのかもしれないが、纏っている空気が、鎌倉にいる女子とはまるで違った。少女ながらに、立ち居振る舞いには、品、というものがある。それでいて、笑顔には持って生まれた才のような親しみやすい大らかさが滲み出ていた。

「都より御台所をお迎えして、何もかもが新鮮なのでございましょう」

御台所、と聞いた途端、牧の方の顔が歪《ゆが》んだ。義時はしまったと思った。

「わざわざ、都からお迎えせずとも、御家人の娘から選べば良かったものを」

わなわなと震える牧の方の背を撫でながら、時政は慰める。

「まあ、そう言うな。これも鎌倉の今後のことを思うてのこと」

牧の方はそんなことは知っているというように、きっと顔を上げて言った。

「都へ行かせなければ、政範《まさのり》は死なずに済んだのですよ」

政範の名を聞いて、時政も目元を袖で覆った。

「あの子はまだ十六だったのですよ」

「そうだな……我が息子ながら、実に聡く凛々《りり》しい武者だった」

(ああ、余計なことを言ってしまった……)

義時は二人に悟られぬよう、そっと嘆息した。

御台所を鎌倉へ迎えるために、実朝は御家人を選りすぐり都へ遣わした。その中に時政と牧の方の愛息の政範がいた。しかし、不幸にも政範はその途上で病死してしまったのだった。愛息の死を知った牧の方は狂うかと思うほど嘆いた。時政にとっても溺愛する後妻との間にできた期待の息子であり、その落胆ぶりは尋常ではなかった。側で見ていた義時は二人揃《そろ》ってそのまま出家してしまうのではないか、とさえ思ったほどだ。そのことを政子に伝えると、「そのまま出家してしまえばよかったものを」と、唾棄《だき》せんばかりに言われたのを思い出した。

ちらりと牧の方を見やると、まだ父の膝に泣き崩れており、老いた父はその背をさすっていた。まるで、娘を慰める老父だった。

ちっと心の中で舌打ちをし、義時はみぞおちをさすった。

鎌倉の桜が散って山々の梢が若葉色になった頃、実朝は義時と数人の若い御家人とともに寿福寺《じゅふくじ》を訪れ、蹴鞠《けまり》をした。寿福寺は御所から西に行った亀谷《かめがやつ》の地にある、政子の頼朝追善供養の御願により造営された寺だった。

蹴鞠は四方に桜、柳、楓《かえで》、松が植えられた庭で行われる。円陣を組んで、鹿皮でできた鞠を蹴って落とさぬように受け渡す。寿福寺の庭には蹴鞠が出来るようにそれらの木が植えられていた。

アリ、ヤア、オウ

新緑の庭に若い男たちの鞠を蹴る掛け声が響く。

畠山重保や和田朝盛《わだとももり》などの実朝と比較的歳の近い若い御家人が蹴鞠に参加し、義時は少し離れたところから蹴鞠に興ずる若者たちを見張るように鋭い目で見ていた。実朝はそんな義時の視線を背中に感じながら、重保に向かって鞠を蹴り上げた。重保はそつなく蹴り返す。相変わらず整った容姿で、鞠を蹴る姿は美しく様になっている。

一方、和田朝盛は畠山重保に比べると、華はないがすっきりとした端整な顔をしている。北条家に並ぶ旧来の御家人和田義盛《よしもり》の孫で、実朝がまだ千幡と名乗っていた頃から御所勤めをしていた。実朝にとって兄のような歳の朝盛は、人懐こい純朴な性格も手伝ってか、実の兄の頼家よりもずっと親しみやすかった。

「朝盛！」

実朝は朝盛の方へ鞠を蹴り上げた。朝盛は嬉しそうに「はい！」と返事をして鞠を蹴り返す。実朝は、再び重保の方へ蹴り上げた。しかし勢いが足らず鞠が落ちそうになるところを重保は俊敏に鞠の下に足を入れて思いっきり蹴り上げた。見事な足捌きに他の者からも歓声が上がる。

「上手いなあ！」

実朝は子供のようにはしゃいで褒めた。だがもともと体の弱い性質である。実朝の息はすぐに上がり心の臓が痛いほど鳴って胸が苦しくなってしまう。汗をびっしょりとかき、だんだんと蒼白くなっていくのが自分でもわかる。主君に気を遣うように朝盛がわざと鞠を落とした。

「いやあ、参りました」

朝盛は実朝を褒め、自分は敵わないというような表情で笑った。実朝は「うん」と頷き返しながら、きっと義時も朝盛の気遣いを察したに違いないと、背中に感じる視線で悟った。

実朝は広縁に座って息を整えた。痛いほど鳴っていた鼓動が、次第に落ち着いていく。春の柔らかい風にさわさわと庭の若葉が揺れ、汗をかいた肌に心地よかった。

「朝盛、そなたわざと落としただろう」

実朝は朝盛の心中を見透かしたように言った。責めるつもりはなかった。朝盛の気遣いをそれとなく褒めたかった。

「わかりましたか」

朝盛は照れ隠しのように笑った。

「そなたの考えることなどすぐわかる。いつもそうやって、私を助ける」

朝盛はいつもわざと負けていた。御所の庭で弓矢の稽古をすると、腕力の弱い実朝は遠くへ矢を飛ばすことができず、的の手前で矢が落ちることがほとんどだった。母、政子が険しい視線を向けているのを背中に感じて弓弦《ゆづる》を引き絞る手は余計に震えたものだった。

「私が弓矢の稽古をする時にも、そなたは矢の行く末よりも私の顔を見ていた」

「そうでしたか？」

「うん。私が的を外し続けると、そなたはわざと自分も弦を弱く絞り『これは的が遠すぎるのです』と言って、私を庇った」

「そんなこともありましたか」

朝盛はとぼけたような返事をした。気負わずに実朝を支える、そんな朝盛が実朝は好きだった。

「だがあの時、義盛は『まさかお前がそんなはずはなかろう』という驚きの顔をしていた」

「ははは、祖父はすぐに顔に出てしまいます」

実朝は和田義盛の素直な表情を思い起こす。

「うん、あれは嘘《うそ》がつけない性質だ。義盛は、日頃からそなたの弓矢の腕をよく褒めていたからな」

「身内のひいき目ですよ」

朝盛はそつなく謙遜《けんそん》する。二人は目を交わし合って笑った。

「またいつか、義盛に古物語《ふるものがたり》を聞かせてほしいな」

「祖父に伝えておきましょう。喜んで御所に参上するでしょう」

実朝は、若かりし頼朝の時代を知る義盛から「古物語」を聞くことを好み、時折、御所に義盛を呼び出しては、朝盛と共に耳を傾けていた。

「源平合戦の鵯越《ひよどりごえ》の逆落《さか》としの話は特に面白かったなあ」

断崖絶壁の下に布陣する平家を奇襲するために、頼朝の弟の源義経《よしつね》率いる源氏軍がその絶壁を馬で一気に駆け下りたという話である。

「畠山重忠《しげただ》が『馬を傷つけてはならん』と、馬を背負って下りたというのが面白くて……」

そこへ、重保が水を汲《く》んで持って来た。

「よろしければどうぞ」

水の入った碗《わん》を見て、実朝は自分の口渇に気づくと同時に、重保の気の利いた行為に感心しながら碗を受け取った。実朝は一気に飲み干して言った。

「噂《うわさ》をすれば、だな」

「は？」

重保は首を傾げた。

「今、重忠殿の話をしていたのです」

朝盛が重保に補足する。

「父の話を？」

「鵯越の話です」

「ああ、あれですか、馬を担いで急斜面を下りたという」

重保は陽気に笑って言った。

「あの話は、息子の私が一番疑っているのですよ」

「ははは、息子がそう言うか」

実朝は重保の冗談に軽快に笑った。

「今度は、由比ヶ浜で笠懸《かさがけ》でもいかがですか」

重保が嬉しさに勢いづいたのか実朝に武芸を勧めた。重保も朝盛も若手の御家人の中では群を抜いて、弓矢が得意だった。得意の弓矢で主君を楽しませたいという、重保の純粋な思いを汲み取ると、実朝は「うん」と曖昧に笑った。

実朝はあまり気が進まなかった。それでも相手の思いを傷つけたくなくて、こんな時はいつも曖昧に笑って「うん」と言ってしまう。

(正直、弓矢は好きではない。それよりも……)

信子の左頰のえくぼを思い出して、無性に会いたくなった。信子が纏う、公家の姫らしい色とりどりの襲の色目が脳裏に鮮やかに思い浮かぶ。信子の部屋で夜通し読み耽った古今和歌集、一緒に口ずさんだ美しい古歌……。

信子の可愛らしい声が聞こえる気がした。

〈やまとうたは、人の心を種として、万の言の葉とぞなれりける〉

(そうか、私は、そちらの方がずっと好きなのだ)

だが、自分は武家の棟梁、鎌倉将軍だ。強く逞《たくま》しく武芸に優れた男子にならねばならぬ……それを周囲も望んでいる。

(それはわかっているけれど……)

実朝は自分の白く細い腕をぼんやり眺めた。この細い腕で懸命に弓弦を引き絞っても、放たれた矢は弱く弧を描いて的を外す。繊細な指はすぐに皮が剝《む》けてしまい、長く稽古を続けることができない。元服の折に初めて身に着けた甲冑《かっちゅう》はあまりの重さに立っているのが精いっぱいだった。御家人たちがこれを着けて颯爽《さっそう》と馬を駆りながら、弓まで引くことが信じられないくらいだった。そんな自分の姿を遠くから母が厳しい目で見ていることも、御家人たちが憐れみにも似た目で見てくることも、実朝は痛いほど知っている。

(父上が、生きていたら……何と言うだろう)

実朝はいたたまれず空を見上げて、くっと鼻を鳴らした。


義時はそんな実朝の姿を黙って見ていた。実朝の体は手足ばかりがひょろりと長く、胸板は薄い。育ち盛りの少年にありがちな、これから身長がぐんと伸びそうな体つきだった。

(が、いかんせん線が細い)

具足始《はじめ》の儀では、完全に甲冑に着られていた。よろめきながら騎馬する姿に、そのまま反対側に落馬するのではないかとひやひやしたくらいだ。それに比べ、兄の頼家は実朝と同じ歳の頃にはがっしりとした体軀《たいく》で、えらの張った気の強い少年だった。政子によく似た子だった。

(北条の血を濃く引いた頼家は……)

そこまで思ってから、頼家を連想したことを打ち消すように、慌てて頭を振って再び実朝の方を見やった。あの蒼白く薄っぺらい少年は誰に似たのか。

(……ああ、蛭ヶ小島《ひるがこじま》の「るにん」にそっくりだな)

そのことに気づいて、義時はふと微笑んだ。自分と政子が無邪気に伊豆の野山を駆け廻っていた姉弟《きょうだい》だった頃、姉に屈託なく四郎《しろう》と呼ばれていたあの日々を思い出す……。

◇

「ねえ、四郎。蛭ヶ小島に行かない?」

ある日、父、時政の目を盗んで政子は幼い弟を誘った。

「父上に怒られる」と、四郎はすぐに口を尖《とが》らせた。だが、政子は「そんなこと」と一蹴《いっしゅう》して、半ば無理やり弟を道連れにした。

政子はずんずんと、蛭ヶ小島へ向けて伊豆の山道を進む。四郎はこのまま山道に一人置いて行かれる恐怖には打ち勝てず、転がるように政子の背中を追いかけた。

「蛭ヶ小島には近づくなって、そこには『るにん』がいるって」

四郎は半べそになっていつも父から言われていることを繰り返した。政子だってそのことは父から厳しく言い聞かされている。だが、政子は父がひた隠しにしようとする「るにん」の姿を、父が留守の隙に見に行こうとずっと前から決めていたのだろう。政子の歩みは止まらなかった。

「るにんって、何のことだかわかっているの？」

政子の鋭い指摘に、四郎は目をぱちぱち瞬いた。

「父上は、るにんは悪い人間だって」

泣きそうな四郎を見やって、政子は破顔した。

「悪い人間かどうかなんて、会ってみなくてはわからないわ」

「だけど、本当に悪い人間だったら？」

「本当に悪い人間なら……私が叩《たた》きのめしてやる」

蛭ヶ小島は狩野川《かのがわ》の中洲にある湿地の丘である。その名の通りじめじめとして蛭が多く、鬱蒼《うっそう》とした木々で昼も薄暗かった。

その木々が途切れた丘の上に、一軒の簡素な屋敷が建っていた。

四郎は政子に引っ張られ、屋敷を覗《のぞ》ける茂みの中に潜《ひそ》んだ。政子の手には山道で拾った棒きれがある。もしも本当に「るにん」が悪い人間ならばそれで叩くつもりなのだろう。

屋敷の木戸は閉まっていて中が見えない。その木戸が、がたりと動いて中から何者かが出る気配がした。

「出た！」

四郎は悲鳴に近い声を上げた。

「し！」

政子は慌てて四郎の口を塞《ふさ》いだが、相手は気づいたようだった。

「そこにいるのは誰か」

その澄んだ声は落ち着いていて、鋭く誰何《すいか》するような気配はない。出て行こうとする政子の袖を四郎は摑み、行かない方がいいと必死で首を横に振った。その顔があまりに情けなかったのか、政子は「四郎、離しなさい」と一喝して四郎の手を振り払った。

「えい！」と掛け声とともに茂みから飛び出すと同時に、政子は太刀《たち》を構えるように棒きれを突き出した。

そして、目の前に見た「るにん」の姿に政子は立ち尽くした。

蒼白い顔の背の高い青年が、物憂《ものう》げな薄茶色の瞳で政子を見つめて立っていた。

それが、十二歳の少女政子と、二十二歳の青年頼朝が初めて出会った瞬間だった。

「里の娘か」

頼朝は、棒きれを勇ましく構える少女を見つめて微笑した。

「後ろにいるのは、弟か」

「そうよ」

政子は構えたまま短く答えた。四郎は観念して茂みの中から這《は》い出て、政子の後ろにぴたりと張り付いた。その姿に合点したように頼朝は言った。

「さては、時政殿のところの姫と若か」

「どうしてそれを」

「その顔、時政殿にそっくりだ」

政子は怒ったように言い返した。

「私は、あんなに顔が大きくないわ！」

政子の答えに頼朝は一瞬きょとんとした後、高らかに笑った。

「ははは、面白い娘だな」

腹を抱え涙を流すほど笑う頼朝の姿に、政子はむっとした。頼朝はひとしきり笑うと、政子の目を真っ直ぐ見て言った。

「ああ、こんなに笑ったのは久しぶりだよ。その、勝気な目がよく似ている。……いい顔だ」

いい顔、と言われた瞬間、政子は驚いたように、構えていた棒きれを取り落とした。そんな政子を、四郎はよくわからずに見ていた。

それ以来、父の目を盗んで政子は蛭ヶ小島によく行くようになった。何をしに行くわけでもない、ただ頼朝の顔が見たかったのだろう。政子の後ろをいつも四郎はちょこまかとついて行っていた。

頼朝は、それを拒むわけでもなく歓迎するわけでもなく、ただ受け入れた。

春は縁側にぼんやりと座って庭先で遊ぶ政子と四郎の姿を眺めていた。夏は、水遊びをしようと河原に下りた政子と四郎の後ろを黙ってついて来た。秋には庭に生《な》った柿の実を採ろうと飛び上がる政子の横に立つと、そのすらりと長い手を伸ばして熟《う》れた実をもいだ。政子の前にすっと差し出された赤い柿の実と同じくらい、政子の頬は真っ赤になっていた。柿を並んで頬張りながら、頼朝が育った都の話や自分の父のこと母のことを語ると、政子は真剣に耳を傾けていた。

平治の乱に敗れた頼朝の父、義朝《よしとも》は敗走中に尾張《おわり》で謀殺された。

当時十四歳の頼朝は平氏に捕らえられると、都から東国伊豆に流され、伊豆を治めていた北条時政がその監視役を担った。そうして頼朝は幾年もの間、時政の監視下でひっそりと流人生活を送っていた。

「流人として独り伊豆に流されてから、ただ、起きて、食事をし、書を読み、父や郎党の供養のための写経をし、日が暮れ、眠り、そしてまた朝が来て起きる……その繰り返しだ。いっそ出家させられた方がどれほど生きる目的があっただろう」

そう言う頼朝の蒼白い微笑は、寂しそうだった。

何のために生きているのか。終わりの見えない単調な流人生活に慣れ、生きているのか、死んでいるのかさえもわからない、そんな日々を頼朝は独りで送ってきたのだ。

やがて冬になり、山の木々が枯れて散り積もった落ち葉に霜《しも》が降りた頃のことだった。

ついに、政子が時政の目を盗んで蛭ヶ小島に行っていたことが発覚した。怒った時政は政子に「一歩も屋敷の外へ出るな！」と厳しく言いつけ家人に見張りを命じた。父の仕打ちに唇を噛《か》む政子を置いて、外へ遊びに行こうとした四郎はその首根っこを政子に摑まれた。

「このことを頼朝様にお伝えして。父上が蛭ヶ小島に行ってしまう前に、早く！」

四郎は一人で山道を行くことに怯《ひる》んだが、政子の真剣な眼差《まなざ》しに腹をくくった。父より少しでも早く、と四郎は山道を懸命に走った。

温暖な伊豆には珍しく雪がちらつく寒い日だったが、山道を休むことなく蛭ヶ小島まで走る四郎には、汗をかいた肌に冷えた風が心地よいくらいだった。

四郎が頼朝の屋敷に着いた時、珍しく頼朝は庭に出ていた。頼朝の姿を認めてそのまま駆け寄ろうとした時、四郎は思わずはっと立ち止まった。独り、がらんとした冬枯れの庭に立ち尽くす頼朝の、その憂《うれ》いを帯びた瞳の色に、一瞬胸が締め付けられたのだ。

頼朝がそんな四郎の気配に気づいて、微笑した。

「四郎か」

だが、四郎の側に政子がいないことに気づくと、その微笑は空から舞い落ちる淡雪が融けるように消えた。

「政子はどうした」

「姉上は……」

父上に叱られてここへは来られない、と答えようとした時、茂みががさりと揺れた。その瞬間、頼朝の瞳の色が変わった。

「政子か！」

だが、茂みの中から出て来たのは、険しい顔の時政だった。

「やはり、ここに政子が出入りしていたようですな」

その一言で、頼朝は全てを察したのだろう。「ああ」と嘆息のような返事をした後、言葉を噛みしめるように言った。

「……なかなか、楽しい姫君であった」

「もう、政子とは関わらないで頂きたい」

頼朝の言葉に対する返事ではなく、自らの主張のみを時政は淡々と伝えた。

今や都では平 清盛《たいらのきよもり》とその子息が権力を握《にぎ》り「平家にあらずんば人にあらず」……そんなことがまことしやかに囁かれる頃のことだった。

「あなた様は、流人です。政子は私の大事な娘です。娘が、流人と関わることを父親として許すわけにはいかないのです」

頼朝は頷いた。それは諦《あきら》めることに慣れているかのような静かな頷きだった。頼朝が、またあの単調な流人生活に戻るという現実を受け入れた時、

「父上！」

と、高い声が響いた。

はっとして時政と頼朝が視線を送る先に、政子が仁王立《におうだ》ちしていた。

「政子！　……抜け出して来たのか」

時政がしてやられた、という表情をした。政子は怒ったように時政の前に進み出た。

「どうして、私がここへ来てはいけないのですか」

政子の剣幕に押されるように時政は少しのけぞったが、すぐに険しい顔に戻り厳しく言いつける。

「頼朝殿と関わってはならん」

「なぜ」

「流人だからだ」

「どうして流人なの」

「戦《いくさ》に負けたからだ」

「どんな悪いことをしたの、どうして負けたの」

「…………」

時政に政子は詰め寄る。

「どうして流人なら、会ってはいけないの？」

「……どうしてもだ！」

答えに窮《きゅう》し乱暴に言いきった時政に、政子ははっきりと言い返した。

「答えになっておりません！」

時政は大きくため息をつくと、声を張り上げた。

「ええい、駄目なものは駄目だ！」

時政は肩をいからせ、頼朝と政子に背を向けると来た道をずんずん帰って行った。時政がいなくなると、急に場はしんとした。政子はうつむいたまま、ぽつりと言った。

「悔しい」

思いがけない言葉に、頼朝は少し驚いたようだった。

「悔しい？」

「皆、あなたのことを流人だと言う。誰も、あなたのことをあなたとして見ようとしない。それが、悔しい」

顔を上げた政子の瞳は涙に濡れていた。頼朝はどう答えていいかわからない様子で、空を見上げた。舞い落ちていた雪はいつの間にかやみ、曇天《どんてん》の隙間から陽が射し込んでいた。その明るい光が薄茶色の瞳に射した瞬間、頼朝の頬に一筋の雫《しずく》が伝っていた。

それは、温かい涙だった。

頼朝は零れる涙を拭うこともせず、明るい陽射しに向かって呟いた。

「私は、まだ死んでいなかった……」

ある日、突然舞い込んで来た花びらのような娘が、いつしか頼朝の生きる喜びとなっていたのだろう。自分のために、小さな肩を打ち震わせて悔し泣きをする目の前の少女は、頼朝にとってまさにこの蛭ヶ小島に射し込む光のような存在だったのだ。

そう気づいた時、頼朝は心の底から願ったに違いない。

この娘と共に生きたい、と。

そんな政子と頼朝の姿を、四郎は黙って見ていた。

やがて、年頃の娘に成長した政子は宣言した。

朝餉《あさげ》を皆で囲んでいる時だった。

「私は、頼朝様の妻になります」

時政がちょうど汁椀《しるわん》を啜《すす》った時に言ったものだから、時政は盛大にむせ、向かいにいた四郎の顔にわかめが飛んだ。隣の妻が慌てて時政の背をさする。時政は顔を真っ赤にして咳き込みながら苦々しく言った。

「政子、俺を殺す気か」

政子は真っ直ぐ時政を見ていた。四郎は頬についたわかめを指でつまみながら、政子の顔を横目で見た。政子の表情に迷いは全くなく、何を言っても聞かないだろうということは容易にわかった。きっと時政にもそれはわかっていただろうが、言わずにはいられないというように繰り返した。

「許さん、流人の妻など」

「あの御方は、立派な源氏の棟梁です。私は源氏の棟梁の妻になります」

「ばかを言うな！　いいか、今は、平家の世だ」

時政は大声で言い返した。その赤かった顔は娘の決意への恐れからか、もはや青ざめていた。しかし、政子の心は揺るがない。

政子は凜として言いきった。

「今は、でしょう」

◇

あの時の、驚愕《きょうがく》した父の顔と輝いていた姉の横顔を、義時は今でも鮮明に思い出せる。

その後、頼朝は東国の武士を率いる源氏の棟梁として平家打倒の旗を揚げると、見事に平家を壇ノ浦に沈めた。

そして今や、時政は鎌倉の権力を握り、北条家一門は政子の子を将軍に擁立《ようりつ》し、他家の者たちを凌《しの》いでいる。

義時は、己の掌に目を落とした。

(あの日、蛭ヶ小島へ行こうと誘った姉上を自分がもっと必死で止めていたら……？)

姉が、蛭ヶ小島の流人の妻になっていなければ、きっと、今もただの田舎武士の兄弟姉妹だったのだろう……。

そんなことをふと思い、義時は嗤《わら》った。


蹴鞠をした数日後、実朝は一人、文机《ふづくえ》に向かい筆を執り、父、頼朝の書いた親書を写していた。正直、八歳の時に死んだ父の姿はぼんやりとしている。周囲が語る偉大な「鎌倉殿《かまくらどの》」としての姿を想像しようにも、実朝の中にいる頼朝は、我が子を嬉しそうに膝に抱きかかえる父の姿だった。それすら霞《かすみ》がかかったようで、父の表情や仕草はわからない。ただ、漠然と、父という大きな存在の感覚が残るだけだ。

こうして、今、自分が父と同じ将軍となると、父の姿をはっきりと摑みたくなる。

(父上のことを、もっと知りたい)

それは、夢を摑み取るような感覚に似ていた。眠りから覚めた後、先程まで見ていた夢を思い出そうにも、思い出そうとすればするほど曖昧になっていく……淡い夢を、必死で我がものにしようとするような感覚。

その一助になればと、御家人たちに下した頼朝の親書を集め、それを書写することを始めた。それは政子に勧められたことだった。

(母上は、いつもそうだ)

物事を的確に汲み取りそれを実朝に指し示す。こうして、父の書簡を写していると、父が何を思ってこの御家人に接し、何を意図して判断したのかということが、手に取るように伝わってくる。

それは、父の跡を継いだ自分が、父のようになるための糧《かて》となるだろう。

ふと、信子が言っていた新しい勅撰和歌集のことを思い出す。

(あれが鎌倉に届いたら、さっそく父上の歌を読もう……みだいと一緒に)

実朝が筆をすすめていると、文吏《ぶんり》の大江広元《おおえのひろもと》の声がした。

「失礼いたします」

実朝は筆を止め、顔を上げた。部屋に入って来た小柄な広元は腕いっぱいに紙の束を抱えている。

「政所《まんどころ》で判じられた、公文《くもん》をお持ちしました」

恭しく頭を下げた広元の襟足《えりあし》に白いものが目立つのを見て、実朝は「うん」と頷きながら、広元も歳をとったな、と思った。頼朝の代から仕えてきた広元のことは、赤子の頃から知っている。広元に実朝はいつも少年のように「うん」と頷き、広元も実朝の頷きに慣れた様子で微笑み返す。

広元は頼朝が都より召し抱えた有能な文吏だった。頼朝亡き後も政所の諸事務をつかさどり、その知識と思慮の深さから皆がおのずと一目置く人物だった。

幕府の中枢機関である政所で、北条時政をはじめとする有力御家人たちの合議によって裁決されたものが、実朝から出された鎌倉殿下文《くだしぶみ》となる。

大半は土地の所有をめぐる地頭職《じとうしき》に関するものだった。例えば、
安芸国見布乃《あきのくにみぶの》の地頭職の事
小代八郎有道行平《しょうだいはちろうありみちのゆきひら》
右件の所、当国住人山方五郎為忠《やまがたごろうためただ》知行《ちぎょう》の跡を追ひ、領知すべき也。限りある所当官物に於い

ては、懈怠《けたい》致すべからずてへり。

鎌倉殿の仰《おおせ》により、下知件《げじくだん》の如し。


といった内容だ。

どの下文にも「鎌倉殿の仰により」と書かれているのを、実朝はじっと見ながら言った。

「誰がしがどこの土地を所領することを認める、この功績により土地を誰がしに授ける……そのようなことばかりだ」

「それが、鎌倉殿の役割にございますれば。朝廷より土地を治める守護地頭を管理する権限が与えられておりますゆえ」

「鎌倉殿の仰により、下知件の如し。つまり……私がそれを決めたということだ」

「さようにございます」

広元は穏やかに答える。

「だが、それは私が『うん』と言うだけで、会ったこともない者に行ったことのない土地を授けている、ということだろう」

「…………」

「それに、決めているのは時政だ」

実朝は祖父の名を呼び捨てにした。広元は少し驚いたように顔を上げた。

「そういうことだろう」

広元は「さようにございます」とは言わなかった。ただ、困ったように微笑して実朝を見つめ返した。

「その者がどのような者で、その土地がどのような土地なのか、私は知らずに『うん』と言うだけでいいのだろうか……広元は、どう思う？」

「……まだお若い実朝様を、熟練の御家人たちがお支えし判断しているのです。その判断を信ずること、御家人を信じ任せることが今の鎌倉殿に求められる立場なのです」

「その判断がもし間違っているとしたら？」

広元の言っていることはわかるが、素直に「そうか」とは思えなかった。

「実朝様は、聡明にございますな」

「そう？」

実朝は広元が適当な世辞でこの場をうやむやに受け流そうとしていると思った。その実朝のつまらなそうな相槌《あいづち》に気づいたのか、広元は姿勢を正して誠実に答えた。

「確かに、信ずるに値する者が、正しいことをしているとは限りませぬ。それを見極め、諾《だく》とするか、否《いな》とするか、それが、鎌倉殿に求められるお立場にございます。ですがそれを判断するには……」

「まだ経験が足らぬか」

広元は肯定も否定もしなかった。

「実朝様ならばそれができるようになると、私は信じておりまする。今もこうして、私が思っているよりもずっと大人びた目をしておられますゆえ」

実朝は嬉しくなって頷いた。

「うん。……広元よ、私は父のような鎌倉殿になりたいと思う」

実朝の言葉に、広元は微笑んで首肯《しゅこう》した。

◇

その夜、実朝は信子のもとを訪れた。実朝の姿に気づくと、信子は花の咲いたような笑顔を見せた。その信子の横の厨子棚《ずしだな》には、雀の土鈴が置いてある。いつの間に縫い繕ったのだろうか、雀は小さな手製の座布団に座っている。実朝はその様子を微笑ましく見ながら、新しい勅撰和歌集の到着を尋ねた。

「まだ都からは届かない？」

「まだでございます」

「そう……」

信子の返事に実朝は純粋に落胆する。

「早く父上の歌が知りたいなあ」

「さようにございますね。ですが、このようにして何かを待っているというのも悪くはないと思いませんか？」

「……？」

「待っている間は色々なことを想像できますから」

信子の発想に実朝は感心する。

「そうか」

「どうせ待つなら、楽しく待ちたいですもの」

そう思えばただ待ち遠しい時間が、もどかしい時から楽しい時に変わるような気がした。

「みだいは、父上の歌はどんな歌だと思う？」

「そうですね……案外、遊び心のある歌なのではないかしら」

「遊び心？」

「ええ、そんな気がします。御父上様が夏山を雪山に変えたお話を、前に阿波局から聞いたのです。きっと、御父上様は真面目で律義だけれど、心は純粋で無邪気なところがあるのではないかしら」

信子は確信を持ったように頷いて付け足した。

「だって、あなた様の御父上様ですもの」

実朝はその言葉が嬉しくて、素直に笑った。


月明かりに二人が仲睦まじく語り合う姿を水瀬は微笑ましく見ていたが、眠そうに欠伸《あくび》をしたのを信子に見つけられた。

「もう下がってよいぞ」

そっと信子が言うので、水瀬はきまり悪そうに笑って一礼すると自分の局に下がった。

水瀬は局に向かう廊で、美しい朧月《おぼろづき》に思わず足を止めた。御所の裏手はすぐ山で、朧月は春の山肌を照らし、辺りには柔らかい静けさが漂っている。その静けさに誘われるように、水瀬は庭へ下りた。いつの間にか眠気は覚めていた。辺りに誰もいないのをいいことに気の向くままに御所の中を庭伝いに歩いてみた。

「やあ」

突如、背後から男の声がして、水瀬は恐る恐る振り返った。

そこに立っていた青年の姿に安堵したのと同時に、気軽に声をかけられたことにむっとした。

「重保殿」

重保が顔をほころばせる。

「驚かせてしまったか？」

周囲に人の目がないからか、重保の口調は気さくだ。改めて顔を合わせるのは御台所下向につき従って以来だが、重保の屈託のない態度はそんなことを感じさせない。

「御台様付きの女房が、こんなところで何をしている」

「……局に帰る途中で」

「へえ、そなたの局は庭なのか」

「違います！」

否定しながら、水瀬はつい笑った。その笑顔に、重保は嬉しそうに言った。

「笑うと可愛いのだな」

水瀬は一瞬で耳まで赤くなるような気がした。それをごまかすようにわざと強い口調で言い返した。

「重保殿こそ、このようなところで何を」

「今宵は宿直《とのい》だから。庭に怪《あや》しい人影を見つけて追って来たわけだ」

「まあ」

重保の言い方に水瀬は笑ってしまった。そんな水瀬に重保は明るく言う。

「怒ったり笑ったり、忙しい人だな」

水瀬は素直に感情を表に出していたことに言われて初めて気づき、自分で自分に驚いた。

「鎌倉には慣れたか？」

「ええ……」

曖昧な返事に、重保は見透かしたように言う。

「鎌倉の女房たちは、なかなかくせ者が多いだろう」

水瀬は黙って重保を睨んだ。重保は一向に気にせず笑って言う。

「阿波局などは人のよさそうな顔をしているが、腹の底ではいったい何を考えているのかさっぱりわからん」

「重保殿、そのように軽々しいことを言ってばかりでは……」

「足をすくわれるか」

「…………」

重保は頬を掻きながら言う。

「だが、人の顔色を窺いながら生きるというのは、どうも俺の性《しょう》に合わん」

「宮仕えとはそういうものでございましょう」

「ははは、それはそうなのだが」

重保はすっかり気を許した様子で続けた。

「それでも、鎌倉で実朝様のお側近くに仕えていることが嬉しい。どうしてだろうな……実朝様のお側にいると本当にこの御方のために仕えよう、この御方を支えようという気になる。……そなたもそうだろう？　御台様の側にそなたはいつもいる」

水瀬は思いがけず話を振られ、少し動揺したがすぐに落ち着き払って言う。

「御台様のお側に仕えることが、私に与えられた役割ですから」

「役割？」

「私の母は御台様の御実家で雑仕《ぞうし》をする者で、本当なら私、側仕えできるような家柄ではないのです。でも、御台様は私を好いて下さっていつもお側に置いて下さる。だから御台様が鎌倉へ行くと決まった時、私には都に残るという選択はありませんでした」

「都が恋しくはないのか」

「恋しいと思うような人も場所も、都にはありません」

意外な答えに重保は驚いた表情をした。

「俺は、時折故郷が懐かしくなる」

「………」

「俺の故郷は武蔵国《むさしのくに》でね。晴れた日は遥か遠くに山なみが見えて富士の山も見える。鎌倉のように遮る山が無いから、青空の下、広大な野を馬で駆けると本当にどこまでも行けそうな気がする」

重保は水瀬の顔を真っ直ぐ見た。

「その景色を、いつか水瀬殿に見せてあげたい」

重保と水瀬の目が合った。思いがけず重保の目が真剣に自身を見つめていて、水瀬はどきりとした。水瀬は重保の視線から逃れるように夜空を見上げた。

澄みきった空の下どこまでも続く平原を馬で駆ける……重保の颯爽とした騎馬姿が星空にはっきりと映るようだった。

（いつか、行くことはできるだろうか、この人の故郷へ……だけど）

「……御台様のお側にいることが、私に与えられた生き方です」

水瀬の答えに、重保は寂しそうに笑った。

「真面目だな、水瀬殿は」

「…………」

「まあ、いいさ」

重保は水瀬の隣で星空を見上げてすっきりとした口調で言った。

「空の景色は、故郷と同じだ。月の形も、星の並びも。だからこうして並んで空を見上げていたら、それは故郷にいるのと同じ。……行きたい場所や懐かしい場所は案外、そう遠くないのかもしれない」

そう言うと、重保は水瀬のもとをそっと離れた。重保が去った後も、水瀬はしばらく星空を眺めていた。


初夏の陽射しが強くなってきた頃、事件は突然起きた。

「畠山重保、謀反《むほん》にございます！」

朝、飛び込んで来た知らせに、実朝は驚愕した。信子の部屋で遅くまで和歌集に読み耽ってそのまま寝入っていた実朝は、にわかには信じられない知らせに一気に目が覚める思いだった。

「どういうことだ」

実朝は知らせに来た大江広元を問い詰めた。広元は額に汗をかきながら答えるが要領を得ていない。広元自身も寝耳に水であったのだろう。

「先程、重保とその郎党が由比ヶ浜にて反乱、とのこと。時政殿の命で御家人が御所に参集しております」

傍《かたわ》らにいた信子はいったい何が起きたかすら摑みかねた様子で「むほん」と呟いて小首を傾げた。

信子の側に控えていた水瀬が、声を震わせた。

「そんな、そんなはずはございません。どうして、重保殿が……」

信子は水瀬を心配そうに見た後、実朝に訊いた。

「戦になるのですか」

信子は問いながら、その言葉の意味に怯《おび》えたように実朝の袖を摑んだ。鎌倉殿への謀反、それはすなわち、実朝の命を狙うということだ。信子の目に不安の色が滲んでいるのを見やって、実朝は自分が動揺する姿を見せぬよう努めて冷静に言った。

「とにかく、行ってみぬことにはわからぬ」

実朝は武家の男子の略装である狩衣《かりぎぬ》に着替え、南面《みなみおもて》へ向かった。

実朝が御所の南面に出た時にはすでに兜《かぶと》の緒を締めた時政を先頭に、四百もの御家人らが御所の守りを固めていた。実朝の姿を認めると、一斉に鎧兜の男たちが実朝の方を仰ぎ見た。将軍実朝を見上げるその御家人たちの姿に、実朝は足がすくんだ。

時政がいちばんに進言する。

「実朝様、謀反にございます。すぐに畠山一族追討の兵を差し向けねばなりませぬ」

「時政、いったいどういうことだ。なぜ重保が謀反など起こす」

実朝は純粋に問うた。

「早朝、由比ヶ浜にて重保挙兵。駆けつけた三浦義村《みうらよしむら》が重保を討ち取りました」

「な……」

何を言っているのか、飲み込めなかった。進み出た三浦義村が捧げ出したものを見て、実朝は血の気が引いた。

(首桶……)

「首を御改めなさいますか」

三浦義村が首桶の蓋《ふた》を開けようとしたのを、すかさず脇にいた義時が止めた。

実朝が倒れると思ったのだろう。合戦が始まろうとしている時に将軍が首実検で気を失ったとなっては士気に関わる。

「実朝様……」

実朝の側に控えている広元が、実朝を気遣うようにそっと声をかけた。実朝は広元の顔を見やり、大丈夫だ、という意味をこめて小さく頷いた。

「うん」

実朝の脳裏に重保の笑顔が浮かんでは消える。蹴鞠をしたのはついこの間のことではないか。何《なに》故《ゆえ》謀反を起こす。何のために？　本当に重保なのか？　いったいどういうことなのか。実朝は激しいめまいに襲われ、目の前に控える御家人たちがぐらぐらと揺れて見える。

「父親の畠山重忠が武蔵国男衾《おぶすま》にて挙兵し鎌倉へ向かっております。ただちに討手を差し向けねばなりませぬ。ご決断を」

時政は強く実朝を促した。

ここで、自分が「うん」と言えば、この武装した御家人たちは雲霞《うんか》のごとく大挙して鎌倉を発ち、畠山重忠とその一族郎党を討ち取りに行くのだろう。しかし、重保がなぜ、謀反を起こしたのか理由がわからない。その謀反に至るまでの過程もわからぬまま時政の進言通り重忠を討ち取っていいのか？

だが、重保が由比ヶ浜で討ち取られたのは事実だ。もし、本当に重忠が鎌倉へ向かっているのならば、時を逸すれば実朝が討たれ、父の作り上げた鎌倉が滅《ほろ》びるかもしれない。

「ご決断を」

時政がなおも強く言う。

実朝は生唾《なまつば》を飲み込み、目の前の御家人たちを見渡す。皆、実朝の一言を待っている。真っ直ぐに実朝を見つめている。実朝を、鎌倉将軍を信じ仕える御家人たちの視線を一身に受け、実朝は、全身を矢で射貫かれるような感覚を覚える。

どちらを信じ、諾するか……将軍として、鎌倉殿として、どう決断すればいい。

（逃げたい……！）

この立場の重さに改めて気づき実朝の心は震えた。このまま目を閉じ、恐ろしさから背を向け、駆けて行ってしまいたくなる。

（どうする、どうすればいい……）

十四歳の実朝の頭の中はぐちゃぐちゃだった。

その震える足を一歩下げた時だった。

「いかなる理由であれ、謀反の疑いにて重保が討ち取られたのは事実にございます」

背後から凛とした声がした。実朝が振り返ると共に、御家人たちも一斉にそちらを見た。

尼御台所、北条政子が立っていた。

「母上……」

きぃん、と実朝の心に音が鳴った。

政子は実朝の目をじっと見たまま、そこに実朝だけがいるかのように語りかけた。

「謀反の疑いに情けは無用にございます。そうやって頼朝様は、数々の謀反に立ち向かわれ、時に弟君であれ縁者であれ、冷静に御裁きなさいました」

「ですが母上、重保が謀反を起こした理由がわかりませぬ」

「理由など、後でどうとでもなります」

政子の声が氷の破片が飛び散るように響いた。

「よいですか、重保が討ち取られたのは事実なのです。理由がどうであれ、息子を討ち取られた父親が黙っていると思いますか。……もう後には下がれませぬ」

「…………」

「あなたは征夷大将軍、鎌倉殿です。あなたは、あなたのために命を懸ける数多《あまた》の御家人を従えているのです。いついかなる時も毅然とし、その立場を自覚なさい」

母の言葉が、きぃんという音の矢となって実朝の心に突き刺さった。

実朝は、ゆっくりと御家人たちを見回した。先頭には時政がいる。その隣には義時、時房ら北条家の面々がいて、和田義盛も一族郎党を従えて実朝の答えを待っている。和田義盛の側にはその孫の朝盛もいた。朝盛も青ざめた顔で、実朝の決断を固唾《かたず》をのんで見守っている。

実朝と朝盛の視線が重なった瞬間、光る若葉の下で鞠を蹴り上げたあの日を思い出した。

（重保……）

あの爽やかな笑顔に、果たして謀反の心などあったのか？　だが、重保は死んだ。謀反の罪で討ち取られた。その事実は変わらない。

実朝は、無言の首桶を見た後、声を震わせた。

「畠山一族に、謀反の疑いあり。畠山重忠を討ち取ることを命ずる」


討手の大手大将となった北条義時を筆頭に、畠山重忠誅殺《ちゅうさつ》の一団が鎌倉を発った。

ほどなく、武蔵国二俣川《ふたまたがわ》にて重忠の軍勢と鎌倉の追討軍が衝突し、圧倒的な兵力の差で重忠は抵抗むなしく討ち死にした。

義時は鎌倉に戻るなり、時政のもとへ行った。

「父上」

時政の部屋に入るなり挨拶もせず、義時は鋭く問うた。

「謀反の疑いは讒言《ざんげん》にございましたか」

「讒言、とな」

時政は至極落ち着いた様子で、義時を見た。

「まあ、座れ」

義時は憤りを露わに大仰な身振りで座った。

「合戦に立ち向かった重忠殿の手勢は僅か百騎余り。弟や親族も在所の奥州《おうしゅう》や信濃《しなの》などの遠方にいて、こたびの合戦のことも知らせを聞いて知ったというではありませんか。これのどこが謀反にございますか」

「…………」

「父上は、畠山を陥れたのですか」

「…………」

時政は義時の追及に無言を貫いた。

それが、この合戦の答えだった。

義時が時政の邸を出ると、邸の前に時房が立っていて「兄上」と気さくな雰囲気で声をかけてきた。とても戦から帰ってすぐの者とは思えない飄々とした気軽さである。

「なんだ」

苛立ちを隠さず答えると、時房は側近くに寄って耳打ちした。

「阿波局が真相を知っていました」

「な……」

あの悪気のなさそうな妹の顔が思い浮かんだ。

「どうやら、牧の方が絡んでいるらしい。それで、尼御台が兄上を呼んでいます」

胃がきりりと痛み、義時は返事の代わりに舌打ちをした。

政子の邸へ行くと、義時と同じく苛立ちを露わにした政子の横に、しゅんとした表情で阿波局が座っている。

「姉上、お待たせいたしました」

義時が政子の前に坐し挨拶するなり、政子は扇で脇息《きょうそく》を叩いて阿波局に言った。

「もう一度知っていることを説明なさい」

阿波局は目を丸くしながらおずおずと答える。

「私は、父上様のところへ行った時に、ほんの少し話を聞いただけで……」

義時はちっと舌打ちをして阿波局の話に耳を傾けた。

話は御台所を都へ迎えに行った時に遡《さかのぼ》るという。

御台所をお迎えに上がった御家人の中に、畠山重保がいた。上洛した一行は京都守護で牧の方の娘婿である平賀朝雅《ひらがともまさ》の邸に招かれ、宴席に出た。その場で、平賀朝雅と畠山重保との間にちょっとした諍《いさか》いがあったという。重保は何かと軽率な発言の多い男だった。詳細はわからないが重保の言動がもととなったらしい。その場は周囲の取りなしもあってすぐにおさまった。しかし、朝雅が宴席で重保に辱められたことを恨み、後日それを牧の方に訴えた。愛息を失って情緒不安定になっていた牧の方は、娘婿の訴えを受けて「重保を討ってほしい」と一方的に時政に頼んだのだという。

「まさか、それで誅したというのではあるまいな」

義時が口を挟むと、阿波局が口を尖らせる。

「いくら父上様でも、そこまで耄碌《もうろく》していませんわ」

政子が妹を睨んだ。政子の視線を感じたのか、阿波局は口を閉ざした。その後、話を続けたのは時房だった。

「まあ、それが理由の一つではありますが……」

畠山重忠は武蔵国に古くから一大勢力をもつ畠山氏の氏長であった。武蔵国は鎌倉からも近く、彼の地の権益を狙う時政は、隙あらば畠山氏を失脚させんと狙っていたのだ。

「そこにちょうどよく、牧の方の訴えが舞い込んだということです」

「重忠を鎌倉に向けて出兵させるために、重保を騙《だま》し殺した、ということか」

義時が独り言《ご》つと、阿波局はおっとりと言った。

「騙し討ちはよろしくないけれど、武蔵国の武士団は、北条にしてみたらまさに目の上のたんこぶ。それを従える重忠殿が討ち死にしたのは、北条にとって悪い話ではなかった、ということでしょう。ね、だから父上様は耄碌したわけではないって」

「黙りなさい」

政子がぴしゃりと言うと、阿波局は肩をすくめた。

「私、難しいことはわかりません」

政子はすっと背筋を伸ばすと義時に問うた。

「牧の方のこと、どう思いますか」

「どう、とは……」

「いくらお気に入りの娘婿とはいえ、口論しただけで相手を誅してほしいというのはおかしいとは思いませんか」

「確かに……」

「平賀朝雅は、ただ牧の方の娘婿というだけではありませんよ」

「……？」

「信濃源氏の嫡流《ちやくりゆう》の血を引く男です」

政子の言葉に、義時はその真意を察した。傍らで聞いていた時房も「あっ」と息をのんだ。阿波局は何のことだかわからないというように首を傾げる。

「まさか、朝雅殿を担いで……」

「牧の方の真意がそうであるかどうかはわかりません。ですが、そういうことにしてしまうこともできます」

政子の声が、部屋に冷たく響いた。

――そういうことにしてしまう――

牧の方に耽溺している時政は、牧の方の讒言一つで旧来の御家人を潰した。牧の方はそんな時政を利用して、朝雅を担いで将軍の座を奪い取ろうとしている……ということにしてしまう。

政子と義時は無言で視線を交わし、時房は薄ら笑いを浮かべ、阿波局は何も聞いていない、とでもいうように庭を見やり黙っていた。

時政《ちち》の時代は終わった。

時政をしりぞけ、牧の方を消す。

四人の兄弟姉妹の間に、薄暗い了解が交わされた瞬間だった。

実朝は広元を呼び出していた。事件の真相を調べるよう命じられていた広元は、沈痛な面持ちで言葉を続けた。

「それでどうやら……由比ヶ浜に謀反人あり、という知らせを受けて重保殿は邸を出たというのです」

広元の言葉を実朝はすぐに理解できなかった。頭の中で広元の言葉を反芻《はんすう》してから、恐る恐る確かめるように問い返した。

「では、重保は謀反を起こしたのではなく、謀反人を捕らえるために由比ヶ浜へ行ったということではないか」

「……ええ」

「それで、どうして重保が謀反人として討ち取られねばならぬ」

「……そもそも謀反人は存在しなかったのです。重保殿が謀反人ということにされてしまったのです」

「それは、騙し討ちではないのか」

実朝の声が震えた。

「その由比ヶ浜に謀反人あり、と知らせたのは誰だ」

広元は言うべきか否か逡巡《しゅんじゅん》するかのようにうつむいた。その時、部屋に入って来たのは阿波局だった。

「時政様にございますよ」

実朝は言葉を失った。御所の南面で「ご決断を」と迫ってきた時政の顔を思い出す。がくりとうなだれるように実朝は手を床についた。

「な……」

(なんということだ)

自分は祖父に騙されて、罪の無い御家人を誅した、ということか。

実朝にそっと阿波局は近づき、その背に手を置いた。

「実朝様、あなた様は悪くはございませんわ」

「………」

「牧の方が讒言をされたのが始まりですもの。実朝様は、知らなかったのです。知らないままに決断を迫られたのですもの。しかたありませんわ」

(しかたない?)

実朝は顔を上げた。目の前の乳母の唇は笑んでいて、その言葉は実朝の心に絡みつくようだった。

(しかたないのか?)

阿波局の言葉が心に絡みついたままの実朝の視界に、重保の爽やかな笑顔が一瞬現れ、ゆらりと消えた。

◇

数日後、召し上げられた畠山重忠・重保父子の所領は、合戦で活躍した御家人らに分け与えることとなり、御家人が御所に参じた。

実朝は、騙し討ちにあって死んだも同然の二人の領地を切り渡すようなことを、頑《かたく》なに拒んだ。

「いやだ」

幼子のように拒む実朝に、広元は困惑の表情を見せた。

「しかし、戦で功のあった者を賞することが、御家人の鎌倉殿への忠誠につながるのです。これは、頼朝様も行ってきたことですぞ」

頼朝の名を出せば実朝は拒めまいと思ったのだろうか。だが、それでもなお実朝は首を縦に振らなかった。

「いやだといったら、いやだ」

「そのようなことを言われましても……」

広元が困り果てているところへ、政子が入って来た。

「何をしているのです。皆、面で待っているのですよ」

いつまでたっても実朝が出て来ないので、御家人たちがしびれを切らし始めているのだろう。広元が政子のもとへ寄り、実朝が拒んでいることを耳打ちした。政子は背筋を伸ばして、実朝の前に座った。

「実朝様、これは鎌倉殿としてのつとめです」

「いやだ」

「いやだ、ではありません。やらねばならぬのです」

「いやだ」

政子は大仰にため息をついた。

「いやだ、いやだとまるで幼子と同じではありませんか」

「…………」

実朝は泣きそうになるのをこらえながら、政子を睨んだ。

「重保も重忠も、騙されたのだ。騙し討ちの勲功《くんこう》を讃えて、騙し取った所領を分け与えるのが鎌倉殿のつとめか」

「騙し討ちではございません。謀反人を誅したのです」

「嘘だ。重保は騙されて……」

「あの時、あなたが謀反人を討ち取るように命じたことは確かです。今、御所に馳せ参じている御家人たちは、あの時、あなたの命《めい》を受けて命《いのち》を懸けて鎌倉殿を守ったのです。そのことに変わりはありません。命を懸けて奉公した者たちに何も御恩を与えぬわけにはいきませぬ」

「知らなかったのだ」

実朝は懸命に首を振って、政子の言葉を拒んだ。

「あの時、私は知らなかったのだ。知らずに決断を迫られたのだ」

だから、しかたがなかったのだ、と続けようとした時、政子がそれを鋭く遮った。

「たとえそうだったとしても、知らずに決断することは、知った上で決断することよりも罪が重いのです」

「……！」

「重忠と重保の死は、あなたの無知の結果です」

実朝は唇をわなわなとふるわせて床に突っ伏した。

（己の無知ゆえに、重保を殺してしまった……！）

「尼御台様……このくらいで」

実朝を庇うように広元がそっと政子を制した。これ以上実朝を追い詰めるのは余りにも酷《こく》だと思ったのだろう。

「将軍ご幼稚につき、この尼御台所が勲功を計らいます」

政子は広元に向かってそう言うと、床に突っ伏したままの実朝を置いて、面で待つ御家人らのもとへ粛々《しゅくしゅく》と歩んで行った。


それからしばらくして、鎌倉にある「噂」が広がり始めた。

牧の方の讒言にそそのかされた時政が畠山父子を謀反の罪に陥れた……そんな噂が出どころもわからず流れ出し、次第に時政と牧の方への批判が高まりだした。

〈牧の方が実朝様を廃し、娘婿の朝雅を担いで将軍職を握ろうとしているという〉

そんな噂までもが流れ始めた頃、阿波局は牧の方に呼び出された。

「話が変わっています」

牧の方は青ざめ、自分の置かれた立場に怯えるように両腕を抱えている。

「私が畠山重保を懲《こ》らしめてほしいと言ったのは確かです。ですが……」

阿波局は義母を憐れむように見た。

「義母上様、私をわざわざ呼び出したのはそれを言いたかったためですか」

阿波局に牧の方はすがりついた。

「実朝様に、このことをお伝えしてほしいのです。乳母のあなたから、実朝様のお立場を狙うなど私も朝雅も微塵《みじん》も思っておりませぬ、と」

「私に取りなしてほしいと」

阿波局はため息交じりに言った。

「実朝様は讒言によって、重保を失ったことに深く傷ついております。陥れた因《もと》を作った義母上様をお許しになるかどうか……」

「ですが、このままでは朝雅までもが……」

「お気の毒にございますね」

「な……」

「鎌倉《ここ》はそういうところですもの、ねえ」

そう言うと阿波局はうつろにどこか遠くを見た。そんな阿波局に牧の方はなおも言いすがる。

「あなたなら、わかるでしょう。身内が陥れられる恐ろしさが！」

阿波局はすっと立ち上がると、牧の方を見下ろして冷たく言い放った。

「義母上様、頼む相手が違うのではありませんか」

「……？」

「私は、ただの乳母にございます。将軍ご幼稚につき、勲功差配を取り仕切ったのは尼御台所様でございますよ」

牧の方は政子の怜悧《れいり》な横顔を思い浮かべたのか、顔をさっと引きつらせた。

「あの女……！」

牧の方が思わず言った言葉に、阿波局はさもおかしそうに笑った。

「その言い方、義母上様ったら」

政子の命により実朝擁護の御家人たちが武装し時政邸を取り囲んだのは、その数日後のことだった。時政を擁護する声は一つも上がらなかった。

邸を囲む兵の先陣に立つ義時の顔を見て、時政は豪快に笑ったという。

「政子め、俺を殺す気か！」

そうして、時政は抵抗することなく出家し、かつて源氏の流人がいた蛭ヶ小島に近い、伊豆の北条郡に蟄居《ちっきょ》することとなった。牧の方は鎌倉を追われ娘と婿のいる都へ行った。だが、その後、平賀朝雅は在京御家人の手で討ち取られた。

父、時政をしりぞける、兄弟姉妹の思惑は見事に成し遂げられたのだった。


水瀬は信子の使いの帰りに、御所の庭を見ながら立ち止まった。そこは、あの夜、重保と星空を見上げていた場所だった。

「水瀬殿」

思いがけず声をかけられ、水瀬が振り返るとそこにいたのは泰時だった。相変わらず落ち着いた笑みを浮かべている。

「何を御覧になっていたのですか」

「……空を」

「空？」

泰時は不思議そうな顔をして水瀬の隣で空を見上げた。きっと泰時には何の変哲もない夏の晴れた空に見えただろう。

「私は、どうしてもわからないのです」

水瀬は空を見上げたまま言った。

「重保殿がなぜ討たれねばならなかったのか。重保殿は、あんなに素直で……」

そこまで言って、水瀬は重保の笑顔を思い浮かべて声を詰まらせた。以前、夜空を見上げながら実朝の側近くに仕えることの喜びを語っていた。その重保の横顔、あの表情に嘘はなかった。

〈行きたい場所や懐かしい場所は案外、そう遠くないのかもしれない〉

重保の声が、今も水瀬の心には響き続けている。だが、水瀬はそこで感傷に耐えかねて落涙するようなことはなかった。

「私は考えてみたのです。この一件で誰が利を得たのか」

畠山父子の「謀反」によって、武蔵国の権益は北条の手に入った。その「謀反」は偽りだったとして、批判が高まった牧の方と時政には誰も味方しなかった。そうして時政が失脚した後、時政の地位を継いだのは、義時だ。

「あくまで、結果から推し量ったに過ぎませんが……」

水瀬がその答えを言おうとした時、泰時はやんわりとそれを制した。

「それ以上は言わない方がいい」

「…………」

水瀬は泰時の顔を見た。……義時の息子の顔を。その顔は、ひどく寂しそうに笑っていた。

「水瀬殿は御台所の女房だ」

「ええ」

「それはすなわち、その発言は御台所の意向ととられかねない」

「それは」

違うと否定しようとした水瀬を、泰時は遮った。

「鎌倉《ここ》は、そういうところだ」

「…………」

「公家の御台所を守りたいのならば、そのことを忘れない方がいい。誰がどこで聞いているかわからないよ」

泰時の忠告ともいえる言葉に水瀬は黙るしかなかった。


信子は一人、部屋で古今和歌集を開いていた。

あれ以来、実朝は信子の部屋を訪れない。まだ、実朝と出会ってから半年ほどしか経たないが、実朝の心がいかに繊細で優しいかはわかっていた。深く傷ついているのだろうということは容易に察せられた。

「やまとうたは、人の心を種として、万の言の葉とぞなれりける」

実朝と声を重ねた仮名序を一人で読む。

こんな時、傷ついた実朝に寄り添いたい、と思う自分がいた。一方で、この自分が実朝の支えになることができるのだろうか、とも思う。言の葉を重ね、心を通わせたつもりでいたけれど、それはつもりだけのことだったのかもしれない。実朝が訪れぬことが、何よりもそれを示しているような気がした。そしてそのことが、かように寂しくて不安なものなのか、と信子は思った。

信子は厨子棚に置いてある、雀の土鈴を掌に載せた。これを実朝にもらった時の気持ちを思い出し、胸がきゅっとなった。そっと雀を振ると、ころころと心地よい音が耳に響く。その音を聞きながら、実朝に会いたいと思った。

(これが恋い慕うという感情なのだろうか)

十三歳の信子には、恋というものはわからない。わからぬまま実朝の妻になった。

「御台所って、何なのかしら」

自分が、いつか政子のように御家人らの前で堂々と立ち振る舞う姿など想像もできない。公家の自分は、この武家の地でいったいどのように生きればいいのだろう……。

信子はどさりと床に横になった。外は夏の盛り、御簾を掛けていても室内はじりじりと蒸し暑い。

(だけど、都より風が通る……海があるからなのかしら)

信子は吹き抜ける夏風を頬に感じながら目を閉じて、蒼い海を思い描く。

〈海にございます〉

それを教えてくれた爽やかな青年は、もうこの世にいない。

◇

夏も過ぎ、風の中に秋の気配が漂い始めた頃、都にいる信子の父、坊門信清から贈り物が届いた。漆塗りの箱の中にそれは入っていた。

箱には信清の文が添えてあって、信子はそれをまず開いた。

〈鎌倉の不穏な情勢に信子を思い、心を痛めておる〉

率直な父の言葉に、信子は目頭が熱くなる。親元を離れ一人遠い地へ嫁いだ心細さが、懐かしい父の字を見てにわかに湧き上がる。しかし、その後に続く言葉に信子の郷愁の思いはふっと消えた。

〈鎌倉の情勢、そなたの知る限り伝えてほしい〉

視線を感じて顔を上げると、水瀬が静かに信子を見ていた。目が合うと、水瀬はすっと目を伏せた。信子は再び文の続きを読む。

〈以前頼まれていた所望の品を贈る。これが、心の慰めになることを願う〉

信子は文を傍らに置いて漆塗りの蓋を開けた。その贈り物の中身に、思わず「これは」と声を上げた。

「何が届いたのですか?」

首を傾げる水瀬を信子は手招いた。水瀬は信子の側へ行き箱の中を覗き見て、笑顔で首肯した。

「これは、ようございましたね」

「すぐにお知らせしなくてはね」

そうして信子は筆を執り少し思案すると、手元の短冊に和歌の上の句を綴《つづ》った。その短冊を水瀬に託し、実朝のもとへ持って行くように命じた。

「信清様への御返事はいかがなさいますか」

水瀬は短冊を受け取りながら、信子に信清への返事を促した。信子は少し声を落として「ええ」と答えると、もう一度筆を執った。

信子が父へ綴るのは贈り物への礼と、鎌倉のことを知る限り……。

綴りながら思う。畠山謀反の一件、時政失脚……不穏な情勢の中、実朝が自分のもとを訪れないのは、やはり自分が公家の人間だからなのだろうか、と。この一文字一文字が、優しいあの人への裏切りのように思えて、文章を綴るごとに胸が痛む。信子の文の内容を得意気に上皇に奏上する父の姿がありありと思い浮かぶ。

それでも信子は筆を止めることはできなかった。


信子の使いが来ている、と聞いて実朝は水瀬を通した。

重保の一件以来、御所の中は殺伐《さつばつ》とした空気が漂い、おのずと信子の部屋から足が遠のいていたことに少し気まずさを感じつつ、水瀬と向き合った。水瀬は、使いの女房らしく畏《かしこ》まって実朝の前に座ると、信子から託された短冊を前に出した。

「御台様からにございます」

短冊には信子の可憐な字で、言の葉が綴られている。

君や来む　我やゆかむの　いさよひに

実朝は、それを読んではっとした。いつか、信子と読み耽った古今和歌集の読み人知らずの和歌の上の句だった。実朝はすぐに下の句が思い浮かんだと同時に、信子の言いたいことが伝わってきた。信子のもとで言の葉を交わし合うひと時を思い出し、胸の奥がじんわりと温かくなるのを感じる。

「お返事はどうなさりますか」

実朝は即答した。

「行って伝える」

◇

その夜、実朝は月が出るのを待って信子の部屋を訪れた。

信子の部屋の戸は、思った通り僅かに開いていて月明かりが射し込んでいる。信子の雅《みやび》で気の利いた趣向に実朝の胸は高鳴った。実朝がその戸をそっと潜《くぐ》り抜け部屋に入ると、信子の後ろ姿が目に入った。実朝は、その可憐な後ろ姿に向けてあの和歌の下の句を声に出した。

「……槙《まき》の板戸もささず寝にけり、でよいか」

君や来む　我やゆかむの　いさよひに　槙の板戸も　ささず寝にけり

(あなたが来て下さるのを待とうか、それとも私が行こうかとためらうように十六夜の月が出て来て、槙の板戸も閉ざさずにあなたの訪れを待ってうとうとと眠ってしまったことよ)

実朝の声に、信子は笑顔で振り返った。

不穏な情勢の中、信子のことを気に掛けなかったことを咎《とが》めることをせず、ただやんわりと和歌を用いて訪れを促した信子の健気《けなげ》さに、実朝は救われる思いだった。

「あの古歌で、私の思いがわかりました?」

信子の優しい問いかけに実朝は「うん」と頷いた。そのままこらえきれなくなって信子を抱きしめた。信子は黙って両腕を回して受け入れてくれた。それだけで、実朝は泣きそうになってしまった。実朝の肩が微かに震えているのを感じ取ったのか、信子が心配そうに実朝の顔を見やった。

「実朝様……?」

実朝は目を固く閉じ、嗚咽しそうになるのを唇を噛みしめてこらえた。

「……私のせいだ。重保を殺したのは……私だ」

ようやく震える声で後悔の言葉を呟いた。すると、信子の腕の力がぎゅっと強くなった。その信子の腕の力に実朝は心がすうっと軽くなっていく気がした。

しばらくして、実朝は信子を抱きしめる腕の力を緩めると「ずっと会いに来られなくて、すまなかった」と謝った。信子は実朝の手をそっと握った。

「実朝様にぜひに今宵訪れてほしかった理由があるのです」

「理由?」

「これにございます」

信子は、父、信清から送られた漆塗りの箱を差し出した。

「これは?」

「開けてみてください。お待ちかねのものにございますよ」

もしやと思い、実朝は蓋を開ける手が僅かに震えた。漆塗りの蓋を開けると実朝の目に、待ちに待っていた題字が飛び込んできた。

新古今和歌集

それは、上皇が編纂《へんさん》していたあの新しい勅撰和歌集だった。

「読んでもよいか」

実朝が律義に尋ねると、信子は微笑みながら「もちろんにございます」と大きく頷いた。

実朝は真っ先に読みたい歌があった。信子は心得たようにその歌の載る巻を取り出して項をめくる。その歌を見つけると、信子は細い指でそれを指し示した。

「これにございましょう？」

実朝は信子の指がなぞる言の葉を見た。

みちのくの　いはでしのぶは　えぞ知らぬ　書きつくしてよ　壺の石文

「これが……父上の歌か」

「はい、頼朝様の言の葉にございます」

「これは、どういうことだろう」

和歌を習い始めたばかりの実朝は素直に首を傾げた。詞書《ことばがき》によると、頼朝が上洛の際に僧慈円《じえん》と文を交わした時の歌だという。

「では、私がお教えいたしましょう」

信子が講師のように畏まって「こほん」と咳払いすると、実朝も教授される子弟のように膝を正し信子に向き合った。

「よろしくお願いいたします」

実朝と信子は視線を交わし、互いの道化に口元をほころばせた。久しぶりに笑みがこぼれ、二人の心が温かく通う気がした。

「この歌は、陸奥《みちのく》の歌枕の地と掛詞《かけことば》を使った遊び心に富んだ歌にございます」

「ほう」

「まず、いはでしのぶ、すなわち『言はで忍ぶ』……言わずに我慢する、という意味に歌枕の『岩手、信夫』を掛けています。次に、えぞ知らぬ、は『得ぞ』と『蝦夷《えぞ》』を掛けて、得ぞ知らぬ……理解しかねるの意味。壺の石文は、陸奥にある『壺の碑《いしぶみ》』という石碑のことです。昔、征夷大将軍坂上田村麻呂《さかのうえのたむらまろ》が陸奥の蝦夷を攻め討った時に都母《つも》という地に置いた石碑といわれていますが、今は陸奥を歌う時の歌枕の地とされています。ここに『踏み』と『文』を掛けています。つまり、陸奥の岩手信夫のように言わずに我慢するのは理解しかねます。壺の碑まで踏み入るように文には思いの丈を書き尽くしてください。

という、意味の歌になります」

信子の説明に実朝は目をぱちぱち瞬く。

「掛詞ばかりだなあ。ようは、『言いたいことを我慢するのは良くない、あなたの思うところをどうぞ文に書き尽くしてください』ということだろう?」

「それを和歌で伝えたことに意味があるのです」

「どういうことだ？」

「『言いたいことがあるなら、はっきり言ってほしい』という意味をそのまま言われるのと、このように和歌にして掛詞で遊び心を交えて言われるのと、相手の受け取る印象は違いますよね」

信子がそう問いかけると、実朝は「そうか……！」と閃《ひらめ》いた。

「それが、歌の力……なのか？」

「そうだと、私は思います。もちろん掛詞を使いこなす機知や征夷大将軍ゆかりの地を詠み込んでいるのがこの歌の髄ですが、御父上様は『歌』そのものがいかなる意味を持つものなのかを、わかった上でこの歌を詠んだのではないかしら。つまりは、御父上様は武家の棟梁でありながらも、言の葉で人の心を動かす力に優れていらしたということです」

「言の葉で……」

実朝はもう一度、父の歌を読んだ。

知らなかった父の姿を、そこに見たような気がした。漠然としていたその姿が鮮やかになり、その言葉一つ一つに、父がそこにいるような感覚になる。幻影のようであり憧れでもある父の姿が、今、確かに、目の前にある。

（言の葉で人の心を動かすことができるのか……）

その日以来、実朝は夢中で新古今和歌集を読んだ。

それは無意識に、畠山父子の一件で傷ついた心を少しずつ癒《いや》していく行為になっていたのだった。

四

時政が伊豆に退いた後、鎌倉はしばらく平穏な日々が続いた。

泰時はそんな穏やかな日々の中で、父の義時の目がより一層、鋭くなったことを冷静に感じていた。時政が鎌倉を去った後、義時は北条家の筆頭に立った。義時には時政のような豪胆さはないが、尼御台所の弟として、そして将軍実朝の叔父としての隠然たる力をもって、その鋭い目で鎌倉を見据えているのだった。

十五歳となった実朝は政子と義時の意向を従順に受け入れ政務に努める一方で、和歌の学びを兼ねて頻繁に御所で和歌会を開いていた。実朝は和歌に通じた在京経験のある御家人らを呼ぶだけでなく、和田朝盛や北条泰時など若手の御家人を積極的に参加させていた。泰時は和歌が得意ではなかったが、実朝の命に応じて真面目に参加していた。

御所で「春来たる」という題で和歌会を開いた時のこと。

集まった者たちはそれぞれに春が来たと感じる風物を歌に詠んだ。泰時は、眉間に皺を寄せて歌をひねり出そうとする。そんな泰時を見かねたように実朝が助け舟を出してくれた。

「泰時はどんな時に春が来たと思う」

「は……」

泰時は畏まって考えるが、ありきたりなことしか思い浮かばない。

「花が咲いた時でしょうか」

「ほう、どんな花だ」

「梅……いや桜か」

泰時は冷や汗を流しながら、しどろもどろに答える。そんな泰時に実朝は大らかな声で言った。

「私は空を見た時に春が来たと思う」

「空、でございますか」

「うん」

実朝は想像を膨らませるように、言の葉を連ねた。

「春、霞がかかった山の端の向こう、広がる空も霞で淡く青い。冬の澄みきった空とは同じ青でも違う青だ。そんな時、春が来たなと思う」

「はあ……」

ぽかんとした返事をする泰時の横で居並ぶ他の者たちは「なるほど」と感心したように頷く。

「では、夏はどんな時に感じる」

実朝は再度泰時に訊く。泰時は何と答えようかと頭をひねる。夏は暑い、としか浮かばない。

「朝盛はどう思う」

実朝が朝盛の方に問い直した。朝盛は心得たように答えた。

「木々の葉の色に夏を感じます」

「葉の色は秋の紅葉ではなくて？」

「はい、木々の葉の緑が深みを増して、夏の陽射しに輝いているのを見ると、夏が来たと思います。確かに、紅葉でも秋を感じますが、私は、秋を『風』に感じます」

秋は風、と聞いて実朝は「そうか」と合点したようにぽんと扇で膝を叩いた。

「風の音にぞ　おどろかれぬる……か！」

「秋来《き》ぬと　目にはさやかに　見えねども　風の音にぞ　おどろかれぬる」

朝盛が朗々と歌い上げたのは、古今和歌集藤原敏行《ふじわらのとしゆき》の歌だった。

実朝は満面の笑みで「では、冬は」と続けて問う。

「夜、かと」

「私もそう思った！」

「冴え冴えとした月や星を見ると、冬を感じます」

「うん……澄んだ月、氷のかけらのような星の煌めき、それをそなたも感じるか！」

言の葉を愛し、語り合う二人の間には泰時が入り込む余地がないほど、主従とは違う信頼のようなものが満ち溢れていた。

和歌会から戻ると、泰時は父の義時に呼び出された。和歌会の様子を尋ねられ、正直に答えると、義時は苦々しい顔で言った。

「実朝様が朝盛ばかりを気に入ってしまっては、和田義盛が高笑いするのが目に見えるようだ」

泰時は苛立つ父の顔を見ながら、淡々と言った。

「実朝様は朝盛の感性をいたく気に入っているのです。そして私はその感性がないのです」

義時は呆《あき》れたようにため息をついた。

「ならば修練しろ」

「何の、でしょうか？」

つい、泰時は訊き返してしまった。

「和歌だ」

不機嫌そうな父の声に、泰時は苦笑いした。御所で囁かれる「ある言葉」が余計に父を苛立たせているのはすぐにわかった。

〈実朝鍾愛《しょうあい》の近侍《きんじ》〉

和歌を好むようになってからというもの、実朝は「朝盛、朝盛はおるか」と、何かにつけて朝盛を側に呼ぶようになっていた。

夜、朝盛が宿直だと知ると、必ずといっていいほど実朝は朝盛を部屋に呼び寄せる。そうして和歌の談議に花を咲かせ、時を忘れて一晩中楽しげに語り明かすのだ。当然、和歌を不得手とする御家人らはそれを面白くは思わない。「朝盛と共に宿直をすると、将軍の部屋から睦言が聞こえる」などと下世話な噂まで囁かれるほどだった。

二人きりで語らう姿を見れば、そう言いたくなる気持ちもわからなくはない。交わし合う視線や漏れ聞こえる密やかな笑い声は、まるで若い恋人同士のように爽やかなのに濃密で、とても他の者には入り込めないものを感じさせた。いつ誰が言い出したのか、朝盛は〈実朝鍾愛の近侍〉と揶揄《やゆ》されるようになっていた。

正直、泰時でさえ、早朝の御所で実朝の部屋から眠い目をこすりながら出て来た朝盛とはち合わせした時、乱れた鬢《びん》のしどけない姿が、その端整な顔立ちに妙に似合っていて、どきりとしたくらいだ。

「まあ、努力はしますが。いくら修練しても感性の合う合わないはどうしようもない。何と言うか……私は真面目すぎるのです」

「はあ？」

潔いほどにあっさりと言う泰時に、義時は呆れていいのか感心していいのかというように嘆息した。

「まあ、私は私に向いたやり方で実朝様にお仕えしますよ」

「何のことだ」

義時は泰時を軽く睨んだ。泰時は父の鋭い目をじっと見つめ返して答えた。

「北条は北条らしく……ですかね」


その年の六月、頼家の遺児であり実朝の甥《おい》でもある幼子、善哉《ぜんざい》の着袴《ちゃつこ》の儀が政子のもとで執り行われた。実朝は政子の邸に赴き善哉の着袴の儀を、叔父として、将軍として見守った。

着袴の儀とは幼児が初めて袴を着ける儀のことである。幼児の成長を祝い、健康を願うのである。鎌倉将軍家の血を濃く引く幼子の着袴を祝い、その席には北条義時をはじめ三浦義村、和田義盛といった幕府の重鎮の面々がそろっていた。

外は静かな雨が降っていて、庭木の深緑がしっとりと濡れ、湿った土の匂いとむせかえるような夏の濃い緑の匂いに包まれていた。

「しばらく見ぬ間に、こんなに大きくなって」

袴を着けた善哉が政子の前に座ると、政子は相好を崩した。

七歳となった善哉の後ろには乳母である三浦義村の妻がぴたりと張り付き、政子の前で善哉のそそうがないようにしかと見守っている。乳母が善哉の耳元で「さあさあ」と促すように囁くと、善哉は元気な声を発した。

「おばあさまにお会いできてうれしゅうございます」

乳母と何度も練習して来たのだろうということが窺われ、幼子らしい純粋な健気さを醸《かも》し出している。善哉の餅《もち》のように柔らかく白い頬が、緊張でほのかに紅い。利かん気の強そうな黒々した瞳で政子を見つめていた。政子はそんな善哉の姿を愛おしそうに見つめ「おばあさま」と言われたことで改めて「孫」の成長を喜ばしく感じたようだった。

「幼い頃の頼家によく似ている」

ぽろりと、政子が死んだ頼家の名を出したことで一瞬にして場がしんとなり、降りしきる雨の音だけが部屋に響いた。義時は表情一つ崩さなかったが、その心の琴線が微かに震えたのを隣にいた実朝は感じていた。

(この我が強そうな幼子は、そんなに兄上に似ているのだろうか)

十歳も離れた兄は、実朝が物心ついたころにはもう元服していて、共に遊んだ記憶はない。兄と共に過ごした記憶さえ曖昧だった。目の前の幼子に兄の姿を感じることは、実朝にはできなかった。善哉と言葉を交わす政子を横目に見やり、実朝はふと気づく。

(きぃん、としない)

善哉に対して、頬を緩める政子の姿は、素直に孫の成長を喜ぶ、一人の老尼だった。政子は上機嫌のまま、その場にいる面々を見まわして言った。

「善哉を、実朝様の猶子《ゆうし》にしてはどうかしら」

その発言に場は少なからずどよめく。猶子とは実子と同様に遇するということである。実朝の後嗣に関わる問題をどうして祝いの場の高揚した感情に任せて軽々と発言してしまったのか、政子らしからぬ言動だった。実朝自身、事前に聞いていなかったことなので驚いた。当の善哉はいったい何のことかわからぬようにきょとんとしている。

「姉上……」

義時が政子に言い返そうとした時、乳母夫《めのとぶ》の三浦義村が先に出た。

「将軍の猶子として下さること、善哉様に代わりまして乳母夫より深く御礼申し上げます」

この厚遇を逃してはなるまいというように、義村はすかさず深々と平伏し政子の発言を衆人の前で確定させた。

義時は、言いかけた言葉を飲み込むように小さく舌打ちをした。

「実朝様はそれでよろしゅうございますか」

実朝が、否定か留保をしてくれることへの僅かな期待を込めて、義時は実朝に最終判断をゆだねたのだろう。しかし実朝は、いつもの曖昧な頷きをすることしかできなかった。

「うん」

「やあ、これはめでたいめでたい！」

実朝の頷きに、これ見よがしに義村が喜んだ。それを義時は睨みつけたが、それ以上何も言うことはなかった。

着袴の儀が終わり、誰もいなくなった部屋の中央で義時は政子と対峙した。

「姉上、あれはどういうことですか」

「あれ、とは？」

「猶子の件です」

「ああ……それが？」

「姉上らしからぬご判断でした。いくら、孫の成長が嬉しかったとはいえ、実朝様に実子がお生まれになった時のことをお考えにはならなかったのですか」

政子は鋭く言い返す。

「私が、善哉の成長に浮かれて勢いで言ったとでも？」

「…………」

意表を突かれ、義時は黙った。

政子は立ち上がり義時の横を通ると、庭を眺める縁に立った。それを追いかけるように義時は庭へ視線をやった。雨はもうやんでいて、うっすらと雲の切れ間から西陽が射し込んでいた。庭の花木が静かな夕方の風に揺れるたびに、濡れた葉面が鮮やかに照り映え、眩しいくらいだった。

「もちろん、祖母として善哉の成長が喜ばしくもありました。……頼家の死があまりにも酷でしたから」

義時は庭を見やる政子の背を黙って見た。政子の顔が見えないことに安堵している自分がいた。

「頼家の遺した善哉には、将軍継承の資格があります。その善哉を三浦の手の元に置いておくことが、ゆくゆく実朝のためになりますか？」

ゆっくりと振り返った政子の顔は、ひどく静かだった。

「私は……善哉を殺すのはいやですよ」

義時は政子の視線から、目をそらしてはいけないと思った。そらしてしまえば、認めることになる。

頼家を、殺したことを。

母としての静かなる怒りに義時は対峙していた。義時の背中がじっとりと汗で湿る。生ぬるい風が吹いて、雨上がりの花木の匂いが立ち込めた。あの時の修善寺《しゅぜんじ》も、雨上がりのむせかえるような緑の匂いに包まれていた……。

◇

夕闇の中、濡れた土に足を取られぬよう義時は一歩一歩慎重に歩んだ。

薄暗い木々の合間を歩みながら、ふと、湿った緑の匂いが変わり目指す場所に近づいたことがわかった。

頼家が湯浴《ゆあ》みする湯気の匂いだった。

出家したとはいえ、鎌倉将軍であった頼家が住まうにはあまりにも簡素な造りの屋敷だった。義時は、闇の先にいる時房と目を交わす。二人は無言で頷き合うと、音もなく屋敷の中に侵入した。すぐに時房が頼家の家人にはち合わせした。その瞬間、時房は頼家の家人を無言で斬り殺した。飛散した返り血が義時の頬を生温かく叩くと同時に、義時は一気に浴室に飛び込むと、全裸の頼家を床に押さえつけた。

「何奴《なにやつ》か！」

頼家の叫びが響く。義時は、抵抗する頼家に馬乗りになり、そのまま両の手を頼家の首にかけた。頼家は相手が誰かわかったのか、驚愕と怒りの眼差しで義時を睨みつけた。頼家の黒々とした勝気な瞳が義時を射貫いた瞬間、義時は確かにその声が聞こえた気がした。

〈ねえ、四郎。蛭ヶ小島に行かない？〉

義時の手が一瞬ゆるんだその隙を頼家は逃さなかった。頼家は義時を突き飛ばし、そのまま床の上でもみ合いになった。病気療養しているとはいえまだ二十三歳の男である。今度は義時が頼家に押さえ込まれそうになる。そこへ時房が駆け込み、もみ合う二人を見て迷わず太刀を構えた。

「兄上！」

義時は時房の刃《やいば》を横目で認めると、頼家に組み伏せられながら鋭く制した。

「斬ってはならん！」

「しかし……！」

あくまで、病死にしなければならないのだ。

（もう後戻りはできない……）

義時は渾身の力で頼家を撥《は》ね除《の》けると、そのまま膝で頼家の陰嚢《いんのう》を蹴り上げた。頼家は顔を真っ赤にして、声にならない悲鳴を上げた。その隙に、義時は頼家の首を両手で絞めた。頼家の目が零れ落ちんばかりに見開かれ充血する。義時は思わずその瞳から目をそらしたが、両手の力は決して緩めなかった。

首の骨がぽきっと折れるような乾いた音がして、

「かっ……」と、頼家がかすれた声を発した。

そうして顔が赤黒くなったかと思った瞬間、頼家の全身から力が抜けた。目は見開かれたままだったが、その色は暗い洞《ほら》のようだった。

(死んだ……)

それでも義時は暫《しば》く両の手を緩めることができなかった。確実に息の根を止めねばならぬ、という思いよりも、手が硬直していたのだ。己の意志で姉の子を殺したこの両手に慄《おのの》いている自分がいた。

◇

義時は、あの時の手の感触を今も生々しく覚えている。

義時は政子の鋭い視線から目を落とし、じっと己の掌を見つめた。

「全ては、北条のため、なのでしょう」

政子の冷ややかな呟きに、義時は何も言わなかった。

頼家は妻を乳母の実家である比企《ひき》家から娶《めと》ると、次第に北条家よりも比企家を重んじるようになっていた。北条の言うことを聞かなくなった頼家よりも、幼く素直な実朝を将軍に仕立て上げるために、頼家は殺されたのだ。

二人は無言で視線を交わした。

長い時が過ぎたような気もするが、それは一瞬の視線の交差にすぎなかったのかもしれない。静かな水面に落ちた水滴が波紋を作るように、声が部屋に響いた。

「母上がそう望むなら、それでいいではないか」

二人は驚いてそちらを見やった。蒼白い顔が曖昧な微笑をたたえて立っていた。

「実朝様、いつの間に……」

義時が笑顔を繕い問うと、実朝は「うん」と頷いて淡々と言った。

「死んだ兄の子を、弟が実子として見るのは至極まっとうなことではないのか？」

「それは、そうですが」

「ならば、それでよいではないか」

実朝はそう言うと、ふいと部屋を出た。その線の細い後ろ姿を義時は黙って見やった。


翌年、十六歳となった実朝はいつの間にか声変わりがすっかり終わり、綺麗に低く澄んだ声を発するようになっていた。だが「うん」と答える癖は相変わらずだったし、事あるごとに朝盛を側近くに呼んでは、時を忘れて語らうことをやめなかった。

この年の正月、実朝は将軍となって初めて二所詣《にしょもうで》を行った。二所詣とは、鎌倉将軍が箱根権現《ごんげん》と伊豆権現に参詣する行事であった。上皇の熊野御幸《くまのごこう》に倣《なら》って頼朝が始めたものだった。

鎌倉を発つ前日、実朝は由比ヶ浜で潮浴びをして精進《しょうじん》をした。

御家人を引き連れ、実朝は単衣《ひとえ》姿で早朝の由比ヶ浜に立った。東の空の方が薄明るくなってきているが、濃紫の天にはまだ星が瞬《またた》いている。夜明け前の海原は底知れぬ暗い闇を映し、うねる波音が陰鬱に響いている。蒼暗い海原から吹き寄せる冷たい潮風が実朝の体を打った。実朝は寒さに震える姿を御家人らに晒すわけにはいかぬ、と気合を入れぐっと歯を食いしばると単衣を脱いだ。

側に控える義時が、実朝の脱いだ衣を受け取る。実朝を見やりながら義時が苦笑いをしたような気がして、実朝の心はほんの少し傷ついた。

この数年で、実朝は一気に背が伸びた。信子を越したのはとうの昔、もう政子も越え、あと少しで義時をも越すのではなかろうか。どんどん伸びる背に着物を仕立てるのが間に合わないくらいだった。しかし背ばかり伸びて、筋骨に逞しさというものは微塵もない。薄い胸板や白い脛には余計な毛一つ生えていない。

（武家の棟梁……将軍、か）

実朝は自分の体が、その名に似つかわしくないことを自覚している。誰も言葉にはしないが、誰もがそう思っているであろうことも。それなのに、その名は実朝の身にまとわりついて離れることは決してない。そう、絶望的なほどに。

（逃れうることができないのならば、逃げることなく、私は私にできることをするまでだ）

だが、それが何なのか、将軍として自分にできることは何なのか、それはまだわからなかった。

冷たい海風と重苦しい波の音に包まれながら実朝が潮浴びをしていると、赤紫の東雲《しののめ》の隙間から陽が昇り始めた。射し込む金色の光に、実朝は目を細めた。光が実朝の体を刺し貫き、冷えきった体に心地よい痛みが走る。蒼暗かった水面がまばゆく輝き出すと、先程まであんなに重苦しかった波の音が軽やかに聞こえる。

「不思議なものよ」

（光のあるなしで、海はこんなに表情を変えるのか）

実朝は、光に満ち溢れた海に立ち尽くしながら、透明な朝の風を全身で受け止めた。


実朝が精進をした日、信子のもとへ阿波局がいつものように、にこやかにやって来ていた。

「実朝様は無事、精進を終えまして明日の朝には出立いたします」

「そう」

「精進を終えた後は、二所詣が終わるまで御台様のもとにはお越しになれませぬ。暫《しば》しの間、寂しゅうございますね」

「ええ」

信子は素直に頷く。そんな信子に阿波局はにこりと笑って言った。

「和田朝盛殿も、留守居役になってしょんぼりとして」

「和田朝盛が？」

「あら、御台様はご存知ありませんでしたか？」

阿波局は意外だ、という表情をした。傍らにいた水瀬が慌てて止めようとしたが間に合わない。

「実朝様鍾愛の近侍を、ご存知ない」

「鍾愛の近侍？」

小首を傾げた信子に、阿波局は楽しそうに続けた。

「実朝様は朝盛殿のことをいたく気に入って、いつもお側に置いているとか。ですが精進の後は遠ざけられてしまって、朝盛殿のしょんぼりとしたあの様子、まるで捨てられた子犬のようで、かわいらしいこと」

笑顔のまま続けた阿波局の次の言葉に、信子は固まった。

「それも仕方ありませんわね、朝盛殿は宿直の夜には、必ず、実朝様のお側に侍《はべ》って、夜もすがら実朝様と睦言を交わしているとか」

「阿波局様」

耐えかねて水瀬が口を挟もうとすると、阿波局はさもおかしそうに言う。

「あら、水瀬殿、何をそんなに怖い顔を」

水瀬は頬を赤らめた。信子も自分たちをからかいその反応を楽しむ阿波局にむっとしたが、それを口には出さなかった。阿波局は二所詣について信子に細々と指南していったが、信子は何とも言えない複雑な心境を顔に出さぬよう平然を装うことに集中し、もう何を聞いたのか覚えていなかった。


翌日、実朝一行は鎌倉を出発した。

五日間の行程は、鎌倉を発つと箱根山を登り箱根権現を詣でる。その後、箱根の山々を越えて伊豆権現を参詣し、鎌倉へ戻って来る、というものであった。

晴天の下、藍色の水干《すいかん》を着た騎馬姿で御所から乗り出す実朝の姿は清々《すがすが》しいほど晴れやかだった。実朝にとっては初めての二所詣であり、初めて鎌倉の地を出る「遠出」に心躍る思いだった。

青年将軍実朝を中心に、北条義時、時房、大江広元ら、幕府の錚々《そうそう》たる面々を従えた行列は壮観で、若宮大路の両側には鎌倉の民が将軍実朝を見ようとひしめいている。その鎌倉の人々を実朝は馬上から見下ろす形になる。実朝の姿を見つけると、老若男女、皆そろって拝むように見上げ、囁き合う。

「あれが将軍様じゃ」「武家の棟梁様よ」「若々しく御立派な姿で」と言い交わす声が時折聞こえる中を、御家人を引き連れて進むうちに、実朝は誇らしげな気持ちになり自然と背筋も伸びた。

（今、人々の目には、私の姿が紛うかたなき鎌倉将軍として見えているのだ。父上と同じ、征夷大将軍として、皆が認めているのだ……）

実朝は将軍となって初めて覚える高揚感に恍惚《こうこつ》とした。眼前の海はどこまでも広く、見上げる新年の空は透き通った氷のようにどこまでも清い。

「いい気分だなあ」

実朝が上機嫌に言うと、傍らにいた広元も明るく返した。

「それはようございました」

広元は、実朝の爽やかな姿に嬉しそうに何度も頷いていた。

一行は滞りなく街道を進み、相模川《さがみがわ》にかかった。

「こちらの相模川の橋は朽ちておりますゆえ、舟で渡ります」

広元が実朝に丁寧に説明した。実朝は率直に問うた。

「なぜ、橋を朽ちたままにしておる」

「それは……」

広元は言葉を濁して、ちらりと先を行く義時を窺う。義時は渡る舟の手配をしている。

「理由があるなら申せ。ないのならば、修繕するよう命じよ。街道を行き交う民も煩《わずら》わしかろう」

実朝に促され、広元は言いにくそうに答えた。

「実は、この橋の落成供養の折に頼朝様は落馬をされたのです」

頼朝はその落馬がもとで亡くなったのだ。以来この橋は鎌倉にとって不吉な橋とされ、朽ちても改修をすることなく時が過ぎていたのだった。

「それで、長らく修繕もせずにいたというのか」

「さようにございます」

実朝は朽ち果てた橋を見つめた。そうして冷静に思案する。

(父上がこのことを知ったら……どう思うだろう)

実朝は広元に視線を戻し、はっきりと言った。

「はなはだ不都合なことである」

「は……」

広元は驚いたような顔をした。実朝は自信を持って頷く。

将軍となって以来、父、頼朝の下した書状や談判例を何度も読み返し、その人となり、政《まつりごと》への姿勢を感じ取ってきたが、父の考え方はいつも合理的だった。それは時には冷徹なまでに合理的だった。そんな父が、この朽ちた橋を見たら、一喝して改修を命ずるであろうと、実朝には確信できた。

「舟で渡るとなるとそれなりに危険も伴う。大雨が降れば川は渡れなくなる。二所詣に限らず、鎌倉に繋がるこの大事な街道をそのような理由で不通にしているのは、不都合極まりない」

「ですが、将軍家がこの橋に関わることは不吉にございます」

「そのようなことを恐れていては、将軍として民を守ることはできぬ」

実朝は鎌倉を発つ際に沿道に溢れていた民たちの姿を思い出しながら、堂々と言いきった。

「父上が落馬したことは、不幸な事故。ゆえにこの橋とは何らかかわりのないことではないのか」

頼りなく広元にものを尋ね、政子や義時の言うことを素直に聞いていた幼い将軍ではもうないのだ、と自分で自分が誇らしく思えた。そこへ、舟の手配を終えた義時がやって来た。

「実朝様、舟の用意ができました」

「うん。義時、鎌倉に戻ったらこの相模川の橋を修繕するよう命じるぞ」

「は？」

義時は思わず訊き返した。そんな義時を見て実朝は一笑した。

「民を守る将軍が、民を助ける橋を修繕することで禍《わざわい》を受けるいわれはなかろう」

義時が少し驚いたように広元を見ると、広元は微笑して頷き返した。義時は戸惑いつつ実朝を舟へ誘《いざな》った。

「とにかく、日が暮れる前に渡りましょう」

舟に乗ると、船頭がゆっくりと舟を岸から離した。

川の流れに流されないように船頭は巧みに棹《さお》を操る。その姿を物珍しく思いながら実朝は見た。

川面を見やると舟の通ったあとが澪《みお》となり、美しい紋様を作っていた。その紋様が白く輝いているのを見て、ふと空を見上げると暮れゆく青紫色の空には白い月がぽっかり浮かんでいた。

「美しい夕月夜だなあ」

実朝は独り言のように呟くと、川の音に耳をすませた。舟のたてる波音は、鎌倉で聞く雄大な海の波音とは違って、静かでどこか寂しかった。

寂しげな波の音に揺られながら、実朝の心も揺れるようだった。その揺らぎの中から、何かが溢れ出てくる不思議な感覚がした。溢れ出ては消えていくそれを、実朝は消える前に摑み取ろうとした。まるで梢から零れ落ちては消えていく雫を懸命に受け止めすくい取ろうとするような感覚……

実朝はその感覚を言葉に乗せた。

夕月夜　さすや川瀬の　水馴《みな》れ棹　なれてもうとき　波の音かな
（夕月夜の淡い光が射し込む川をゆく舟、その舟の棹が水に馴れ親しんでいるように私も波の音には馴れ親しんでいるはずだけれど、なんとも心憂い波の音であることよ）

朗々と歌い上げると、実朝は体の奥から何かが芽生えるような気がした。今まで和歌の修練を兼ねて開いた和歌会でも、歌は幾度も詠んでいる。「梅」や「雪」といった題を設けて歌を詠むことも、それはそれで楽しく言の葉を紡《つむ》ぎ出す喜びを感じていた。だが、こうして目の前に広がる景色を歌に詠み取る快感は、今までに感じたことのないものだった。

悠然として舟に揺られる実朝の姿を、義時は黙って見ていた。

相変わらず、返事は「うん」と幼いが、臆することなく橋の改修を命じた実朝の姿は、確かにもう幼い将軍ではなかった。一人の若き青年将軍だった。

いつかと同じ感覚だ。

（いつだったか……そうか、数年前、権中将拝賀の儀だ）

実朝様は変わった、そう感じたあの感覚。あの時は、右近衛権中将束帯姿にそう感じただけのような気がしていた。だが、今は、違う。気がするではなく、確かに、実朝は成長しているのだ。少し憂いを帯びたような蒼白い顔、相手を見透かすような薄茶色の瞳、ふとした表情、雰囲気が、そこに頼朝がいるのかとどきりとするほど酷似している瞬間が、確かに、ある。

政子の後ろに隠れて義時の姿を見つけては「叔父上！」と無邪気に笑っていたのは、そんなに遠い昔のことだったただろうか？

「もう本当に、叔父上とは呼ばないだろうな」

言いようのない寂しさに襲われそうになって、義時は思わず目を瞬いた。


翌日、一行は箱根の山道を進んだ。

「ここから先は神域となり、斜面の険しい急な道となりますゆえ馬には乗れませぬ」

義時が、実朝にそう伝えた。

「そうか、ならば歩こう」

実朝が素直に馬を下りると、義時は意外だというような表情をした。

「歩かれますか」

虚弱な実朝の体を考えると、屈強な男に背負われた方がよいのではないかということを暗に提案された。実朝は、自分の体力がいかに信用されていないかを敏感に感じ取り、不愉快に思った。

「歩かずしてどう行くというのだ」

「は……」

義時はそれ以上は何も言わなかった。

初春の箱根の山は晴れているとはいえ肌寒く、木々の合間には残雪がまだそこかしこにあった。実朝の手足はすぐにかじかみ、鼻の頭が寒さでつんと痛くなる。それを悟られぬよう、実朝は平然を装い黙々と歩いた。最初は、先を行く者たちに後れをとるまいと懸命に歩みを進めたが、すぐに息が上がり苦しさと寒さで次第に一歩一歩が重だるくなってきた。

そんな様子を見かねた広元が心配そうに尋ねる。

「実朝様、少し休みますか」

「いいや、大丈夫だ」

実朝は強がって笑った。それでも広元は実朝の額に汗が浮いているのを不安そうに見ている。箱根権現に続く道は、参道として人の手は入っているものの、人が踏み分けていくうちにできたような細い山道で、笹《ささ》が生い茂りところどころ硬い岩が隠れ、油断をすれば這いまつろう木の根に足を取られそうになる。急な斜面が続く細い道はすぐ脇が崖となっているところもあり、足元がおぼつかなくなれば一気に転がり落ちるのは想像に難くなかった。

体力は確かに限界にきていた。それでも、実朝は心が満ちるのを感じていた。御所を出て、鎌倉を離れ、初めて登る山である。山道の険しさよりも、木々の芳しさや土の匂い、野鳥のさえずり、森を吹き抜ける清らかな風に山に息づく生命の鼓動を感じ、苦しいというのに心地よくさえあった。

途中何度か休みを取りながらも、結局、実朝は最後まで自分の足で歩ききった。

そうして山道を抜け、忽然と現れた碧《あお》い湖水に実朝は心を奪われた。

「なんと、美しい……」

「芦ノ湖《あしのこ》にございます」

広元が湖の名を言った。

同じ水面でも、海とはまったく違う。静謐《せいひつ》な水面に実朝はただただ立ち尽くすのみだった。

「あれに見えますのが、箱根権現にございます」

碧い湖の畔に、箱根権現の境内《けいだい》の森が見えた。澄みきった空の果てには富士の山もはっきりと見える。

「この芦ノ湖は箱根権現がお造りになった湖、御海《みうみ》にございます。そしてここが相模と駿河《するが》の国の境にございます」

「国境に跨《また》がっているのか」

「さようにございます」

「では、この湖は相模のものか？　駿河のものか？」

「両方にございます」

「両方……」

実朝は目の前に広がる碧い水面を見渡して、すがすがしい気持ちになった。

「なんと、心広《けけれ》き湖だ」

実朝は「心」を敢えて東国訛《なま》りに発音した。東国の箱根に浮かぶ碧い湖を、人のように心あるものとしてとらえた時、その心は、まさに「けけれ」と言うほかあるまい。

「このような心をいつも持ちたいなあ」

実朝の澄んだ声が、箱根の碧い御海に響いた。

たまくしげ　箱根のみうみ　けけれあれや　二国《ふたくに》かけて　なかにたゆたふ

（箱根の御海は優しい心を持った海なのか、相模と駿河の二国にかけてその中で碧い水面をたゆたわせていることよ）

五

信子は蕾《つぼみ》が膨らんだ庭の梅の木を見て嬉しさが込み上げた。

「水瀬、もう咲きそうよ」

その声に水瀬も嬉しそうに信子を仰ぎ見た。

「まるで、御台様のお姿そのままのようです。咲きほころびそうな梅の花のように、御台様も香《かぐわ》しく美しい女人に成長しておられますよ」

「まあ、水瀬ったら。口が上手なこと」

信子は照れて笑った。

十六歳になった信子は、表情から幼さが少しずつ抜け、水瀬の言う通り、大人の女人になりつつあった。一方、十七歳となった実朝は昨年の二所詣を経てますます将軍としての自覚を持ち、和歌への修練も怠ることなくその才を伸ばしていた。梅の蕾はそんな二人を象徴するようだった。

「きっと、今日にでも咲くであろうな。実朝様もこの梅が咲くのを、楽しみにしておられるからお知らせしないと」

「では、さっそくお伝えしてきましょう」

「少し前からお風邪を召しているから、この知らせが邪気を吹き飛ばしてくれるとよいな」

この梅は昨年、実朝が永福寺《ようふくじ》から移植した梅だった。

永福寺は御所の北東にある頼朝が建立《こんりゅう》した寺院だった。四季折々の花々が咲き乱れる風光明媚《めいび》な場として、実朝は御家人らをつれて折にふれ花見や月見といった宴を催していた。その永福寺の梅を実朝はいたく気に入り、信子と共にいつも愛《め》でられるようにと御所の庭に移植したのだった。

移植した花木が根付かず枯れてしまうことを、信子は心ひそかに危惧《きぐ》していたが、こうして一年経って新しく蕾をつけてくれたことが嬉しかった。信子はなんとなく自分を重ねていたのかもしれない。都を離れはるばる鎌倉の地にやってきた自分が、この梅の木のようにいつしかここへ深く根を下ろし、この鎌倉が故郷になるのだろう……と。

そんなことを思いながら、信子は水瀬の帰りを待った。

しかし、水瀬が持ち帰った返事を聞いて、信子は一気に血の気が失せる気がした。

「……疱瘡《ほうそう》？」

「はい……」

それを伝える水瀬の顔も青ざめている。

「数日前から、実朝様は熱を出され……」

「季節の変わり目の風邪ではなかったの？」

「それが、一向に熱が下がらず、今朝方になってお体に発疹《ほっしん》が出たとのこと。……薬師《くすし》は疱瘡に違いないと」

部屋にいた他の女房たちも、恐怖に慄きざわついた。

疱瘡にかかるとひどい高熱と頭痛に苦しみ、悪化すると全身に発疹ができ化膿する。これといった薬がなく、体力のない幼子だけでなく大人であっても死に至ることが多い。治癒しても、膿んだ発疹は瘢痕《はんこん》として一生残る。恐るべき病だった。

信子は水瀬の報告を最後まで聞くや否や、部屋を飛び出そうとした。

「御台様！」

水瀬が必死の形相《ぎょうそう》で信子の袖を押さえた。

「どこへ行かれるのですか？」

「実朝様のもとに決まっておろう、離せ水瀬！」

信子が水瀬にこのように声を荒らげたのは初めてだった。声の大きさがそのまま実朝の存在の大きさを示していた。だが、水瀬は毅然として止めた。

「なりませぬ。もし御台様の御体にうつってしまっては」

「構わぬ！」

信子が水瀬の腕を振り払うと、からん、と乾いた音がした。と同時に「あっ」と信子は小さく叫んだ。信子の袖が厨子棚の雀の土鈴に触れたのだ。

信子が受け止める間もなく、儚い音を立てて雀は床に落ちて割れた。

「……！」

信子は言葉を失い、割れて砕け散った雀の破片の前にがくりと膝をついた。

「御台様……」

水瀬も不吉な光景に何と言っていいのかわからぬ様子でうろたえた。信子は割れた破片を掌に載せた。その瞬間、目の前の事実に愕然《がくぜん》とした。

実朝が死ぬ。

（そうなれば、私はどうなる？）

信子は鎌倉に独り取り残される自分の姿を思い浮かべると同時に、父、信清から言われた言葉が脳裏をよぎった。

〈この縁組は、何より上皇様がお望みなのだ〉

信子は己の心の中ににわかに闇が広がる気がした。

(私が、鎌倉にいる理由は、それなのだ)

たとえどんなに実朝と心を通わせても、自分が実朝の妻であるということはそういうことなのだ。

――公家と武家――

どんなに純粋な心で、実朝を愛しても、決して相容れぬ立場であるという事実が闇となって信子の心を侵食していく。それに抗うように、信子は大きく頭を振った。そして、自分で自分の意志を確認するように言いきった。

「私は、それでも実朝様の側にいたい」

「御台様……」

信子の言葉に、水瀬はそれ以上何も言わなかった。信子は立ち上がると、実朝のもとへ向かった。

実朝の部屋へ近づくと、読経《どきよう》の声が響いていた。辺りには芥子《けし》の匂いが漂っている。病気平癒の加持祈禱《かじきとう》の僧が呼ばれ、護摩《ごま》を焚《た》いているのだ。信子は怯むことなく廊を突き進んだ。実朝の部屋の前に薬師の姿があり、その周りを御家人らが悲愴感を漂わせて控えていた。

「御台様!」

御家人の一人が信子の姿に気づくと、慌てて平伏した。

信子はその若い御家人を見下ろした。すっきりとした顔立ちに素直で清廉な態度。これが噂に聞く〈実朝鍾愛の近侍〉和田朝盛か、と信子は冷静に思った。

「実朝様は」

信子の問いに朝盛は答えず、ただただうなだれた。その顔からは血の気が失せ、なすすべのない自分を呪うように目には涙がたまっている。その様子に信子がすぐにでも部屋の内に入ろうとしたその時、凛とした声が廊に響いた。

「御台所」

信子がはっとして振り返ると、そこには政子が立っていた。

「こんなところで、何をしているのですか」

政子の声は、落ち着いていた。

信子の声が震えているのが、痛いほどに対照的だった。政子は静かに信子の前へ歩み寄った。

「義母上様……」

「御台所、部屋へ戻りなさい」

「どうしてですか」

「実朝様の側には、阿波局がいます。御台所が行く必要はありません」

「阿波局が……」

阿波局の白い顔が高熱に苦しむ実朝の顔近くに寄せられる光景が、目に見えるようだった。信子は政子の制止を振り切って部屋へ入ろうとした。政子はそんな信子の腕を強く摑んで、力ずくで向き合わせた。

「御台、こらえなさい。あなたまで疱瘡にかかってしまったらどうするのですか」

「そのようなこと、構いません」

「いいえ」

政子はぴしゃりと否定した。

「これ以上御所に疱瘡を広げることは、許されません」

あくまで、御所を、鎌倉を守る尼御台所としての怜悧なまでにまっとうな判断だった。

我が子が病に苦しんでいるというのに、母としての感情を一切面に出さない政子の姿に、信子は恐ろしさすら感じた。だが、信子は引き下がることはしなかった。

「ですがこのままでは、実朝様は死んで……」

「御台所！」

信子の言いかけた言葉を、政子が鋭く遮った。

「そのようなこと、軽々しく口にするでない！」

「……！」

政子の厳しい口調に、信子は怯えて政子の方を見た。政子は静かに燃える焰《ほのお》のように信子を見据えていた。

「あなたは御台所です。鎌倉将軍の正室、御台所が、御家人らの前でそのように情けない姿を晒すことは許しません」

途端、信子の目から涙が溢れ出す。

実朝が死んでしまうかもしれないという不安と恐怖、実朝が苦しんでいるというのに側に行けないもどかしさ、その苦しんでいる実朝に阿波局は寄り添っている悔しさ、御家人らの前で感情をさらけ出しそれを叱責されていることの情けなさ、御台所という立場、そして、政子の言っていることが間違ってはいないということ……。様々な感情が信子を一気に襲って涙が止まらなくなってしまった。

政子は冷ややかに言い放つ。

「その涙は何ですか」

「…………」

信子は唇を噛みしめて涙をこらえようとするが零れ落ちて止まらない。周りを囲む御家人たちの好奇や憐れみの視線を痛いほどに感じる。政子は、幼子のように唇を引きつらせ泣きじゃくる信子を一瞥すると、何も言わずにその場を去った。

「御台様……」

朝盛が信子を励ますように遠慮がちに近づいた。

信子は泣き腫らした顔を見られまいと、袖で隠して言った。

「情けないところを……」

すると、朝盛は「そのようなことはありません」と即答した。

「実朝様が御台様を大切になさっているわけが、よくわかりました」

思いがけない朝盛の言葉に、信子は顔を上げた。朝盛の目には、他の御家人たちが信子に向ける好奇や憐れみは一切なかった。実朝を純粋に想う者として、信子を真摯《しんし》に見つめていた。

信子はその朝盛の誠実な眼差しに心を打たれた。そして、あることを思いつき、それを託すならば朝盛以外にあるまいと思った。

「朝盛、一つ、頼みたいことがあります」

実朝は全身を焼かれているのではないかと思うほどの熱に身悶《みもだ》え、割れんばかりの頭痛に唸《うな》った。

「実朝様、お気を確かに！　ここに阿波がおりますよ！」

阿波局が側に張り付くようにいて、ひたすら実朝の手をさすっている。

「阿波はここにおりますよ」「ああ、代われるものなら代わって差し上げたい！」「実朝様、実朝様！」

阿波局は今にも泣き出さんばかりの声で同じ言葉を繰り返し、ただひたすら実朝の熱い手をさすっている。

（放っておいてくれ！）

叫びたい気持ちをぐっとこらえる。身悶えるほどの苦しみの中にありながらも、実朝は相手を傷つけるのではないか、という意識が先に立ってしまう自分が情けなくなる。

（いつも、阿波はこうだ）

実朝が体調を崩せば阿波局は「我が身で代われるものならば代わってやりたい」と涙をも流さんばかりに看病する。本当に具合が悪い時、正直そっとしておいてほしいのに、阿波局は側にべったり張り付いて離れない。一方、母、政子は丈夫でない我が子を苛立ちのような諦めのような、そんな目で見て深いため息をついて離れて行く。それでも、遠くからじっとこちらを窺う視線は感じるのだ。

実朝は力なく目を閉じた。

視界が闇に包まれ、阿波局の泣き喚《わめ》く声だけがする。

「阿波はここにおります」「代わって差し上げたい」「実朝様、実朝様」と呪文のように繰り返すその声は、実朝を苦しめるために発しているのだろうかとすら思えるほどしつこい。もはや思考することも気だるく、次第に病にうなされているのか、阿波局の声にうなされているのかわからなくなってくる。

実朝が阿波局に向かって何か言おうとすると、阿波局はそれに気づいて実朝の唇に耳たぶがつくくらいに顔を寄せた。

「実朝様?」

「母は……」

母はどうしている。

そう、かすれた声で実朝は問うた。

その途端、阿波局は先程まで動揺していたのが嘘のようにぴたりと動きを止めた。そうして実朝の耳元にそっと唇を近づけ囁いた。

「広元殿と義時殿と、これからのことをご相談しておられます」

実朝は阿波局の白い顔を見た。阿波局の唇の端に微笑すら浮かんでいたように見えたのは、熱に浮かされているせいだろうか……。

(これからのこととは、何なのか)

母が死の床についた自分を遠くからじっと見つめている姿が浮かんだ。

実朝は胸が苦しくなって、目を閉じた。

（きぃん、とする……）

◇

さっきまであんなに熱くて苦しかったのに、鳥肌が立つほどの寒気に実朝ははっとして目を見開いた。辺りを見回すと、目を開けたのにそこは仄暗《ほのぐら》い。

（風が吹いている……）

実朝の頬を、冷たい風が撫でた。いつの間にか実朝は荒野に立っていた。馬の嘶き、蹄の音、甲冑の男たちが集い行き交う音がする。鏑矢《かぶらや》が飛んでいく高い音がして、驚いてそちらを見やると、葦《あし》毛《げ》の馬が実朝のすぐ横を駆けて行った。実朝の姿は相手には見えていない様子だ。

その葦毛馬には、鮮やかな緋威《ひおど》しの甲冑を身に着け弓矢を携えた少年が颯爽と騎乗している。ついこの前元服したばかりのようなあどけない表情の少年だったが、甲冑を着け馬を乗りこなす姿は堂々としていて、風格のようなものすら感じる。

「命中したか！」

少年の勝気な目、そのえらの張った横顔を見た瞬間、実朝はこの寒気の理由がわかった。

（この光景から目をそらしたい）

反射的に実朝はそう思った。しかし、実朝の体は硬直してその場を動けない。

鏑矢を追って行った御家人が喜びの声を上げた。

「お見事に鹿を射止めております！　……頼家様！」

実朝は、その名に耳を塞ぎたい気持ちになった。少年頼家が鹿を射止めた姿から、実朝はこの光景が、かつて父が頼家を連れて御家人と共に駿河の富士の裾野で巻狩《まきがり》を行った時の光景だと察した。

「さすがは、将軍頼朝様の御嫡男」

「御立派な武者姿であることよ」

「武家の棟梁の血を引く、とはまさにこのこと」

口ぐちに御家人たちが、頼家を称賛する。

(兄上……)

頼家はひらりと下馬すると射止めた鹿を確かめ、誇らしげに頬を紅潮させた。

「父上!」

頼家の嬉しそうな声に実朝は胸を衝《つ》かれる。そうして、ゆっくりと頼家が目を輝かせる方を見た。細面の背の高い武将が、悠然と頼家に近づいていく。その武将は薄茶色の瞳を嬉しそうに細めて、頼家を見つめていた。

それは、実朝にとって憧れであり幻影でもある父、頼朝の姿だった。実朝は鼓動が速くなる。死んだ父の姿が目の前にあることに対する高揚ではない。それは、何かを責められているような苦しさだった。

(知りたくない……)

両手で耳を塞いで固く目を閉じたいのに体が言うことを聞かない。目の前の光景を全て拒みたいのに、それが許されない。己に突き付けられる目の前の光景は、ずっと前から何となくわかっていたことだ。

頼朝は射止められた鹿を見やると我がことのように相好を崩し、頼家の肩を誇らしげに抱いた。

「さすが我が息子よ！」

その言葉が、実朝の胸に突き刺さる。

父は兄に期待をしていたのだ。兄こそが正統な源氏の棟梁を継ぐ者だった……そんなことは、わかっていた。それゆえ、兄は殺されたのだということも。

（私を将軍にするために）

あの時、実朝は十三歳……兄の死の陰に、北条がいることに気づかないほど幼くはなかった。そして母は、それを知りながら兄を見殺しにしたのだ。誰もそうだとは言わない。だが、実朝はずっと前から知っていた。

（だけど、知らないふりをしていた。あまりにそれが……恐ろしくて！）

父は、こうして「今」、将軍職を継いでいるのが実朝だということを知らない。知る由《よし》もない。

（だから、私はいつも曖昧に頷くのだ）

父に認められて将軍職を継いだ者ではないという事実が、兄の死の上に立たされているという現実が、実朝をいつもどこかで苛《さいな》んでいる。その後ろめたさが、実朝に曖昧な「うん」という頷きをさせるのだ。

実朝は、誇らしげに頼家の肩を抱く頼朝の姿を見ながら泣きそうになった。

（父上、私は、苦しゅうございます……！）

◇

実朝がそう心の中で叫んだ瞬間、視界がぱっと明るくなり、目の前に見慣れた天井が見えて実朝は夢から覚めたのだと気づいた。

「実朝様！　実朝様！」

ぼんやりとそちらを見やれば、阿波局の白い顔が実朝の顔を覗き込んでいる。

「涙を流すほどお苦しいのですね。ああ、代わって差し上げたい」

阿波局に頬を拭かれ、涙が伝っているのだと、実朝は気づいた。その涙を、阿波局は熱に浮かされた涙だと思っている。

高熱に悶える体とは対照的に、実朝の心の中は妙に冷めていた。

（苦しい……）

この苦しみは、生きようとする体に心がついて行かないからだ。

死ねば楽になるのか。それでもいい、それで楽になるのなら……。

疱瘡に侵され、死の淵を彷徨《さまよ》う私の姿に、阿波は大仰に嘆くばかりで何もしてくれないし、母は私の死んだ後のことを考えている。

きっと、ここに父がいれば冷ややかな眼差しを向け、兄は静かに嗤っているだろう。

……みだいは？

みだいは、私が死んだらどうするだろう。

〈きっと私、鎌倉を好きになると思います〉

その言の葉は……。

……蒼い海の波打ち際で、みだいが言ったその言の葉は……。

どういうわけか無性に嬉しかった。

どうして、あんなに嬉しかったのだろう？

そうか、あの瞬間、私は救われる気がしたのだ。この鎌倉で共に生きてくれる人を、やっと見つけたような気がして……。

「みだい……！」

実朝が苦しみを撥ね除けるように大切な人を呼んだ時、何かから解き放たれる気持ちになった。

阿波局が驚いたように実朝を見た。

「実朝様？」

実朝は苦しい息を吐きながら訴えた。

「みだいに、会いたい」

実朝は、それはすなわち生きたいということなのだと気づいた。

「実朝様、阿波がここにおります」

「みだいに……」

「御台様にはお会いできませぬ。御母上様が固く禁じておりますゆえ」

「………」

「ご心配なさいますな。こうして阿波が側におりますよ」

阿波局は実朝を励ますように手を握った。しかし実朝はその手を静かに払った。

「少し、外へ行ってくれないか」

阿波局は実朝がしたことを信じられないというように、唖然《あぜん》とした。今まで、実朝が手を払ったことなど一度もなかった。

「……な、なんということを」

実朝に初めて拒まれたことよりも、自分を拒んだ実朝の意志の強さに衝撃を受けているようだった。阿波局は小さくため息をつくと「少し、だけですからね」と念を押すように言って退出した。

阿波局がいなくなると、部屋は静かになった。ようやく訪れた静けさに安堵して実朝が再び目を閉じると、その隙を待っていたかのように、実朝を呼ぶ声がした。

「実朝様」

今度は誰だ、と実朝は声のした方をうつろに見やった。が、その声の主を認めると目を見開いた。

「朝盛……」

庭に面した蔀戸《しとみど》の隙間から、朝盛が泣きそうな顔で覗き込んでいる。

「実朝様、このような場所からのご無礼お許しください」

密やかな声に、朝盛が人目を盗んでやって来たであろうことは容易にわかった。おそらく、阿波局と薬師以外の者がこの部屋に近づくことを固く禁じられているのだろう。

「どうかこれを」

朝盛は蔀戸の隙間からそっとあるものを差し入れた。だが、蔀戸から実朝の床は離れていて、互いに手をどれだけ伸ばしても届かない。実朝は重だるい体を起こすこともままならなかったが、咎めを恐れず病を恐れず、訪れてくれた朝盛の気持ちに応えたくて、這うようにして床から出ると、それに手を伸ばした。

ようやく掴んだのは、一本の梅の枝だった。

「これは……」

枝先に一輪、今まさに咲いたばかりのような可憐な花が開いていた。実朝にはその梅の枝が、あの梅だとすぐにわかった。

「どうしてこれを？」

「御台様からにございます。実朝様のお力になればと、託されました」

「みだいが」

実朝は震える手で梅の花を顔に寄せた。淡く、だが確かに、二人で待ちわびた春の香りが花びらから溢れていた。

その瞬間、信子の纏う紅梅襲の色彩が実朝には鮮やかに見えた。心を染め上げる薄紅色に、実朝は不思議と体に力が満ちてくるような心地がした。


政子の前に、険しい表情の義時が坐している。義時の横には広元がいて、静かに泰時も控えていた。

「薬師の話によりますと実朝様の容態は極めて厳しいと」

広元が重々しく言うと、政子はきっぱりと告げた。

「将軍後嗣は善哉とします」

義時は動揺したように反論した。

「しかしまだ、実朝様が亡くなるとは限りませぬ」

「生きるとも限りませぬ」

政子の言葉に義時も広元も押し黙った。だが、泰時は政子の顔をじっと見つめながら落ち着いた口調で問い返した。

「こうしている今も、将軍危篤《きとく》の知らせを聞いて手を叩いている者がいるはず。我々はその者に後れを取ってはならぬ、ということでしょうか」

政子は泰時の冷静な問いを淡々と肯定した。

「そうです」

我が子の命の快復を願う前に、将軍後嗣のことを考えねばならぬ。政子は母である前に、尼御台所でなければならぬのだ。それが、たとえ我が子の命を諦めることになろうとも。

広元と義時は押し黙ったまま政子を見ている。その目は政子を「冷酷」と見ているに違いなかった。しかし、その隣にいる泰時はそれとは違う目を向けていた。

私は、察していますよと、その目で言われたような気がした。政子の本当の姿を見透かしているかのような泰時の視線から逃れるように、政子は顔をそむけた。

(本当は今すぐにでも……)

母として、阿波局のように、嘆きうろたえ我が子の側に侍りたい。女として、御台所のように、素直に最愛の人を失う恐ろしさをさらけ出したい。だが、それをよしとしない自分がいる。

敢えて冷徹な判断とも受け取れる言葉を言うことは、母としての葛藤を必死に隠そうとしているだけなのだ。それが、薄氷の上に立ち尽くしているような、一瞬にして突き破られる虚勢であることは自分でもわかっている。

それでも、自分は逃げることも、泣くこともできない。

（なぜなら、私は頼朝の妻だから……）

◇

頼朝が落馬負傷し、御所へ見るも無残な姿で戻って来た時、政子は決してうろたえなかった。床に臥した蒼白い顔を見て冷静に、頼朝は死ぬだろう、と思った。

「御遺言はありますか」

政子が訊くと、頼朝は全身の痛みに耐えながらも笑った。

「気休めに『きっと治ります』などと励まさぬところがいかにもそなたらしいな」

政子は頼朝を見つめ淡々と言った。

「私とあなた様は十も離れているのです。いつか必ずあなた様の御遺言を聞く日が来るであろうことは、夫婦になった時から覚悟しておりました」

「そうだな」

「ですが……」

政子は頼朝の手を握りしめた。途端、政子の声が震えた。

「このように突然に訪れるとは……酷すぎます」

「泣くなよ、政子」

「……泣いていません」

「はは、そうか」

頼朝は力なく笑った。

「それでこそ、政子だ。私は、夫が死ぬくらいで泣く女を娶った覚えはない」

「…………」

「蛭ヶ小島で、初めて見たそなたの勝気な目は、ほんとうに美しかった」

政子は、込み上げる涙をこらえ、嗚咽しそうになるのを唇を噛みしめて耐えた。

「そなたは御台所だ。源氏の棟梁の妻だ。そなたが泣くのは、この鎌倉を守り切れなかった時だけだ」

頼朝は政子の手を、残された僅かな力で握りしめた。共に手を取り、蛭ヶ小島から駆け出したあの頃の感覚が鮮やかによみがえった。純粋に、孤独なこの人を愛そうと思った時、まさか、自分が将軍御台所になるとは思いもしなかった。

(全ては、あの時、蛭ヶ小島であなたを見つけた時から始まったのだ……)

「政子に、この鎌倉を、託す。……それが、遺言だ」

それが最愛の妻であり、戦友である政子への、頼朝の最後の言葉だった。

実朝は十日以上、高熱に苦しんだ。

病気平癒を願う読経や鶴岡八幡宮での祈禱が連日続く中、阿波局は献身的に看病し、信子は部屋でひたすら平癒を祈った。政子は実朝の代わりに政務を執り行った。

そしてある朝、目覚めた実朝は、体がずいぶん楽になっていると感じた。

「少し、外の風を浴びたい」

実朝がそう言うと、部屋に控えていた阿波局が閉じていた蔀戸を開けた。生命の光に満ちている朝の光が射し込み、実朝を包み込んだ。

阿波局が側に寄り、額に手を当てると喜びの声を上げた。

「熱も下がっております！　今、薬師を呼んで来ます」

「うん」

実朝は床の中から見える青い空に目をやると、改めて思った。

（私は、死ななかったのだ）

実朝は沐浴《もくよく》をし、汗に汚れた体を綺麗にした。沐浴には阿波局が付き添った。

「ご快癒、嬉しい限りにございます」

阿波局は潤んだ声で実朝の全身の汗を拭う。

「うん」

阿波局の声が潤んでいるのは、単純に快復の喜びだけではないことはなんとなくわかる。実朝は、また一層細くなった体軀に残った瘢痕をじっと見つめた。

（これが、疱瘡の痕《あと》か……）

まるで他人の体を見るように冷静に自分の体を見つめていた。そのまま頬に手をやる。

（きっと、この顔にも痘痕《あばた》がはっきりと残っているのだろう……）

「鏡を持て」

沐浴を終えると実朝は阿波局に命じた。阿波局は、一瞬ためらうような表情をしたが、命じられた通り鏡を持って来た。実朝は黙って受け取り、その鏡を覗き見た。

「…………」

実朝が言葉を発する前に、阿波局が取り繕うようにやけに高い声で言う。

「きっと、痕も徐々に薄くなりましょう」

実朝はそれに返事をせず、ただぼんやりと鏡に映る己の顔を見た。自分の顔なのに、自分ではないような不思議な感覚だった。頬には、くっきりと爛《ただ》れたような痘痕が残っていた。消えるはずもないのに、無意識に痘痕をこすっていた。何度も何度もこすった。

「実朝様……」

衝撃のあまり気がふれたのではないかとでも思ったのか、阿波局はうろたえながら止めようとするが、実朝はその手を止めることができなかった。何度もこすった後、不意に手を止め鏡を伏せた。

「もうよい」

実朝は何もかもをうちやるように鏡を阿波局に返した。阿波局は鏡を受け取ると、逃げるようにその場を去った。


実朝の快復を聞きつけた政子はすぐに実朝のもとへ行った。

政子が訪れると、ちょうど阿波局がばたばたと部屋から出てきたところだった。

「どうしたのです?」

問いながら、阿波局の手に鏡があるのを見て政子は妹の動揺を悟った。

「可哀想な実朝様!　あんなにはっきりと残ってしまって」

大仰な身振りで顔を袖で覆う阿波局を、政子は軽く睨んで部屋へ入った。

政子の訪れに気づいたのか、実朝は病み上がりの体を気だるそうに向けた。

「母上……」

「もう、だいぶ良いのですか」

「はい……ですがこのように痕が残ってしまいました」

実朝は頬の痘痕を見られることを厭《いと》ったのだろう。政子の視線から逃れるように顔をそむけた。

しかし、頬に残された痕など、政子の目には入らなかった。今、こうして目の前で生きて「母上」と言ってくれた息子の姿に、駆け寄り抱きしめてやりたい気持ちが溢れ出そうになった時、実朝が先に口を開いた。

「母上」

「何ですか」

「私は苦しゅうございました」

「そうでしょう」

政子は病に打ち勝った我が子をねぎらうように頷いた。しかし、実朝の次の言葉に政子は固まった。

「兄上の夢を見ました」

実朝の薄茶色の瞳が、政子を貫くように見ている。

「……頼家の、夢ですか」

「私は、ずっと苦しゅうございました」

その言葉一つで、頼家の死の真相をずっと前から実朝が知っていたのだということを政子は察した。それでも政子は動揺しなかった。冷静に、目の前の実朝の言葉に対峙した。

（この子は、いつもそうだった）

勘がよく、誰が教えたわけでもないのに周囲の気配を察している。幼い時から駄々をこねたり、大人の手を煩わせたりすることがほとんどなかった。それとなく察して、気がつけば言う前に大人が望むようなことをしている。賢くて良い子だと思っていたけれど、我が強くて、感情をさらけ出しては周囲の大人を困らせていた頼家の方が、ずっと子供らしくて真っ直ぐな子だったのかもしれない。

政子はゆっくりと、しかし、はっきりと言った。

「その苦しみからは一生逃れることはできますまい。……あなたも、私も」

実朝はそっと頰に手を当てて呟いた。

「これはその烙印《らくいん》なのか」

そうして、実朝は確かめるように政子に向かって言った。

「兄を殺して、将軍に立った私への」

実朝の言葉に、政子は答えられなかった。

「まだ、外の風は冷たいでしょう。あまり長く風に当たらぬようになさい」

それだけ言うと、政子は実朝に背を向けた。


実朝の快復を知って信子は水瀬と手を取り合って喜んだ。

「御台様、本当にようございましたね」

「ええ」

「雀の土鈴が、身代わりになってくれたのでしょうか」

水瀬の言葉に、信子は砕け散った雀の姿を思い出した。

「そうだと、いいわね」

破片は集めて小箱にしまってある。確かに水瀬の言う通り、実朝の身代わりに割れたと思えばいいのだろう。だが、どうしてもあの無残な姿が目に焼き付いて離れず、言いようのない不安を拭いきれずに、信子は歯切れの悪い返事をした。

ちょうどその時、都の父、坊門信清からの文が届いた。

「御台様へ、御父上様より文にございます」

使者の姿に信子は笑みを消した。差し出された文を黙って受け取った。信子は心の奥が重くなる感覚がした。今、この時機に父が文を送ってきたこと……この文に何を書いているのかは、開けずともなんとなく察しはついた。

使者を部屋の外で待たせ、信子は文を開いた。開いた途端、信清の達筆が信子にものを言ってきた。

（やはり……）

文を閉じると、信子は深いため息をついた。

「信清様は何と？」

心配そうに水瀬が訊いてきた。信子は「返事を書かねば」とだけ答え、静かに墨を磨り始めた。

磨るごとに薫る墨の匂いを感じながら、信子は父の文の内容を思い起こす。

〈実朝殿が疱瘡で危篤になったとのこと、都の方にも知らせが来ている。将軍後嗣について何か決まったことはあるか〉

（私が実朝様の妻であるということは、そういうことなのだ）

そう思った瞬間、墨を磨る手にいらぬ力が入った。途端、勢い余って磨っていた墨汁が跳ねた。

「あっ」

信子は慌てて袖を引いたが、跳ねた墨は信子の紅梅襲の袖に染み入った。

「御台様」

それに気づいた水瀬が慌てて近づく。墨を跳ねさせるなど信子には珍しいことだった。いったい何が文に書かれていたのかと、窺うように水瀬は信子の顔を見ている。

信子は墨の染みをじっと見た。美しい紅梅色の衣がそこだけぽっかりと黒い。

「御召し物を替えますか？」

「いいえ、構わないわ」

信子は水瀬に下がるように目で命じた。水瀬はいつもと違う信子の様子に戸惑うように部屋を出た。

独りになった信子は、もう一度、父の文を読んだ。そうして、深くため息をつくと返事をしたため始めた。

〈実朝様はご快癒されました。後嗣のことは〉

そこまで書いて信子の手が止まった。筆を持つ手が小刻みに震えていた。

父の文には、実朝の快復を願う言葉もなければ、安否を尋ねる言葉もなかった。その、実朝死後の将軍後嗣を探ろうとする父の文に、淡々と返事を書こうとしている自分に、震えていた。

実朝を失うことの絶望と恐怖に打ちひしがれ、その快復を祈る心を梅の枝に込めた。その気持ちに嘘は一つもなかった。だが、土鈴の破片を見ながら、大切な人の死後を冷静に考える自分がいたのも確かだった。

ぽたり、と涙が落ち、したためた文字を滲ませた。

皮肉にも、後嗣の文字が黒く滲んだ。信子は唇を震わせて書きかけの文の上に打ち伏した。泣き叫びたい気持ちをぐっとこらえ、静かに泣き濡れた。

もし実朝が、冷たく粗暴な人間だったら、もし、実朝と共に過ごす時が苦しい時であったなら、こんなことで悩みはしなかっただろう。だが、実朝が澄んだ声で言う「みだい」という言葉は本当に優しくて、実朝と共に過ごす時はいつも温かかった。

実朝のことが、好きになっていた。

(だけど、私は……)

顔を上げた時、目に入ったのは、紅梅襲の袖に付いた真っ黒な染みだった。まるで、自分の心の闇から染み出て来たかのようだった。

(私は公家の娘……坊門信清の娘なのだ)

いつまでも泣いてはいられない。父の使者が、外で信子の返事を待っているのだ。信子は涙を拭うと、再び筆を執った。

〈尼御台様をはじめ、鎌倉方の者は源氏の血筋につながる後嗣を望んでいるようです。ですが、私

は父上様から言われたことを忘れたことはございません〉
信子は一気に書くと、静かに筆を置いて水瀬を呼んだ。
「水瀬、これを父上様の使いに渡して」

実朝は快復した後、しばらく信子のもとを訪れなかった。

歩けばよろめくほど体力が落ちていたこともあるが、信子に痘痕を見られることを懼《おそ》れる心があったのだ。信子が瘢痕を見てどう反応するのかと想像するだけで胸が詰まった。

明るい光のもとで顔を見られることを厭い、ようやく新月の夜を選んで信子の部屋を訪れた。

信子の部屋へ行くと、水瀬がいつものように迎えに出る。

「御台様はお待ちかねにございます」

「うん」

真っ暗な部屋の中央に、小さな紙燭《しそく》の灯りだけがともっている。その灯火のもとに信子の艶やかな黒髪が揺れ、この上なく美しかった。

「みだい」

実朝の声に信子はすぐに振り返った。実朝と信子は紙燭の灯りのもとで静かに向き合った。小さな焔の揺らぎの中で、実朝はほのかな灯りすら避けるように顔をそむける。

「実朝様?」

「ずいぶん、醜くなったであろう」

そう言いながら実朝は信子の反応を恐る恐る窺った。すると信子の手がすっと伸びた。信子の細い指が、ためらうことなく痘痕に触れると実朝は怯えて、びくりとした。

「顔を見られることを厭うて、こんな夜中に来たのですか?」

信子の声があまりにも哀しそうに響いた。

実朝が答える前に、信子は実朝の痘痕に口づけした。思いがけない行動に、実朝は驚きながらも、その何とも言えない心地に痺《しび》れた。暗闇の中で伝わる唇の柔らかな感触が、頬の痘痕から全身を駆け巡り、その甘美な感覚に酔いそうになる。

「痘痕など気にしません。そんなことよりも……」

信子は実朝の胸に耳を寄せた。実朝の高鳴る鼓動が、信子の鼓膜を震わせ、その体に共鳴するのがわかるような気がした。

「生きていてくださって、嬉しゅうございます」

その瞬間、実朝は泣きたくなった。

(みだいは光のようだ……)

その言葉は、一瞬にして目の前の景色を変えてくれる。それは……二所詣の精進の朝に見た、鎌倉の海に射し込む金色の光のようだった。実朝は心の中に射してくる金色の輝きに恍惚としながら、信子にもう一度、生きて会えた喜びを噛みしめた。

信子は実朝を見上げて言った。

「まるで、三輪山《みわやま》の神様みたいですね」

「え?」

「本当の姿を見られることを厭うて、夜になると現れる神様です」

信子は実朝に語って聞かせた。

「神代の昔、美しい姫のもとへある殿方が夜になると訪れるのです。己の姿を見られることを厭うて必ず夜になってから訪れ、朝になる前に帰ってしまうその殿方の正体を知りたくて、姫はその殿方の袖にそっと糸を縫い付けました。朝になってその糸の先を追って行くと、糸はなんと扉の鍵穴を通り抜けてずっと外まで続いている。そうして糸は三輪山のお社で途切れていた。それで、あの殿方は三輪山の神様だったのだわ、と姫は気づきました。というお話」

「それでは、明日の朝、私の袖には糸が縫い付けられているのだろうか」

実朝の答えに信子は笑った。実朝もいつの間にか、痘痕への恥じらいも忘れ、信子と顔を突き合わせて笑っていた。

ひとしきり笑った後、改めて信子の顔を見つめる。

「みだいは不思議な人だ」

「どうして?」

「みだいといると、嫌なことを忘れてしまう」

信子は泣きそうな顔を一瞬した。そのまま顔を隠すように実朝の胸に顔をうずめた。そんな信子を実朝はそっと抱きしめた。

「私が生きられたのは、みだいのおかげだと思う」

「私の?」

「みだいの梅の花に力をもらった」

「……私の思いを込めたのです。実朝様と二人でこの花を愛でたいと」

「うん」

実朝は信子を抱く腕の力を強くした。

「ですが、私は実朝様に一つ謝らねばなりません」

「謝る？」

実朝は信子の深刻な声色に、少し不安になりながら続きを待った。

「雀の子が割れてしまいました。実朝様の病の知らせを聞いて、動揺した時に落としてしまったのです」

「そんなこと」

実朝は笑った。信子の声色からもっと重い内容かと思っていた分、実朝は軽い調子で言った。それでも、信子は実朝の胸に顔をうずめたまま、消え入りそうな声で言った。

「こんな私を、お許しくださいませ」

信子が土鈴を本当の雀の子のように可愛がっていたことを実朝は思い出しつつも、信子の声は、割ってしまったこと以上の哀しみを帯びているようにも思えて、ほんの一瞬、信子が許してほしいのは、もっと違う何かなのではないか、と思った。だが、それを問いただすことは、できなかった。

（みだいの心も、雀の子のように割れてしまいそうで……）

六

疱瘡を患った翌年、実朝は十八歳の春に従三位《じゆさんみ》右近衛中将に昇進した。

義時は政所別当として将軍実朝の補佐をしながら、実朝の政に対する変化を事実として感じ始めていた。昇進に伴い、実朝は鎌倉に持ち込まれる「鎌倉殿」の御裁断を求めた各国の地頭や荘園領主、その領民らなど、土地所有に関する訴えを「直に」裁くこととしたのである。

今までは、持ち込まれた訴えや、土地所有、支給に関することは義時や広元など有力御家人たちの合議によって決められたことを、実朝が後追いで認可していた形だった。しかし、実朝はそれらの裁断に自ら関わることを求めたのだ。官位の上で晴れて公卿の仲間入りをしたことへの自信、何より、父、頼朝の官位に近づいたことが実朝の「鎌倉殿」としての自負を強めていたのかもしれない。

その「鎌倉殿」の裁断を求め、紫陽花《あじさい》の咲く季節の鎌倉に、出羽国羽黒山《でわのくにはぐろさん》の衆徒が群参して来た。手には訴状を持っている。

〈地頭、大泉氏平《おおいずみうじひら》の横暴を鎌倉殿に御裁断頂きたく候〉

実朝の裁断を求め、御所の南庭に衆徒たちが押し寄せた。衆徒らの横には呼び出された地頭大泉氏平が苦々しい表情で坐している。

その様子を、義時は御所の柱の陰から腕を組んで見据えていた。

出羽からはるばる鎌倉へやって来た衆徒たちは、羽黒山で日々厳しい修行を重ねる修験者《しゆげんじや》、山伏である。陽に焼けた僧形《そうぎょう》の屈強な男たちが、物々しい雰囲気で御所を注視している。手足や衣服は泥にまみれ、長雨でぬかるんだ道のりを鎌倉目指して一心にやって来たことが窺われる。その目は地頭大泉氏平への憤りに光り、疲労の色は露ほども見えない。

(この怒りに満ちた衆徒を、実朝様はどう裁く)

義時は俯瞰《ふかん》するような心持ちだった。

「父上は高みの見物ですか」

そんな義時に、声をかけてきたのは泰時だった。

「それとも、実朝様が父上を呼ぶのを待っているのですか」

「…………」

義時は、実朝が怒りに満ちた衆徒らに慄き、こちらに助けを求めるのではないだろうかと思っていた。あの、畠山重保謀反の時のような、己で判断を下すことを懼れ逃げ出しそうになる実朝の姿を思い浮かべていた。衆徒らは「鎌倉殿」の登場を今か今かと待っている。

そして、広元が「鎌倉殿」の登場を告げると衆徒たちと地頭氏平は地面に平伏した。

御所の廊を軽やかに踏みしめる足音がして、その音が衆徒たちの前の階《きざはし》の上でぴたりと止まった。

「面を上げよ」

ようやく登場した「鎌倉殿」を衆徒らは仰ぎ見た。階の上に立ったすらりとした姿に、この蒼白い青年が「鎌倉殿」か？　という思いが衆徒たちの表情から滲み出ていた。

実朝はそれらの視線に怯むことなく、淡々とあらかじめ渡されていた訴状を広げた。

「訴えの内容は読んである」

羽黒山は古くからその衆徒らによって自治されていたものを、地頭が田畑を踏み荒らし、山内に干渉してきたことを訴える内容だった。

「そちらが、地頭の大泉氏平か」

「さようにございます」

氏平はにやりと笑い頭を下げた。その表情と声色は自分の息子よりも若い実朝を明らかに軽視するようだった。

実朝はそんな氏平を一瞥すると、衆徒の長とみられる屈強な男に声をかけた。

「その方、羽黒山で修行をする者か」

「は」

男は短く答え、ぎらつく目を実朝に据えた。実朝は少しも動揺することなく、興味のあることを訊くように明るく問うた。

「羽黒山はどのようなところだ。そなたの体つきを見れば、その修行がいかに厳しいものかはすぐわかる。険しい山なのか」

「は……」

男は、思いがけない質問に少しあっけに取られていたが、すぐに畏まって答えた。

「羽黒山は出羽国にある修験道の霊山にございます。総じて出羽三山と呼ばれる他の月山《がっさん》、湯殿山《ゆどのさん》と比べますとさほど高くはございませぬが、山一帯には杉古木の木立が深々と広がっております。東北の厳しい気候に耐えここで修行する者は古くから羽黒山伏と呼ばれております」

「ほう」

実朝は杉の深い緑に包まれた荘厳たる神域に思いを馳せるように感嘆すると、広元の方を向き、頷いた。広元は心得たように一つの書状を差し出した。

「これは頼朝公の御書の写しである。これによると、羽黒山は先例によって地頭による入部《にゅうぶ》と追捕《ついぶ》を停止する、とある。この山は古くからの慣習を尊重しこの衆徒らによって治められるべき土地である、ということだ」

「いや、しかしそれでは、地頭としての私の立場はどうなりますか！」

氏平は喰いつくように言い放った。実朝は少し間を置いた後、さも不思議そうに言った。

「地頭は、頼朝公が土地の管理、税の徴収を行うために勅許をもって置いた職であろう」

「その通りにございます」

氏平は鼻息荒く答える。実朝はしてやったりというような笑みを浮かべた。

「地頭は鎌倉殿よりその権限を預けられているにすぎぬ。ゆえに、頼朝公の代で地頭の管理を認めないとされている土地にそなたが口入《くにゅう》したのは道理が合わぬ」

「は……」

氏平は、実朝の理路整然とした答えに顔を赤くしたのみで何も言い返せなかった。

「それでよいか」

実朝は、衆徒らの方に朗らかに言った。僧らは信仰に熱く燃える真っ直ぐな瞳で実朝を仰ぎ見た。

「ありがたき御裁断にございます」

「うん」

実朝は満足気に頷くと、広元の方を見やった。広元も微笑ましく頷き返した。

それを見ていた義時は、隣にいた泰時に声をかけられた。

「堂々たる御裁断でございましたな」

「……まっとうな裁断であろう」

「父上の助けなど不要でしたな」

泰時が微笑して言うのを、義時は黙殺した。

甥の成長への喜びよりも、自立に対する危機感の方が義時の心を占めている。そのことを泰時に悟られぬよう、義時は強いて無表情でいた。


実朝が、義時や政子の助けを受けずに裁断をすることは、その相手が旧来の御家人であっても変わらなかった。三浦義村が奉行《ぶぎょう》をつとめる牧の牧士が代官の横暴を訴えた時には「奉行に逆らえぬ弱い立場の牧士への思いやりを忘れている」と、実朝は直に義村を窘め、義村を解任してしまった。このような裁断に対する実朝の姿勢は、小さな波紋となって瞬く間に御家人の間に広がっていった。

当の実朝は、御家人たちの思惑など気にせず、次から次へと鎌倉へ舞い込む訴状に目を通し、自分が正しいと思う裁断を下していた。

「山や地に線は引けぬものかの」

ある日、訴状に目を通しながら実朝はため息交じりにぽつりと言った。側に控えていた広元が首を傾げる。

「線、にございますか」

「皆、土地の所有を訴えてくる。ここは我の土地だ、誰の土地だ……。こう、大きな筆を持って山や畑に天からつーっと線を引いて、ここから右が何某《なにがし》の土地、ここから左が何某の土地、と示しておければ無駄な争いはないのになあ」

実朝は大きな筆を抱えて線を引くふりをすると、少年のように笑って見せた。

「どう思う、広元」

「天から大きな筆で線を引くとは、面白いお考えにございますな」

「そんな筆がほしいものよ」

「さようにございますな」

広元が笑いながら頷いたその時、「ならば作ればよろしいかと」と、声がして実朝は驚いてそちらを見やった。

そこにいたのは泰時だった。

「通りかかりまして、実朝様のお話に聞き入っておりました」

「筆の話か」

「ええ。筆というよりは、線にございます」

「線？」

「鎌倉殿が管理する全ての荘園、牧、領地を調べ、台帳を作るのです」

「台帳」

「山や畑に筆で線は書けませぬが、台帳にその土地の所有者、範囲、採れる作物、牧の状態などを書き記しておくことで、一目瞭然となります。鎌倉殿が御家人に役賦課《えきふか》をする時にもその台帳を使えば公平に、かつ迅速にできましょう」

「なるほど」

実朝は感心して頷いた。広元も泰時の発想に心を動かされたように言った。

「各国の守護に命じて作成すれば、すみやかにできましょう」

広元の助言に、実朝はさらに頷いた。

「では、さっそく国々に作成するよう守護に命じよう」

泰時の聡明さに実朝は関心を示し、思っていることを伝えてみた。

「訴訟の裁きのことなのだが……」

「は」

「今、私は父、頼朝公の御裁断をもとに行っているが、全てが先例にあるわけではない」

「さようにございます」

「もし、先例にないことであった場合は、己の判断で己の良心に従い、どちらの言い分も公平に聞いた上で判断しているつもりだ」

「御賢明な判断にございます」

「だが、私が死んだらどうする」

泰時も広元も驚いた表情で実朝を見た。

「何、驚くな。人はいつか死ぬ。こうして私が今生きているのも、奇跡のようなものだ。私が亡き後、とまではいかずとも、私が直に裁断できなくなった時、仮に私の後嗣が裁断をすることとなった時、その時も今と同じ裁断を下すためにはどうしたらいいと思う」

「………」

「その時に裁断をする者の権力や思惑で、裁断が変わってしまっては裁かれる方は困るのではないか」

「それはつまり、誰であっても公平な裁断ができるようにしたいと」

「うん」

「ならば、式目《しきもく》を御定めになるとよろしいかと」

「式目」

実朝は聞き慣れぬ言葉を繰り返した。

「式は法、目は条、つまりは裁断の規則をあらかじめ条文として定めておくのです」

「ほう……その式目に従い、審判をするのだな。言葉で定めておけば力では変えられぬということか」

「はい」

「だが、その式目、もし『何者』かの思惑が入った誤った式目であった場合どうなる？」

「その『何者』かの思惑通りの世になりましょう」

「では、その式目を定めるにあたっては、『何者』の思いにも屈せず、澄んだ目を持った者が携わらねばならぬな」

「さようにございます」

「それは、誰がよいと思う？」

「それを、私にお尋ねになりますか」

「うん」

実朝と泰時の視線が交わった。泰時の目は静かに笑った。

「それは……わかりませぬ」

「わからぬか」

「人の心など、ほんの些細なことで揺らぐものですから」

「…………」

二人の間に、しばしの沈黙があった。先に言葉を発したのは、泰時だった。

「ですが、これだけは揺るがしたくないと思うことがあります」

「何だ」

「実朝様を思う気持ちにございます」

「…………」

「私は、実朝様をお支えして生きたいと思っております」

心なしか、「私は」というところに力が入っているような気がした。その泰時の真率な言葉に、
実朝は「うん」と笑顔で返した。

「泰時、今度、歌会をするから、また来るがいい」

「歌ですか」

泰時は難しいことを考えるように腕を組んで唸った。実朝はそんな生真面目な泰時の姿を微笑ま

しく見ながら言った。

「難しいことではない。思うがままを言葉にすればいいのだ。例えば、今のように」

泰時は、少し驚いたように顔を上げ、実朝の言葉を反芻するように呟いた。

「思うがままに……」

◇

群青の空には真っ白な入道雲が浮かび、御所の庭にも蟬《せみ》がうるさいほど鳴いている夏の昼下がり、和田義盛が実朝の御前《ごぜん》に参上した。

朝盛の祖父であり、頼朝にも仕えた古参の御家人を実朝は温かく迎えた。

「義盛、どうしたのだ」

「日頃よりの朝盛へのお心遣い、一族共々身に余る誉《ほま》れと思っております」

「何を改まって。ずっと前からの付き合いではないか」

朝盛は、実朝の弓矢や騎馬の稽古にまるで兄のように付き合い支えてくれた。初めての騎馬の轡《くつわ》をとったのも朝盛だった。

「今は和歌の修練に飽くことなく付き合ってくれる。朝盛といるとな、心が安らぐのだ。不思議なものだな」

義盛は嬉しそうに何度も首肯したが、すぐに何か言いたそうにもぞもぞと口元を動かす。それを見て、実朝は優しく促した。

「何か言いたいことでもあって来たのであろう」

義盛は、照れたように汗ばんだ首元を掻くと、畏まって平伏した。

「実は、上総国《かずさのくに》国司の挙任を内々にお願いしたく参じました」

「…………」

実朝は思いがけない願いに即答できず、黙って義盛の背中を見た。二人しかいない部屋に蟬の声だけが響いた。

しばらくして、実朝はゆっくりと答えた。

「しかし、そなたは左衛門《さえもんの》尉《じょう》……『侍』の身分なれば国司にはなれぬぞ」

実朝の答えは当然なものであった。侍とは、官位六位に相当する武官、衛門尉・兵衛尉《ひょうえのじょう》の身分であり、鎌倉御家人は主にその身分にあたる。

「ええ、それは十分にわかっております。しかし上総国の国司となること、年来よりの願いにて。老い先短い身なれば、不躾《ぶしつけ》な願いとは知りつつこうして参った次第にございます」

「老い先短いなどと……」

実朝は答えに困りながら、面を上げるように促した。義盛は、深く皺の刻まれた顔を実朝に向けた。

(生きていれば、父上と同じ歳になるのか)

そう思った瞬間、なんとかしてやりたい気持ちが湧いてきた。

「少し、考えてみよう」

実朝の答えに義盛は晴れやかに笑い、深々と礼をした。

義盛が退出した後、実朝は広縁に出て庭を見やった。夏の陽射しが白砂の庭を照り返し、眩しさに目を細める。

（考えてみる、とは言ったものの……）

どだい、無理な話なのだ。身分秩序というものがある。義盛の身分では国司にはなれない。御家人の官位昇進の推薦は将軍としての特権でもある。だが、義盛を国司にするがために官位昇進を朝廷に申請する、などということはしたくなかった。いくら恩顧の家臣とはいえ、私利私欲や個人的な配慮で官位昇進を朝廷に願い出ることは、将軍としての自負が許さなかった。

どうして、無理とわかって義盛はそのような願いをしてきたのか。

（私が朝盛を重用しているから、それに乗じたのか？　いいや、義盛はそんな浅はかな家臣ではない）

義盛は頼朝以来の重臣で、侍《さむらいどころ》所別当だ。

今、鎌倉幕府は、軍事《いくさごと》を司る侍所別当の和田義盛と、政事《まつりごと》を司る政所別当の北条義時の二人が二本の柱のように御家人の中枢にいる。そのことを北条が快く思っていないことなど、実朝はわかっていた。兄の代から次々と古参の御家人らが粛清され、今や北条家に対等にものが言える家門は和田家くらいだった。

（そこで、どうして昇進を望む）

夏の陽射しが実朝の頰の痘痕を痛いほどに照りつけ、実朝は無意識に痘痕を触った。

（もし、義盛の望みが叶えば……北条が黙ってはいまい）

一匹の蟬がどこからともなく飛んできて、柱に止まろうとして勢いよくぶつかり、実朝の足元にひっくり返って落ちた。実朝はそっと蟬を拾い上げてやろうとしたが、触れた途端、蟬が驚いたように暴れると縁から落ちた。

蝉は白砂の上で短い命を燃やし尽くすようにジジと短く数回鳴いて、動かなくなった。

実朝は独り悩んだ末、広元に相談した。

広元は話を聞くと、思案するように顎に手を当て黙り込んだ。

「どう思う、広元」

「……頼朝様以来の前例を尊重するならば、叶う願いではありません」

「うん」

「実朝様はどうされたいのですか」

「叶わぬ願いであり、簡単に許していい願いではないことはわかっているのだが、叶えてやりたい自分がいるのも確かで」

「それはどうしてですか」

広元は、穏やかに尋ね返す。実朝は少し考えた後、ぽつりと答えた。

「父上のような気がして」

老い先短い、と言われたことも響いているのかもしれなかった。父と同じ歳の忠臣が、生涯最後の願いを意を決して申し出て来た。それを、むげに撥ね除けることができなかった。夢半ば、落馬であっけなく死んでしまった父……もし生きていたら同じ歳であった義盛の夢を叶えてやりたい自分がいた。

広元は「そうですか」と答えた後、付け足した。

「ですが、義盛殿で前例を作ってしまえば、次は私もと言う者が出ましょう」

「そうだろうな」

「しかし、むげにその場で断らず、しばし思慮されるのも実朝様らしい優しさにございますれば、その御気持ちは大事になさいませ」

そう柔和に微笑む広元に、実朝は「うん」と頷き返した。

◇

それから数日して、実朝のもとに政子がやって来た。

「噂に聞いたのですが」

政子の口調から、実朝は嫌な予感がした。

「和田義盛を、上総国国司に推挙しようとしているそうですね」

「それは……」

実朝はうつむく。きゅんと、胸が苦しくなるのを感じながら、いったい誰から聞いたのだろうと思いを巡らせる。

義盛自身が言ったのか？　このことを知っているのは、義盛と自分と、広元だ。広元か？　……いや、誰かがどこかで密かに聞いていたとしてもおかしくはあるまい。

（鎌倉は狭い……）

「そう願いを受けたのは確かです。ですが、まだ決めた訳ではありません」

「断ってはいないのですね」

「……はい」

「頼朝様の御時に、侍が受領《ずりょう》となることは禁じたはずです」

「わかっています」

政子の責めるような口調に実朝はさらに、きゅんとなる。歪みそうになる口元をくっと噛みしめる。広元は、実朝の考えを聞いてくれた。母はいつも、己の考えを示す。

「義盛を許せば、他の者も同じことを望むに違いありません」

「わかっています」

「ならば、何故断らないのです」

苛立ったように政子はぴしゃりと言った。

「まさかとは思いますが……朝盛の祖父だからではないでしょうね」

途端、実朝はうつむいていた顔をきっと上げた。

「私にとって、朝盛はそのような存在ではありません！」

実朝にとって、朝盛は権力や欲望とはかけ離れた場所に立つ清廉な心の拠り所のような存在だった。

「義盛も思うところあって長年の願いを申して来たのです。私は、私を信じて夢を願い出た家臣をむげにすることはできませぬ」

実朝の今までにないはっきりとした物言いに、政子は僅かに動揺したようだった。だが、すぐにその動揺を隠すように大きくため息をついて実朝を見据えた。

政子の視線から実朝は目をそらさなかった。ここでうつむいたら、負けると思った。実朝はこの時初めて、はっきりと己の意志を言葉にして母の望む答えを拒んだのだった。そんな実朝の強い視線に、政子の方が先に目をそらした。

「わかりました。義盛はあなたの家臣です……女人の私が口を挟むことではありませんでした」

そう言うと、政子はそのまま部屋を出て行った。政子がいなくなると、実朝は全身の力がどっと抜けた。脱力しながらも、沸々と湧き上がる満足感にも似た感情に頰を緩ませた。

(思いをきちんと言葉にすれば、わかってもらえるのだ)

◇

和田義盛の件を思慮する一方で、実朝は詠みためた和歌三十首を清書し、それを都の藤原定家《ていか》に送った。藤原定家は新古今和歌集の撰者の一人である優れた歌人だった。今まで詠みためてきた和歌の出来の合点をつけてもらうことにしたのだ。

都へ使者を送り和歌を預けると、その返事はひと月後にあった。

「もう戻って来たか」

予想以上に早い返事に実朝は喜んだ。

「実朝様の歌に定家殿はとても感服しておりました」

使者の報告によると、鎌倉将軍実朝の自作の歌の合点と聞いて、定家はすぐに取りかかったという。

「そして、実朝様の詠作の参考になればと、こちらをお預かりして参りました」

使者は実朝に一冊の双紙を渡した。表紙には『詠歌口伝《くでん》』と書かれている。

「これは」

「定家殿が書いた和歌の奥義書でございます」

「なんと」

実朝の心は躍った。使者をねぎらった後、実朝はさっそく『詠歌口伝』を開いた。

そこには、実朝が力を入れていた本歌取りについてのことが書かれていた。本歌取りとは、古歌（本歌）の一節や言い回しを取り入れて和歌を詠むことで、本歌を連想させて歌の意に深みを持たせることができる和歌の技法である。と同時に、詠む側も読む側も、本歌が何であるかがわかるという教養が必要とされるのだ。

〈古きをこひねがふにとりて、昔の歌の詞を改めずよみすゑたるを、即ち本歌とすと申すなり〉

そして、本歌とする古歌に関して、寛平《かんぴょう》以前の歌から取るものであって、今の世の歌人の歌から取るものではない、としていた。

「そうなのか……」

実朝は、独学で新古今和歌集などの中の新しい歌からも本歌取りをしていた。

「古きをこひねがふ……」

古今和歌集、新古今和歌集は諳んじて言えるほど熱心に読み込んできたが、それ以外の和歌集にも実朝は興味を強く持った。今度は古今集以前の和歌集を集めて読もうと思いながら、定家から戻って来た和歌を見返していると、義時がやって来た。

「実朝様」

声で義時だと察すると、実朝は顔を上げずに返事をした。

「どうした」

「それは、何ですか？」

「都の藤原定家殿に頼んで、合点してもらった和歌だ」

「……和歌にございますか」

「うん。この奥義書を定家殿からもらった。義時も読むか」

「……いえ、私ではなく泰時にでも読ませてやってください」

「そうか、泰時か」

実朝は上機嫌に答える。

「そうだ、朝盛にも読ませよう」

「実朝様」

義時が実朝の言葉を遮るように被せた。

「実朝様に折り入ってお願いしたきことが」

「……どうした」

義時の厳しい口調に、実朝は初めて顔を上げた。義時の眉間に皺が寄って眼光はいつも以上に鋭い。実朝は和歌の書を閉じ、義時に改まって対峙した。

義時の口から聞いた願いに、実朝は驚いた。

「北条家に仕える年来の郎従で、功のある者を『侍』に上げて頂きたいのです」

「…………」

実朝は黙って義時の顔を見て、その真意を探ったが、巌《いわお》のように険しい顔からは何も見てとれない。何故急に、前触れもなくこのようなことを願い出るのか。

「それは、できぬ」

「何故でしょう」

「『侍』は御家人の身分である。北条家に仕える郎従は、御家人ではない。あくまで御家人に仕える者にすぎない……今、認めてしまえば後世、その子孫が本来の由来を忘れ身分秩序が乱れるもとになる」

実朝は義時の願いに対する答えを言いながら、その真意を悟った。

義時は試しているのだ。

和田義盛と同じ無理難題を実朝に言い、遠回しに義盛の願いは拒絶するべきだと。

「さようにございますな」

義時が実朝の答えに念を押すように答えた。実朝はやられたと思った。

「ですが、北条家は実朝様のご生母、尼御台所様の実家。そして時政、義時と代々政所別当を輩出する御家人にございますれば、長年の功労を認めて下さってもよいのではないですか？ ……と私が申しても実朝様はお認めにはなりますまい」

「………」

「それと、同じにございます」

義時の言い分に実朝は唇を噛んだ。

「身分秩序の乱れは争いのもとにございます」

「わかっておる！」

つい、実朝は大声で言い返した。さすがの義時も少し驚いたように実朝を見た。

実朝は苛立っていた。政子といい、義時といい、己の決断に口を挟んでくる。しかし、言っていることは間違っていないのだ。言われてみれば「確かにそうだ」と思う。それが余計に悔しい。常に上から押さえつけられているような感覚になる。芽を出した途端、摘み取られるようなものだ。

(私を将軍として自立させることを……望んでいないのか？)

ふと、泰時の顔を思い浮かべる。

〈私は、実朝様をお支えして生きたいと思っております〉

(泰時は、泰時ならば……？)

苛立ちを露わにしたことを、恥じるように実朝は強いて声を落ち着けて言った。

「もう、よい……。声を荒らげてすまなかった」

「いえ……」

実朝は義時に下がるように手で促した。義時は去り際、敢えて実朝の心にさらに追い打ちをかけるように付け足した。

「和歌もよろしゅうございますが、弓馬《きゅうば》の道もお忘れになりませぬよう。武家の棟梁なれば、御家人も多くはそれを望んでおりまする」

「……うん」

独り、実朝は、そのまま『詠歌口伝』と自作の和歌の上に突っ伏した。

(ああ、何もかも投げ出したい)

どうしようもなく泣きたい気持ちになりながら、実朝は言の葉の上にしばらくの間うつ伏していた。


御所で和歌会が開かれ、泰時はいつものように生真面目な己の感性に苦笑いをしながら、相変わらずきらきらとした表情で和歌を評し合う、実朝と朝盛の姿を遠目に見ていた。

その帰り、御所の門を出たところで泰時は朝盛の後ろ姿をとらえた。

「朝盛殿」

「は」

朝盛は思いがけず泰時に声をかけられ、驚いたように振り返った。

「少し、歌のことで訊きたいことがある」

年上の北条家の子息に対し、朝盛は僅かに身構えた様子で承諾の頷きを返した。

二人はそのまま若宮大路を下り、由比ヶ浜へ向かった。道すがら、朝盛の緊張感を和らげるように泰時は強いて明るい口調で、和歌のことを尋ねた。

「実朝様は思うがままを詠めばよい、と言われるが、そうすると風流もなにもないただの言葉の羅列になってしまうのはどうしてだろう。どうやったら、そなたや実朝様のように詠める」

「そうですね……自然に思いつくのが最もよいですが、私はやはり先人の和歌から学ぶべきことは多いと思います。気に入った言い回しや言葉は覚えておくようにしています」

朝盛は丁寧に答えながらも、その表情は硬い。泰時が歌のことを訊きたいがためにわざわざ呼び止めたのではないのだろうと、窺うような目つきだ。

由比ヶ浜に出ると、二人の眼前に蒼い海原が広がった。秋の高い空に、鳶《とび》が輪を描いている。二人の間には沈黙が漂い、涼しい風に波音だけが響いた。

「本題は何ですか」

思いきったように朝盛が尋ねると同時に、泰時が言った。

「実朝様のことをどう思う」

泰時は朝盛の動揺する気配を感じながら、敢えて朝盛の方は見なかった。海原を見つめながら、朝盛の答えを待った。

「……実朝様はお優しい。慈悲の心があると思います」

「慈悲の心か」

「はい。誰かを傷つけることを、あの御方は最も厭います」

「…………」

泰時は、実朝のよく言う曖昧な「うん」を思い出す。

「だが、優しいだけでは将軍の立場はつとまらぬとは思わぬか」

「それもそうですが……」

朝盛は一瞬言おうか迷うような表情をしたが、はっきりと口にした。

「冷徹なだけでは人の心は離れます」

朝盛の言葉を泰時は沈黙で肯定した。朝盛は勢いそのままに続けた。

「私は、幼い頃からの実朝様のお姿を見ていて、思います。この御方は人を騙したり切り捨てたりできる御方ではないと。……私は、そんな実朝様が好きです」

好きです、という真っ直ぐな言葉に泰時は一瞬たじろいだ。

「それが、私の答えです」

泰時は朝盛と目を合わせないように、視線を海に向けたまま問うた。

「その、そなたの好きな御方を悩ませるようなことになったらどうする」

「は……」

「例えば、和田家が実朝様を困らせることを要求しているとなったらどうする」

「祖父のことですか」

朝盛の言葉が尖った。泰時は朝盛の方へ視線を移した。朝盛の射るような目を真っ向から受けながら唇の端を僅かに上げて言い足した。

「例えば、の話だ」

「…………」

朝盛は暫く沈黙した後、ゆっくりと言葉を選ぶように答えた。

「……実朝様が私を信頼して下さるように、私は実朝様を信じたい」

「ならば、和田家と実朝様が対立するようなことになれば？」

「何が言いたいのですか」

「例えば、の話だ」

朝盛は返事をせずに、問いを投げ返した。

「泰時殿はどうなのですか」

「…………」

朝盛の切り返しに泰時は意表を突かれた。

「もし、北条家と実朝様が対立するようなことになれば？」

「さて……どうするかな」

泰時の返事に、朝盛は憤ったように言葉を投げつけた。

「北条こそ、実朝様を縛りつけ苦しめているのではないのですか！」

「…………」

勢い余って言いすぎたことに気づいたのか、朝盛は言った後にさっと顔色を変えた。だが、慌てて今の言葉を打ち消そうとしても放った言葉は決して消えない。泰時は朝盛の言葉に不快感を示すことなくただ黙って海を見つめていた。

朝盛は静かに吐息した後、誰に言うでもなく自分に言い聞かせるように、

「私はそれでも……たとえ和田家が実朝様の敵になってこの身を引き裂かれようとも、心は実朝様をずっと信じていたい」

そう言うと、朝盛は泰時に一礼して立ち去った。


和田義盛の上総国国司推挙の件は保留になったまま、二年の月日が流れた。

二十歳となった実朝は若々しさの中にも大人の落ち着きを身に付け、十九歳の美しい御台所と並ぶ姿はまるで絵巻物から出てきたよう、と女房たちが褒めそやすくらいだった。

実朝が夕暮れ、いつものように信子の部屋を訪れようとすると、部屋の戸の前で水瀬に止められた。

「あいにく、御台様は具合が悪く今宵はお会いになれませぬ」

「病か」

実朝が心配になって即座に問い返すと、水瀬は微笑んで首を振った。

「いいえ、月の障りにございます。お引き取りを」

実朝は「そうか」と反応に困って頬を掻いた。女人にそうした障りがあることは知っているし、今までも何度か同じことはあったので驚きはしないが、これぱかりは、入り込んではいけない幕の中を覗き見てしまったようで、どのような顔をしたらいいのかわからず、どうも居心地が悪い。

実朝は大人しく居室へ戻って、昼間に読み切れなかった裁断を仰ぐ訴状の残りに目を通すことにした。鎌倉殿の裁断を求める訴状は山のように溜まっていて、とても実朝一人で捌き切れる量ではなかった。一部を政所の御家人に分担させてはいるが、その結果を実朝は自ら確認するようにしているので、結局、実朝が全て目を通すことになり、訴状は溜まっていく。こうしている間にも、訴状を出した者たちは返答を今か今かと待ち望んでいるのだろう。

(式目があれば……)

実朝以外の誰であっても、同じ基準で公平な判断が下せる。そうすれば、政所の御家人に託すこともでき、正しい裁断を、より早く、かつ、争うことなく下せるだろう。

夜も更け、実朝が紙燭の灯りのもとで訴状に目を通しながら、いつか泰時が言っていた式目のことを思案していると、見慣れぬ若い女房が一人部屋に入って来た。

「そなたは?」

「阿波局様より、今宵は実朝様のもとへ行くようにと言いつかっております」

「私は何も聞いておらぬが?」

実朝は首を傾げて、女房に視線を向けた。整った綺麗な顔をしているが、御所では一度も見たことのない顔だった。

「これをお届けするようにと」

女房はすっと実朝の前に酒を差し出した。

「私は酒を飲むと、頭が痛くなる」

実朝はやんわりと断った。

「良い酒が手に入ったので、ぜひに、と。少しならば御体に障りはありませぬ。むしろ心地よくお眠りになれるかと」

そう言うと女房は、ためらいなく実朝の方へ近づいた。女房の顔が必要以上に近く、実朝は気取られぬ程度に後ろに体を引いた。だが、女房はそれに気づいてさらに距離を詰めた。実朝が怪訝に思った時、女房は甘えるような声を出した。

「今宵は御台様にはお会いになれなかったのでございましょう？」

ようやく実朝が阿波局の真意を察した時、女房が実朝の腕に寄りかかった。その柔らかな胸のふくらみが衣を通して伝わってきて、信子とは全く違う体つきを想像してしまった。かっと体が熱くなる。どうしてよいかわからず、自分でも情けないくらいうろたえた。実朝は己に言い聞かせるつもりで、はっきりと言った。

「そういうことは、困る」

すると、女房の方が困った顔をした。

「阿波局に言い含められて来たのであろう？」

「ですが……」

女房は泣きそうな声を出したので、実朝は小さくため息をつくと優しく告げた。

「そなたが阿波局に叱られるというのならば、そうせぬように私の方から申しておこう」

そう言うと実朝は立ち上がり、その場から逃れるように部屋を出た。

そのまま、宿直の御家人が詰めている御所の北面に向かった。

「朝盛、朝盛はおるか」

将軍自ら詰所にやって来たことに、朝盛はもちろんのこと他の御家人たちも驚いて畏まった。

「どうかなさりましたか」

ただならぬことでも起きたのか、というように朝盛は表情を引き締めて実朝を仰ぎ見た。実朝は事情を話さずに、苦笑いした。

「なに、大したことではない。ふと、今宵はそなたと過ごしたくなったまでのこと」

「ありがたいお言葉にございます」

朝盛は素直に喜んだ。そんな朝盛の清い態度に、実朝の心は洗われていくような気がした。

「ちょうど、萩も美しく花を咲かせ、実朝様にお見せしたいと思っていたところでした」

朝盛が視線をやった先に目を移すと、狭い北面の庭の片隅に可憐な萩の赤い花が咲いていた。

「もう、そんな季節になったか」

朝盛が微笑んで首肯した時、さあっと風が吹いて萩の花房を揺らした。

「風の音にぞおどろかれぬる、だな」

実朝が語りかけると、朝盛は「まことに」と、嬉しそうに応じた。

実朝は自ら庭へ下り萩の花を愛でた。

萩の花　暮々までも　ありつるが　月出《い》でて見るに　なきがはかなさ

（可憐な萩の花が、夕暮れまでは残っていたが、月が出て見に行くと散ってしまって心細いことよ）


実朝が歌を詠むと、朝盛が不思議そうに尋ねた。

「萩はまだ散っておりませんが……？」

実朝は萩の花枝を一つ、手折《たお》るとぽつりと言った。

「みだいに今宵は会えなかった」

「……………」

「月が出て会えぬそうだ。寂しいものだ。この花を届けようかと思う」

朝盛は微笑んで、合点したように応えた。

「ははあ、御台様を萩に見立てた、恋の歌でございましたか」

「いいや、恋歌ではない」

実朝は白い月明かりに照らされる、萩の花を見つめた。

「この可憐な萩が愛おしい。狂おしいほどにだ。だが、この月明かりに見失ってしまいそうだった。愛おしいのに、傷つけてしまいそうで……そういう自分が嫌になりそうだ」

「……本当に、心から慈しんでおられるのですね」

実朝はたおやかな萩を、折れぬよう大切に袖に抱いて頷いた。

「うん」

月の障りが来ると、信子はいつも寝込んでしまう。体は重だるく、お腹は絞られるように痛い。信子の枕元には、昨晩実朝が贈ってくれた萩の花房が生けてある。その赤い花を見ていると、体のつらさもやわらぐ気がした。

萩の花色に実朝の優しさを重ねているところへ、阿波局がいつものように笑顔でやって来た。

「御台様、具合はいかがですか？」

心配そうに言う割には、遠慮なく信子が横になる御帳台《みちようだい》の帳《とばり》をめくる。

「横になってばかりでは、よくなるものもよくなりませんよ。動いた方が楽になるというものです」

そう言って阿波局は、信子の体を起こそうとする。信子は阿波局の確信に満ちた言い方に断れず、ゆっくりと起き上がり脇息に気だるくもたれた。そんな阿波局を押しのけるように水瀬が割って入った。

「御台様は、あなた様とは違って繊細な御体なのです」

「まあ」

阿波局は水瀬の物言いに目を丸くした。そのやり取りに、信子は体のつらさも忘れてふっと笑みがこぼれた。水瀬の気遣いにはいつもこうして助けられる。だが、次の阿波局の発言に信子は固まった。

「実朝様が可哀想ですわ」

「かわいそう……？」

阿波局は笑顔のままで言う。

「私、側室をお持ちになるよう勧めているのですよ。御台様になかなかご懐妊の気配が見られないので」

すぐに水瀬が言い返した。

「何も御台様に言わなくてもよろしいではありませんか」

「いいえ、実朝様が側室をお持ちになれないのは、御台様の御実家に遠慮があるからです」

「な……」

「上皇様のお血筋に繋がる妻に、実朝様は気を遣っているのです」

「無礼ですよ！」

声を荒らげた水瀬を、信子は静かに制した。

「水瀬、よい」

側室を持つということは、実朝の身分であれば当然のことであり、将軍という立場を考えれば持たぬ方が不自然なくらいだった。信子の父の信清も側室を持っていたし、信子自身、夫が側室を持つということに対し、女としての葛藤はあるものの受け入れねばならぬことだとわかっている。

（だけど……）

信子は傍らの萩の花を見た。この花を自分ではない他の女人に贈る実朝の姿を想像するだけで、泣きたい気持ちが込み上げてしまう。

「このままでは将軍後嗣に関わります。乳母として実朝様のためを思うからこそ、申しているのです」

「…………」

黙り込んだ信子を見て、阿波局は試すように言った。

「御台様は、上皇様のお血筋につながる将軍後嗣をお望みなのでしょうけれど」

「それは……」

信子の胸がえぐられるように痛んだ。それを否定できない自分の立場をあからさまにされたような気がした。

「御台様は実朝様のことを、本当にお慕いしているのかどうか……」

阿波局のあまりの言い方に、信子は耐えきれず叫んだ。

「あなたになにがわかるの！」

信子の激高に水瀬も阿波局も驚いた。だが、阿波局はむしろ面白がるような口調で続けた。

「ええ、公家のお姫様のお気持ちなど、私にはわかりません」

「私は御台所だ！」

わざとらしく公家と言われたことに信子は反発した。

(私は、実朝様のみだい、なのに！)

信子がここまで人に対して怒りを露わにするのは初めてのことだった。だが、阿波局は怯むことなく、信子の言葉尻をとらえて言い返した。

「御台所ならば、御台所らしく、将軍の行く末を案じてもらいとうございます。実朝様のことを本当にお慕いしているのならば、側室を持つように御台様からおっしゃって頂きたいものです」

途端に、信子は下腹が絞られるように痛んでうずくまった。

「御台様！」

水瀬が阿波局から守るように信子を抱いた。水瀬に背を撫でられながら、信子は思った。

（これがこの人の本性か……）

鎌倉に来た頃は、右も左もわからぬ信子に明るく接し、何くれとなく鎌倉のしきたりを教えてくれた。いい人だと思っていた。だが、本当は、政子などよりもずっとその心は冷えきっているのではなかろうか……。

（私だって、幾度思い描いたことか……あの優しい人が、我が子を抱いた時、どんな表情をするのか。この手に抱く、我が子のぬくもりと重みをどれほど想像したことか！）

それなのに信子の月の障りは欠かさず訪れ、信子はそのたび独り静かに落胆していた。人知れず涙した時もある。その感情を他の誰にも言う気がしなかった。言ったところでせいぜい同情されるか、あるいは憐れまれるか、嘆かれるか……。自分の中に押しこめている方が傷つかないとわかっていたから。

（どうして、子ができないのだろう）

だが、嘆いてばかりはいられない。実朝の妻となってから、もう何年経っただろう。

（私は御台所なのだ）

御台所として、実朝のことを思うならば、阿波局の言う通り、側室を勧めるべき時がきているのかもしれない。それが大切な人のためになるのであれば、自分の哀しみなどいくらでも押し殺さねばならないのだ。

信子は己の立場に打ちひしがれて、両手で顔を覆った。

この年、十二歳となった善哉はますます活発となり、弓馬を好み家人を引き連れては由比ヶ浜で馬を駆ったり、弓矢の稽古をしたりしていた。

「体格、武芸ともに優れ元服の日が待ち遠しいくらいにございます」

乳母夫の三浦義村の報告に政子は孫の成長を素直に喜ぶ祖母の心で微笑んだ。

「それは楽しみなこと。今度、善哉の顔を見に行きたいわ」

政子の言葉に義村は誇らしそうに頬を緩めた。

そこへ、阿波局がふらりとやって来て政子の前に坐す義村の姿に「あら」と笑みをこぼした。

「これは義村殿」

義村は阿波局の方を見やり一礼した。阿波局も目礼し、「お話し中のところ失礼いたしました。私はまた後ほど」とその場を後にしようとした。それを政子は上機嫌な声で止めた。

「よい、そなたもここへ座りなさい」

「そうですか」

阿波局は屈託なく笑うと、そのまま義村と政子の間に坐した。

「善哉の話をしていたのです」

政子の明るい口調に、阿波局は頷く。

「善哉様のお噂は私も耳にしておりますよ」

「噂？」

「鎌倉中の女房たちが噂しておりますよ。風邪もめったにひかぬ、丈夫で活発な御子だとか」

「そうそう」

政子は頷きながらまるで自分が褒められたような心地になる。義村も満足気な表情だ。

「弓矢や武芸をお好みなところが、頼家様に似ていて」

「ええ」

「お顔立ちも、ますます頼家様に似てきたとか」

「そのようですね」

「それから、些細なことで癇癪《かんしゃく》を起こすところも頼家様によく似ていらっしゃる、とか」

義村の表情がこわばる。阿波局は気にしない。

「吠えやまぬ犬を打ちすえた、ですとか、手習いが上手くいかぬのは筆のせいだと筆をへし折ったり」

「子供の癇癪にすぎませぬ」

義村が善哉を庇うように言う。それでも阿波局は続ける。

「気に入らない下女に対してにわかにお怒りになって、止めに入った周囲の者の制止もきかずひどく叩いたというのも」

「よほどの粗相でもしたのでしょう」

政子もつい善哉を庇うように言うと、阿波局は笑みを浮かべて言い返した。

「その下女の顔は真紫に腫れて、しばらく里に下がったとか。子供の癇癪とは恐ろしいものにございますね」

　さすがの政子も驚いて義村に問う。

「まことか」

　義村は苦々しい顔でうつむいた。嘘ではないのだろう。

「実朝様は、そのお噂にひどく御心を痛めておられますよ」

　どうせその「お噂」を実朝の耳に入れたのは阿波局なのだろう、と政子は思った。

「義村」

　政子が厳しい口調で言った。

「これ以上悪い噂が立たぬよう、乳母夫としてしかと頼みますよ」

「は」

　義村は冷や汗をかき、平伏した。

　義村が去った後、政子は阿波局を睨んだ。

「なぜそのような噂をわざわざ実朝様のお耳に入れる」

「私は、ただ、善哉様が頼家様によく似ていらして、と言いたかっただけで」

「あの心の優しい子が、そのような粗暴な甥の噂に心を痛めぬはずはなかろう、それをわかって言ったのか」

「わかりませんでした」

　悪びれる風もなく言う阿波局の白い顔に、政子は舌打ちした。そんな政子を見て、阿波局はぼんやりとした笑みを浮かべた。

「姉上様は、孫のことで悩めるのだからいいではありませんか」

「…………」

「私には出来ない悩みですわ」

阿波局の唇には笑みが浮かんでいるが、目は笑っていなかった。

阿波局は実朝の乳母だ。乳母ということは母乳が出たのだから当然、実子もいた。夫もいた。阿波局の笑みに政子の背に冷たいものが走る。

「善哉様はこのまま元服すれば、実朝様の後嗣になるのは必定《ひつじょう》でしょうね」

「…………」

「実朝様には御子ができませんものね」

阿波局の見透かしたような口調に、政子は苛立ちを見せた。

「まだ、できぬだけであろう」

実朝はこの年二十歳になっており、御台所を迎えてもう七年が経とうとしている。頼家は二十歳の時には善哉の他にも子が生まれていた。

「御台様とはあんなに仲がよろしいというのに、ねえ」

「…………」

「私は、側室をお持ちになるようおすすめしているのですよ。それなのに、実朝様は『うん』と言わないのです。どうしてかしら」

阿波局は笑顔で言うが、その口から放たれる言葉はまるで実朝をなぶるようだった。そうして、それを、政子に見せつけているかのようだった。

「御台様のもとを訪れない日は、朝盛をお側に置いて一晩中語らって誰も近づけないとか……何が楽しいのかしら」

「いい加減になさい！」

政子は最後まで聞かず、苛立ちを露わに立ち上がった。阿波局はなぜ自分が叱責されなければならないのかわからないといった表情をし、それがまた政子を余計に苛立たせた。


政子の部屋を追い出されるように出た後、阿波局は廊から庭を見やった。庭には笹竜胆《ささりんどう》の蒼い花がひっそりと咲いていた。

〈笹竜胆は源氏の家紋だ〉

（そう、あの人は教えてくれた）

阿波局は、竜胆の蒼い花が咲く季節には、死んだ夫の声が聞こえる気がする。

◇

夫、阿野全成《あのぜんじょう》は絶世の美女と言われた常盤御前《ときわごぜん》を母に持ち、源義経を同母弟に持つだけあって、その顔立ちは異母兄の頼朝の蒼白い神経質そうな顔とは異なり、華やかさのある、一言でいえば美男だった。だが、平治の乱で頼朝が蛭ヶ小島に流されたように、全成も今若丸《いまわかまる》と呼ばれた幼少期を寺で過ごし、そのまま出家させられたせいなのか、その華のある見た目とは正反対で、真面目で穏やかな人だった。

頼朝の挙兵に応じて寺を出奔《しゅっぽん》し鎌倉に馳せ参じた全成は、出家の身ゆえ妻を持つつもりはなかったであろう。が、ある日、頼朝から妻として北条政子の妹をあてがわれた。

「私、姉上様のように、源氏の夫を持つとは思いませんでした」

初めて会った日、阿波局は素直にそう言った。全成は穏やかに笑って答えた。

「そなたの望むような夫ではないかもしれないが」

その言葉の通り、全成は源平合戦では弟の義経のような華々しい活躍はなく、恩賞も多くを望まなかった。十ほども歳の離れたもの静かなこの源氏の夫は、阿波局には何を考えているのか察しのつかないところもあった。だが、全成の美しい姿形に源氏の御曹司《おんぞうし》という立場だけで十分満足だった。それに、何より、全成の穏やかな心に惹かれていく自分がいた。

やがて二人の間には子が出来た。

生まれたばかりの赤子を抱いて、全成はその温かい重みに声を震わせた。

「出家した時は、この腕に我が子を抱く日が来るなど思いもしなかったよ。……赤子のぬくもりはこんなにも泣きたくなるものなのだな」

全成は微笑して言った。

「次は、姫がよいな」

その全成の言葉を阿波局は真っ直ぐに受け止めた。美しい夫に抱かれた我が子を見つめ、自分はなんて幸せだろう、と思った。きっと、夫もそう思っているに違いないと。

仲睦まじい二人の間には、また子ができた。生まれた子は、男子だった。

「姫でなくて、残念でしたか？」

全成は静かに首を振った。そうして、嬰児《えいじ》を抱く阿波局の黒髪を優しく撫でてくれた。夫の優しさに、何もかも満たされるような心地だった。

初めて感じる、心地だった。

それは、姉、政子に対する、優越感。

幼い頃から自分は政子のような賢さも優れた容姿も、これといった取り柄もなく、親や周囲から気にとめられることなどほとんどなかった。

「あなたは素直さだけが、取り柄のようなものね」

そう、見下すように言った姉の言葉も、ただ微笑んで受け流した。頼朝の妻となり父から認められ、周囲に敬われる姉の姿も、眩しく見つめるだけだった。

だが、こうして今、姉と同じように源氏の夫を持ち、子に恵まれ、そうして何よりその夫は見目麗しく、頼朝と違い妻の自分だけを愛してくれている。夫の浮気に嫉妬する政子を思い浮かべながら、初めて味わう心地よさに浸っていた。

それから、しばらくして御所から帰って来た全成は、帰るなり我が子を抱く妻の前に座ると、微笑を浮かべた。

「さて、困ったな」

「どうしたのです？」

「頼朝様から、懐妊中の御台所が男子を産んだら、そなたに乳母になってほしいと言われた」

「まあ、私につとまるかしら」

「つとまるさ、そなたは乳の出がよいからな。昨夜もそなたの乳で衣を濡らしてしまった」

全成が妻の不安を和らげるように、珍しく冗談めかして言うと、阿波局は恥じらいながら笑った。

全成は、阿波局の豊満な乳房に心地よさそうに頭を乗せて眠る赤子と、その傍らで幸せそうにすやすやと眠る長男の姿を愛おしそうに見つめた。

「私は、兄上の子に仕えよということか」

微笑する全成の呟きの意味が、その時の阿波局にはわからなかった。

全成は、頼朝と政子の二男として生まれた千幡（実朝）の乳母夫となり、千幡の成長と後見に真面目に尽くした。千幡は阿波局の乳を吸い、病弱ながらも聡明な子に育っていった。だが、千幡が聡明に育つほど、頼家を後見する比企家と千幡を後見する北条家との対立は深まっていった。

頼朝が落馬で死亡し、頼家が将軍となった翌年、突如、全成は将軍頼家に対する「謀反の疑い」で捕らわれた。

「あの人に限って、そのようなことはございません！」

阿波局は必死で政子にすがった。政子は取り乱す妹の隣に座って黙っている。

阿波局の身柄を御所へ渡すようにと、政子のもとへ頼家の使者が来ると、阿波局は「御所へ行って、あの人の無実を訴えます」と、使者と共に御所へ向かおうとした。それを政子は冷静に止めた。

「行ってはなりません」

「どうしてですか？」

「千幡の乳母のあなたが、のこのこと御所へ行けば、それこそ相手の思うつぼ。あなたも捕らえられ千幡と北条に謀反の罪が被せられるでしょう」

「ですが、このままではあの人が……！」

「これが源氏の夫を持つ、ということです」

「……？」

阿波局は妹を冷ややかに見下ろす姉の顔を見た。

「もし、仮に、頼家も、千幡も亡き者になれば……源氏の男子である全成が、それを決して、一度たりとも思い描かなかったと、あなたは言いきれますか？」

政子の言葉に、阿波局は愕然とした。謀反の疑い、ではないのだ。その存在自体が危ういというのか。そう思っているのは、何も頼家や比企家だけではあるまい。全成を乳母夫に指名した頼朝だってそうだったのだろう。そして千幡を擁立する北条家が、何よりも目の前にいる姉が、そう思っているのではないか。

それが、源氏の血なのか。

それが、あの穏やかで優しい人の運命《さだめ》なのか。

「姉上様……」

阿波局は、嗄《か》れた声を出した。

「千幡様のために、私にあの人を見殺しにしろというのですね」

政子は、表情一つ変えなかった。

そして、政子は「このようなことは女性《にょしょう》の知るところではありません」と妹の身柄を渡すことを拒み、使者を追い返した。

全成は配流となり、下野国《しもつけのくに》で殺された。その子らも、男子がゆえに一人は殺され、一人は出家させられた。死んだ夫と子の菩提《ぼだい》に手を合わせ、阿波局は夫の言葉の意味が今さらながらわかった。きっと、懼れていたのだろう。源氏の血を濃く引く己の身と、抱いた我が子が男子であることに。

夫の優しい声が阿波局の耳に響いた。

〈次は、姫がよいな〉

阿波局の白い頬に、涙が伝った。涙を流しながら、阿波局は笑った。もう、笑うしかなかった。笑いながら、自分の心が壊れていくのがわかった。

◇

阿波局は竜胆の蒼い花を見つつ、ぼんやりとした笑みを浮かべた。

「だからもう、私には、実朝様しか、いないの」

夫と我が子の死で行き場のなくなった阿波局の愛情は、その死の要因となった蒼白い甥に注がれるしかなかった。

数日後、実朝のもとを政子が訪ねた。政子の前触れの無い来訪に少し戸惑ったが、実朝は向き合った。

「お待たせいたしました。突然どうしたのです」

「気になることがありまして」

「何でしょう」

「善哉のことです」

きぃん、としそうになり実朝は僅かに目をそらした。政子は続ける。

「近頃、粗暴なふるまいが目立つと、噂があるとか」

「実は、先日そのことで善哉を呼んで問いただしたところでした」

「まあ」

政子は実朝の行動の速さが意外だという表情をした。

「それで、噂は確かだったのですか。善哉自身は何と？」

「善哉は認めましたよ。……犬を打ちすえたことも、下女を叩いたことも」

実朝は、それらが事実であることが衝撃だったのではなかった。それを悪びれずに認めた善哉の姿が、実朝の心に翳を落としていた。

◇

実朝の前に座った十二歳の少年は、よく陽に焼けた顔に勝気な目が光っていた。実朝の前で大人しく正座をして折りたたまれた四肢は、まるで無理矢理折り曲げられたしなやかな生枝のような若い力が漲《みなぎ》っていて、実朝がいなくなった途端に解き放たれ、弾けて駆け出すのが見てとれるようだった。

実朝は八歳年下の猶子《わがこ》に正直どう接していいかわからない。そもそも、自分より年下の男子と接する機会がない。

「いくら腹が立ったからといって、手を上げてはならないよ」

この年齢の相手にどのくらい易しい言葉で話しかけていいかわからず、自分で語りかけながら少し幼すぎたかなとも思う。ぎこちない養父の言葉に善哉は不思議そうに首を傾げた。

「どうしていけないのですか」

「どうしてって……」

実朝はその反応に驚いた。

「想像してごらん。お前に逆らえない立場の者をお前は叩いたのだよ。きっと、叩かれた者は恐ろしかっただろうとは思わないか？」

善哉は目の前の若い養父の顔を、勝気な目でじっと見た後、言った。

「そうなの？」

善哉の反応が、年齢の割に幼いのかそれとも年相応なのか、実朝にはわからなかった。だが、頼家の遺児として、政子の孫として、何をやっても許される、そうやって育てられてきたのだろうということだけは、わかった。

◇

実朝の話を聞いて、政子は困ったようにため息をついた。実朝はそんな政子を冷静に見つめた。政子は本当に困ったような表情をしている。

(孫、となるとこうも変わるのか？)

実朝に対しては決して見せたことの無い困惑した表情を政子はしていた。「まさか、あの子が」とでも言いたそうな顔だ。

政子は、有無を言わせぬ勢いで実朝に言った。

「それならば三浦のもとから引き取り、御所で、実朝様のもとで育てましょう」

「…………」

「将軍後嗣として育てるのです」

実朝は、政子の言葉を全否定した。

「善哉は出家させようと思います」

「出家？」

政子は思いがけない実朝の答えに声が裏がえるほど驚いた。それとは対照的に実朝の声は落ち着いていた。

「善哉は将軍の器ではないと思います」

「何ですって」

「善哉の粗暴なふるまいを、それを悪びれない姿を母上は何とも思いませんか」

「それは、まだ幼いからであって、将軍後嗣としての自覚を持たせれば……」

「私が幼い頃に誰かを打ちすえたりしましたか？」

政子の言葉を遮るように実朝は言った。

「私の、後嗣として、善哉はふさわしくない。私はそう思う」

「……………」

「それに、私はこれからの世の将軍に求められるものは、力ではなく、心だと思います。力に物を言わせて、気に入らぬ相手を叩けばいいというやり方では、いずれ綻《ほころ》びが出ます」

「綻び、だなんて……。あなたにはわからないのです。頼朝様がいかに御苦労されて武家の世を切り開いたのか」

政子は語調荒く言い返した。だが、実朝も引き下がらない。

「それは十分理解したつもりです。その上で私は思うのです。父上は武でもって世を治めた。ならば私は言の葉で世を治めんと、私はそう願うのです」

「言の葉で……」

「ゆえに、善哉は出家させ、亡き兄上や志半ばで命を落とした者たちの供養をさせます」

政子は怒ったように立ち上がった。そうして、実朝を見据えて静かに言いつけた。

「ならば、側室を持ちなさい」

「……な」

「このまま、御台所に子が出来ねばどうするのですか」

「……！」

実朝は羞恥《しゅうち》と怒りでかっと頭に血が上り、政子を睨んだ。だが、その視線に対して、政子は口調を変えることなく続けた。

「善哉を出家させるというのならば、後嗣をどうするのか。それがまた新たな火種となり、争いのもとにもなるのです」

（まただ……）

実朝は、きゅん、とする思いになって唇を噛んだ。

何も言い返せない自分が悔しかった。母の言っていることは間違っていないのだ。己が正しいと信じた道は、母の一言で容易に揺らいでしまう。それが余計に、悔しかった。

政子がいなくなった後、実朝は独り床に映る庭の緑をじっと見た。雨が降るのだろうか、にわかに空は暗くなり湿り気を帯びた冷たい風が吹き込んで、仄暗い風の中に、遠雷が聞こえてきた。

実朝は自分の掌を見た。細い腕に血管が青々と浮かび、繊細な指先が微かに震えていた。

（この、体でできることは、言の葉で世を治めることだ）

「そうだろう？」

誰ともなく実朝は呟くと、深いため息をついて拳を握った。

◇

その夜、実朝は信子のもとを訪れた。

「今宵は涼しいな」

「夕方、雨が降りましたから」

信子はおっとりと答える。

「さっきまでの雨が嘘のように、月が綺麗だなあ」

実朝も穏やかな心で信子の隣に座り、丸い月を見上げた。月の光が二人を包み、灯りがいらぬほど辺りは蒼く明るかった。庭から聞こえる涼しげな虫の音に仲睦まじく耳を傾けた。

「いつまでも、二人でこうしていたいものだな」

「そうですね」

信子の心のこもった言い方に、実朝は満たされた心地になり頷き返す。

「今度は、海に月を観に行こう。海に舟を出して、海に映る月を詠もう」

「まあ、楽しそう」

信子の白い左頬にえくぼができた。そのえくぼを見て実朝は本当に嬉しくなる。

水瀬が周りにいた女房たちに目配せをし、気を利かせて部屋を出て行った。

実朝は信子に明るく語りかける。

「朝盛が『秋』は『風』に感じると言っていた」

「風の音にぞおどろかれぬる、ですね」

信子の即答に実朝は首肯した。

「秋来ぬと　目にはさやかに　見えねども　風の音にぞ　おどろかれぬる」

二人で古歌を唱え、穏やかに微笑み合った。

「朝盛のことが本当にお気に入りなのですね」

「うん。どうしてだろうか……朝盛がいると居心地がいい」

「心が合うのですね」

「心が合う、か」

信子の言葉を実朝は繰り返した。

「羨《うらや》ましい……」

信子はぽつりと言った。

「羨ましい？　朝盛が？」

信子は慌ててごまかすように笑顔を作った。

「みだい、何だか今日は顔色がよくない気がする。どこか具合でも悪いのか」

「そんなことはございません」

「それならばよいのだが……」

そう言って、実朝は信子を抱き寄せた。信子はそのまま実朝の胸に身を預けた。実朝がそっと信子の頬に顔を寄せた時、信子の薄桃色の唇が動いた。

「みだい？」

実朝は、信子の言葉に耳を疑った。

「今、何と申した」

信子の頬が、月明かりに冷たく照らされている。信子は伏し目のまま、もう一度言った。

「側室を、お持ちくださいませ」

「……みだい」

実朝は愕然とした。まさか、信子の口からそのようなことを言われるとは想像もしていなかった。

「どうして、そんなことを突然」

「突然ではありません。ずっと前から、思っていました」

「ずっと……？」

実朝は動揺を露わにした。

「それが、よいと思います」

淡々と言う信子は実朝の方を見なかった。

「みだい、本心ではないのだろう」

「本心です」

実朝の声は少し震えていて、信子の声は落ち着いていた。

「みだい、なぜ私の目を見ぬ」

「…………」

「みだい」

「…………」

「みだい！」

実朝は力いっぱい、信子の肩を摑んで自分の方へ向けた。

「みだい！　私を見ろ！」

それでもなお、信子は目をそらそうとする。実朝は信子の心が離れて行ってしまったような感覚に陥りそうになった。

「どうせ……母上に言われたのだろう？　それとも阿波か？　言われた通りに言っているのだろう？」

「…………」

信子は顔をそらしたままだ。

「みだい……」

「私は……実朝様に御子を抱かせることができませぬ。きっとそうなのです。なんとなく、もうわかります」

実朝は言いようのない寂寥《せきりよう》感に襲われて言った。

「私はみだいが側にいればいい。子などおらずとも、みだいがいればいい。私はみだいでなくてはならんのだ！」

実朝の言葉は信子にしがみつくようだった。それなのに信子はうつむいたまま何も言わない。実朝は恐る恐る尋ねた。

「みだいは、違うのか？」

ようやく信子は実朝の目を見た。そうして、ゆっくりと言った。

「……側室をお持ちくださいませ」

実朝はやり場のない哀しみが湧き上がり、つい感情に任せて言葉をぶつけてしまった。

「そんなに私に側室を持ってほしいか！」

その瞬間、信子の目がみるみる赤く潤んだ。実朝があっと思った時には、信子は几帳《きちょう》の裏へ駆け入った後だった。あわてて実朝は後を追い、几帳越しにそっと声をかけた。

「みだい、すまなかった」

「………」

信子の返事は無い。二人の間に虫の音だけが聞こえていた。さっきまであんなに明るく軽やかだった音色が、今は、哀しく切なく心に響いた。

実朝は、やる瀬無くうなだれた。その時、几帳の裏から、信子のか細い声が聞こえた。

「私は御台所です」

「………」

「あなた様は将軍です……」

信子の消え入りそうな声に実朝は懸命に耳を傾けた。

「私は、嫁ぐ前に、父から言われました。私が嫁ぐことで、上皇様の血を継いだ将軍後嗣を生むことができる、と」

「………」

「私は純粋にあなた様をお慕いして、側にいるだけではならぬ立場なのです。私はあなた様に抱かれながら、心のどこかであなた様の後嗣のことを……死後のことを思っているのです」

そう言う信子の声は震えていた。

「こんな私は、あなた様の心に寄り添える人間ではないのです」

実朝は何も言えなかった。ずっと、側で寄り添っていたはずの信子の心は……心は寄り添っていなかったというのか。

「どんなにあなた様をお慕いしても、どんなにあなた様に近づこうとしても、私はやはり公家の娘で、あなた様はやはり武家の棟梁なのです」

「………」

「私はそういう自分の立場が嫌になる。純粋にあなた様を想っていられる朝盛が妬《ねた》ましくなるくらい羨ましい……御台所としてではなく、公家の姫ではなく……」

震える信子の声は次第に感情が露わになり、しまいにはほとんど叫ぶようだった。

「私は一人の女人としてあなた様を恋い慕いたかった！」

「みだい！」

実朝は几帳の裏に飛び込むと、華奢な信子の肩を後ろからしかと抱きしめた。

このまま将軍も、御台所も放り出して、二人でどこか遠くへ行ってしまえたら……どれほど幸せだろうか。

「それでもいい、私はみだいでなくてはならんのだ」

実朝は信子を抱きしめたままもう一度、ゆっくりと自分の思いを吐露した。それでも言い足りないくらいの愛情を、信子を抱く腕の力に込めた。

信子の目から涙が零れ落ちるのを見て、実朝は信子の体を自分の方へ向かい合わせた。信子の頬にかかる黒髪を掻き上げると、その白い頬を伝う涙にそっと口づけした。

自分のために都を離れ鎌倉まで来てくれた大切な人は、今、自分の腕の中で泣いている。

（みだいは、この鎌倉に来てから、幸せか？）

それは、決して口に出しては訊けなかった。

その答えを知るのが恐ろしくて……。


秋も深まった頃、善哉は出家した。

実朝から出家するよう告げられた時、善哉はすぐには受け入れられなかった。自分は武芸が好きで、鎌倉が好きだった。それなのに、養父は、いや叔父はその両方を取り上げるというのだ。叔父は自分のことが嫌いなのだろうか、とすら思った。

祖母の政子にそう泣きながら訴えると、政子は目を潤ませ手を取り言った。

「あなたの御父上は不幸な死に方をしました。そのことが、この私も、実朝様も深く思い悩むことの一つなのです。実朝様は、遺されたあなたを、御父上に代わって立派な人間にしたいと切に願って出家させようと思ったのです。いつか、この私が鎌倉に戻してあげるからそれまでの辛抱ですよ。それまでに、誰もが認めるような立派な御坊様になりなさい」

何か言いくるめられたような気がしたが、善哉には「いつか鎌倉に戻してあげるから」という言葉が深く心に刻まれた。それを信じ、立派な御坊様になって鎌倉に戻ろうと決意した。

鶴岡八幡宮の別当定暁《じょうぎょう》僧都《そうず》のもとで出家剃髪《ていはつ》をすると、公暁《くぎょう》と名を改め、近江国《おうみのくに》の園城寺《おんじょうじ》へ行くこととなった。

公暁が鎌倉を発つ日は、冷たい秋雨がしとしとと降っていた。実朝に別れの挨拶をする公暁は、しなやかな生枝のような四肢を黒衣に大人しく納め、深々と礼をした。

「公暁は園城寺で精進し立派な御坊様になってまいります。鎌倉の平安と源氏の繁栄を祈り、亡き父や家人らの供養に身命を賭したいと思います」

実朝は公暁に詫びることも励ますこともなく、ただ「うん」と頷いた。

公暁が御所を出て由比ヶ浜に差しかかった頃には、降りやまない雨に公暁の真新しい墨染の衣は濡れそぼち体を芯《しん》まで冷やした。

その頬が濡れていたのは、雨粒だったたか、涙の跡だったのか……それはもうわからない。今は、ただただ眼前の灰色の海を見つめていた。


「義盛殿より、上総国国司の件は内々に辞退がありました」

善哉が出家したその年の暮れ、広元からそう聞いた実朝は「そうか」とだけ答えた。

和田義盛の上総国国司挙任の件は保留になったまま二年の時が流れ、その間、義盛は何度か広元を通して実朝の意志を窺って来たが、実朝は「時機を見て考える」と繰り返していた。

断ることが妥当な判断であり、正しい判断だともわかっていたが、それをせずに模索する実朝の中には、ある思いがあった。

母の介入を認めたくなかったのだ。

（ただの意地の張り合いだ）

そんなことはわかっている。それは、母への、北条への実朝なりのささやかな反発のつもりだったということも。善哉の出家もそうかもしれなかった。

「残念なことをさせたな」

実朝はそう呟くように言った。

七

二十二歳となった春、実朝は正二位《しょうにい》に昇進した。

鎌倉では平穏な日が続き、恒例の御所和歌会の他にも、御所の女房らを集め実朝を判者に双紙合《あわせ》を催すなど、雅な催しが行われ、実朝の穏やかな心が象徴されているような日々だった。

朝盛や泰時など和歌を学ぶ御家人を集めて「梅花万春を契る」という題で和歌会を催してから、数週間経った頃のことだった。春の麗らかな陽光とは裏腹に、義時がいつもの険しい顔を一層しかめて実朝の御前に来た。

「実朝様」

庭を眺めながら、和歌会で詠作した歌を清書してまとめていた実朝は、義時の声にゆったりと振り返ったが、その義時の様子からただならぬことが起きたことを察した。

「どうした」

「謀反にございます」

「何？」

実朝の脳裏にすぐに浮かんだのは、十年近く前に偽りの謀反で失った畠山重保の爽やかな笑顔だった。

「誰が、企《くわだ》てている」

実朝は静かに訊いた。義時は険しい顔のまま答えた。

「信濃国《しなののくに》に所領を持ちます泉親平《いずみちかひら》が、この私、義時を討ち、亡き頼家様の若君の栄実《えいじつ》様を将軍に擁立するという計画をしていると。親平の郎党、青栗七郎《あおぐりしちろう》の弟で僧侶の安念《あんねん》が御家人千葉成胤《ちばなりたね》に謀反に加わるよう誘いをかけてきたところを、成胤自身が安念を捕らえ報告してきました」

具体的な報告が現実味を帯びており、重保の時とは明らかに違う。

「その、安念とやらは生け捕りにしたのか」

「はい」

「ならば安念を取り調べよ。詳細を知りたい」

「は……」

すぐに謀反人を捕らえよと命令されるものだと思っていたのだろうか、義時は、少し驚いて実朝の顔を見た。

実朝の心の中には強い意志が静かに燃えていた。

（知らずに決断することは知った上で決断することより罪が重いのだ……）

実朝は毅然として命令した。

「取り調べに義時が関わってはならぬ。北条の者もだ」

「何故ですか」

「親平は義時、そなたを討とうと企てているのだから、これは将軍への謀反である前に、北条への謀略だ。取り調べに北条が関わるのは公平でない」

「…………」

「安念の身柄は御家人の、そうだな……二階堂行村《にかいどうゆきむら》に預け、謀反の実否を調べさせよ。評議には広元を立ち会わせよ」

あくまで、北条には関わらせない。

実朝の強い意志を示した命令に、義時は何も言わなかった。

◇

安念への取り調べにより謀反に関わった者たちの名が次々と明らかになった。

広元から提出された、信濃国の者らを中心に三百名余りの名が記された調書を見ながら、実朝は唸った。

「主要な謀反人は信濃国の者が中心ですが、加担者の中に越後《えちご》、下総《しもうさ》、上総、相模、伊豆といった広い範囲の者が関わっています」

「うん……」

実朝は額に手を当て、脇息にもたれると深いため息をついた。

想像した以上の人数が「謀反」に関わっていたことにも愕然とする思いだったが、その中に和田一族の者の名があることが、実朝は何よりも衝撃だった。和田義盛の子、義直《よしなお》と義重《よししげ》、甥の胤長《たねなが》の名がそこにはあった。

「広元は、どう思う」

広元は暫く考えた後に答えた。

「謀反を企てた者は毅然として処分をし、許してはなりません。ただ、謀反の企てが起こるということは、何かしら人々の間に不満があるからにございます。加担した者はその不満に自分も何かしら思うところがあったからこそ、加担したのでしょう」

「その思うところを汲み取らねば、抑えたところでまた同じことが繰り返される、ということか」

「さようにございます」

「その思うところとは、私が結局、北条に逆らえぬからか？」

「それは……」

広元は何と答えていいかわからないといった表情をした。

「私が武芸に劣る『武家の棟梁』だからか？」

「…………」

「私が将軍として言の葉で世の平安を保とうとしても、それは認められぬのか？」

（これは、その答えなのか……）

実朝は謀反人の名が記された紙をじっと見つめた。和田義盛の名と、朝盛の名が記されていないことが唯一の救いだった。

結局、謀反の首謀者である泉親平は差し向けられた討手に追われ、逃亡し行方をくらました。その他の加担者の身柄は処罰が決まるまで、北条泰時や安達景盛《あだちかげもり》、伊東祐長《いとうすけなが》といった御家人のもとに召し預けとなった。

畠山父子の時のような悲劇とはせずに事態を終息させた、つもりだった。

その翌月、和田義盛が実朝の御前に自ら来た。

「先日の謀反の企て、和田一族の者が加担していたこと、この上なく遺憾に思うところにございます」

実朝は、床に額を擦りつけんばかりに平伏する老臣の背中にそっと手を当てた。

「よい、もう終わったことだ」

義盛は実朝の寛大な言葉に目を潤ませながら顔を上げた。

「優しいお言葉、何とお返ししていいのやら……」

義盛の言葉に嘘はないことは、義盛の純朴な表情が語っていた。その顔は、どことなく朝盛と重なった。

「父の代から、奉公をしてくれた和田一族を未遂の謀反で潰すわけにはいかぬ。これから先も、そなたには仕えてもらいたいと思うぞ」

「ありがたき幸せにございます」

義盛は深々と頭を下げた。そうして、伏したまま義盛は一つ、実朝に願い出た。

「実朝様への忠誠の心はこの義盛、万に一つも変わりませぬ。その心を汲み取って頂いた上で一つ、お願いしたきことがあります」

「何だ」

実朝は穏やかに答えながら、やはり願い出たか、とも思った。ただ、子息の謀反の件を謝りに来ただけではないことは、薄々察していた。

「我が二人の子、義直と義重、それから甥の胤長を御赦免して頂きたいのです」

「…………」

「そもそも、彼らが今回の謀反の企てに加わったのは、実朝様への叛意《はんい》があってのことではございません」

「義時か」

実朝は端的に指摘した。政所の権力を握る義時への不満、反発、義盛の国司推挙への北条の介入……色々なものが積もり重なっていたところへ、泉親平の「義時討ち取り」の囁きがあり、なびいてしまったのだろう。

「和田一族の今までの勲功に鑑《かんが》みた聡明なご判断を。……北条と和田と、同じ御家人にございますれば」

「…………」

義盛の言葉は暗に、今回の件は権力が北条に偏っていることに対する、義時への御家人の私怨であることを指摘していた。だが、義時は政所別当である。それを倒すということは鎌倉殿への叛意であることには変わりない。

実朝は長いこと沈黙した後、己の決断を義盛に告げた。

「わかった、義直と義重は許そう。だが、調べによると胤長は加担者ではなく首謀者として名を連ねている。胤長を許してしまえば、他への示しがつかぬ」

「…………」

義盛は胤長が許されなかったことに落胆した表情を見せたが、実朝の言うことは筋の通った判断であり、それ以上は言い返さなかった。

ところが、その翌日、義盛は一族郎党九十八人を引き連れて、再び御所に参じたのである。

「どういうことだ」

実朝は戸惑いつつ、それを知らせて来た広元に訊き返した。広元は困った顔で答えた。

「やはり、胤長を許してほしいと申しております。和田一族の中に謀反人がいるということが耐えがたいのでしょう」

「あくまで私怨ということか」

「配流されるまでの間、胤長の身柄を義時の家人のもとに召し預けているというのも、納得いかないのでしょう。ここは、いったん胤長の身柄を別の御家人のもとへ移してはいかがでしょう」

広元の助言に実朝は頷いた。それで、折を見て恩赦を与えればよいだろう、と考えたのだ。

「ならば、胤長の身柄を二階堂行村の方へ移すよう義時に命じよ」

「は」

広元はすぐに義時のもとへ行った。広元が去った後、実朝は深く嘆息した。


朝盛は御所の南面に列座する一族の中にいて、事の成り行きを固唾をのんで見ていた。

「胤長の御赦免を！」

一族の先頭に立って訴えを叫ぶ和田義盛の前に、悠然と義時が現れた。

義時は列座する和田一族を見回すと、二階堂行村を呼び出した。そうして「実朝様の御意向である」と高らかに宣言すると、和田胤長を後ろ手に縛り上げたまま、和田一族の前を歩かせて身柄を行村に引き渡した。

目の前で、胤長が罪人同様に扱われた恥辱に、和田一族は憤りを露わにした。

「どういうことだ！」

和田一族の怒号に義時は全く動じない。淡々と言いきった。

「胤長は畏れ多くも実朝様に刃を向けんとした謀反の張本人である」

「違う！」

胤長は縛られたまま義時を睨みつけた。

「何が違う」

冷ややかに義時は胤長を見据えた。胤長は嚙みつくように言い返した。

「俺が討とうとしたのは、実朝様ではない……お前だ！」

「誰に向かって口をきいている」

義時は、胤長の耳元で薄ら笑いを浮かべながら囁いた。

「私を討つ、それはすなわち将軍実朝様を廃す、ということだ」

「……！」

胤長は目を真っ赤に充血させて義時を睨んだ。政所別当そして将軍実朝の叔父で、尼御台所の弟である義時を。

「もう調べはついているのだ。陸奥国《むつのくに》へ配流されるまでの間、謀反人の身柄を行村殿のもとに預けよとの実朝様からの御命令だ」

義盛は怒りを通り越して、蒼白の面持ちで茫然《ぼうぜん》としている。怒りに燃え上がる和田一族の中で、朝盛も身内の恥辱に怒りで鼓動が速くなったが、まさか実朝がこのような過激なやり方をするはずがない、という思いがあった。

実朝は、争いを好まない優しい青年だ。いつも穏やかに朝盛を見つめ、美しい言の葉を紡ぐことをこよなく愛していた。

（これは、義時殿の挑発だ……！）

朝盛はそう思った。義時はわざと、和田一族を怒らせ自滅させようとしている……。だが、もう和田一族の怒りは一気に頂点に達し、若い朝盛が何を言ってもその怒りは収まりそうもなかった。

その日はいったん引き下がった和田一族だったが、翌日以降そろって御所への出仕をやめてしまったのだった。義時への怒りはもちろんのこと、義時の横暴を止められない将軍実朝に対する当てつけでもあった。朝盛も一族に合わせ御所へ行くことを控えざるをえなかった。

義時は、事の次第を聞いた実朝に呼び出された。

「義時！　どういうことだ！」

「何のことでございますか」

義時の落ち着いた返事に、実朝は苛立ちを露わに右手の人差指を噛んだ。

「私は時機を見て胤長を許すつもりだった。それなのに、なぜわざわざ和田一族の前に罪人のように引き出した」

「あれは謀反人にございます。寛大な措置は不要にございます」

「謀反？」

実朝は立ち上がり、顔を歪めて詰問した。

「その謀反が起きた理由は何だ」

その蒼白い顔は静かな怒りに満ち、こめかみには青筋が立っている。義時を指す実朝の人差指からはうっすら血が滲んでいた。

「義時……最初から和田を潰す気だったのだろう」

義時は、今までにない実朝の気迫に僅かにたじろぎながらも、あの、穏やかな実朝がここまでの殺気を出せるとは、やはり源氏の血を引く者なだけはあるな、と感心した。

「理由がどうであれ、謀反が起きれば潰さねばなりません。戦になれば勝たねばなりません。理由がどうであれ、勝った者が正しいのです」

「何だと」

「御父上様とて、戦に敗れ罪人として伊豆へ流されたのです。それが、東国で挙兵し平家を戦で打ち倒しました」

「……！」

「平家にしてみたら、源氏は謀反人です。権力を奪われた朝廷にしてみたら源氏は……」

「もうよい」

義時は実朝に遮られ、それ以上言うのをやめた。実朝は思い詰めた目をして立ち尽くしていた。


夜、実朝は独り、月明かりに蒼白く浮かんだ御所の南庭を見つめていた。

（どうして、こうなる。どうして、人は言の葉の力ではなく武の力に訴える？）

「言の葉で世を治めんとすることは、許されぬのか」

頻繁に御所で和歌会を開き、若手の御家人を集めたのも、これからの鎌倉を生きる若い御家人たちに言の葉を紡ぐ楽しさを、その意味を知ってほしかったからだ。言葉で互いの思いを表現し認め合う、次代の北条家を担うであろう泰時と和田家を担うであろう朝盛が、互いの和歌を評し合う姿を微笑ましく見つめ、充実した思いになっていたのは、自分だけだったのか。

（この道を歩んでいるのは、自分独りなのか……）

自分の無力感に実朝はうなだれた。

（もう、戦は避けられまい）

あれだけの北条からの挑発に、血気盛んな和田の若者たちが黙っているとは思えない。打倒義時を掲げて、兵を挙げるのは時間の問題だろう。

（そうなれば、私はどちらにつく？）

和田か。

北条か。

どちらも、源氏を支え、鎌倉を支えてきた御家人たちだ。

（だが、私は北条につくだろう。……いや、つくほかあるまい。私の体には半分北条の血が流れている……）

実朝と対峙した義時のえらの張った顔が、凛として見据える母の顔に重なっていた。

（北条の顔だ……）

実朝は逃れえぬ運命に引きずり込まれる感覚に陥りそうになって、そのまま、その場にしゃがみ込んだ。

ふと、人の気配がして、実朝はそちらを見やると、目を見開いた。

「朝盛！」

月明かりの下に、朝盛が立っていた。

「実朝様……」

朝盛の声が微かに震えていた。一族の目を盗んで夜に密やかに御所を訪れたのだろう。実朝は思わず階を下りて駆け寄った。朝盛は主君が自ら庭に下りて来たことを慌てて制しようとしたが実朝は構わなかった。

実朝と朝盛は面と向かい合った。朝盛の純朴な瞳が心なしか潤んでいた。

「いったい、何が何だか……」

それが朝盛の正直な気持ちなのだろう。その言葉だけで、朝盛の心は離れていないことが痛いほどわかった。今、もしも朝盛に「和田一族に味方してほしい」と懇願されたら実朝は頷いたかもしれない。だが朝盛は決してそのようなことは言わないこともわかっていた。

朝盛が〈実朝鍾愛の近侍〉と陰で言われていることを二人ともなんとなく知っている。だが、朝盛は今まで一度も私情の願いを申し出たことはなかったし、実朝も私情で朝盛を優遇したことはなかった。ただ、側にいれば心は通じ合う……純粋に居心地のいい存在だった。

「私は、身も心も実朝様に生涯御仕えする所存でございました。いいえ、今もそう思っています。ですが……」

そこまで言うと、朝盛は言葉を詰まらせた。

朝盛の潤んだ瞳を見ながら、実朝はゆっくりと言った。

「行くのか」

どこへ、とは言わなかった。ただ、もう朝盛は二度と実朝の前に姿を現さないだろうということだけはわかった。

「やはり……私は、一族を裏切ることはできません」

朝盛の声は震えている。

「先日、胤長の幼き娘が病で亡くなりました」

「…………」

実朝は思いがけない話に、一瞬戸惑ったが黙って朝盛の語りに耳を傾けた。

「もともと病弱な子だったのですが、胤長が捕らわれた後、一気に病状が悪くなり……父親が大好きだった娘に死ぬ前になんとか胤長に会わせてやれないか、と母親に泣きつかれました。私が一族の中では胤長に一番似ているというのです。私は、娘を騙すようで気が引けたのですが、もはや生きて父親には会えぬのならばと。胤長の直垂を着て娘の床に行くと、娘は途切れ途切れに『とと様、とと様』と私の手を握って離さないのです……」

「……それで」

「娘は、そのまま死にました」

「…………」

「私はその娘の手の力が消え入る瞬間……思ってしまったのです。胤長を辱め、罪人のごとく流罪にされたことを決して許すことはできない、と」

そう言って、実朝の顔を見つめた朝盛は悔しそうに涙を流していた。実朝は決定的な違いを突き付けられたような気がした。

（私には、肉親の情愛がない）

一族を想い心の底から悩み悶える朝盛の瞳を、実朝はもう直視できなかった。

大切なものを突き放してでも愛し守るべきもの、四方《よも》の獣《けだもの》ですらさえも持っているであろう肉親の情愛が、自分の体を流れる血には欠如しているのだ……父も、母も、叔父も、祖父も……そして自分にも。

「私を独りにするのか」

あまりにも悲愴な言葉とは裏腹に、実朝の心は冷静だった。去り行く朝盛を止めることはできない。もう抗えない運命に引き裂かれることを、ただ静かに俯瞰していた。

「あわれなものよの」

実朝は吐息とともに呟くと、星空を見上げた。月の光に滲んだ星々は泣いているように見えた。

星空を見上げる実朝の立ち姿が、ぞっとするほどの孤独に満ちていて、朝盛は己の立場に愕然とした。

祖父の古物語を聞く時、古物語の中身より、その語りに耳を傾け目を輝かせる実朝の姿が愛らしくて、そちらばかりを気にしてしまった。御所の庭で弓矢の稽古をする時、的を外しては、尼御台からの冷たい視線に震えるのを見かねて的の位置を密かに近づけた。初めて馬に乗る時は、厩《うまや》の中で一番従順で大人しい馬を選び、大きな馬に怯える肩に手を置いて「この朝盛がしかと轡をお持ちしておりますから」とその背を押した。初めて馬上の景色を見た実朝は喜びと興奮で蒼白い頬を紅潮させていた。馬上から「朝盛！」と名を呼ぶその姿は、本当に、まばゆいくらいに美しかった……。

（だが、私は……この御方に寄り添うことがもうできない！）

「……お許しください」

そう言うのが精いっぱいで、朝盛は祈るように夜空を見上げた。

神に祈るのでもなく、仏に祈るのでもなく、誰に祈るのでもなく、強いて言うならばこの孤独な蒼白い青年の上にまたたく白金の星々に祈るだろうか……どうか、この大切な御方の孤独をお救いください……と。

朝盛は邸には戻らず、そのまま髪を剃《そ》ると鎌倉を出奔した。朝盛の髪を剃った僧侶は朝盛から、一通の書き付けのみを預かった。

「一族に順じ、主君を射奉《たてまつ》るべからず。また御方に候じ、父祖に敵すべからず。無為に入るに如《し》かず。自他の苦患《くげん》を免ず」

一族に従って主君に弓を引くことはできない、だが主君に従って父祖を敵に回すこともできない。この苦しみから逃れるには出家するしかなかった。

しかし、朝盛の出奔に気づいた叔父の義直によって、朝盛は駿河国《するがのくに》の手越《てごし》の宿で捕まり鎌倉に連れ戻された。

「お願いです、私を行かせてください！」

朝盛は義直に懇願した。義直は剃り跡もまだ新しい甥の坊主頭に愕然としたように言った。

「早まったことを……」

朝盛は和田家の中でも指折りの弓の名手だった。

「これから一族の命運をかけての戦となる時に、お前を失うわけにはいかぬ」

「私は、実朝様に矢を向けることはできませぬ！」

そう言った瞬間、義直の平手が朝盛の頰を打った。

「いいか、これは、義時を討つ戦だ。実朝様を操り意のままに動かし、我が一族に恥辱を与えた義時を討つのだ。それならば、文句はなかろう」

朝盛は打たれた頰を押さえることもなく、ただがっくりとうなだれた。口の中に血の味が広がるのを感じながら、朝盛は言った。

「……ですが、あの優しい御方はきっと北条を守ります」

「ならば、将軍の命運もそこまでだ」

「…………」

どういうわけかその時、朝盛が思い浮かべたのは、実朝が疱瘡に苦しんでいた時に見た御台所の美しい顔だった。潤んだ瞳は純粋に実朝を想い、紅潮した頰はその絹のような白い肌をより白く見せ、薄桃色の唇を微かに震えさせながら、珠のような涙を流し続けていた。御台所の濡れた瞳と目が合った時、実朝に後ろめたくなるくらい、どきりと胸が高鳴ったのを今でも覚えている。

（あの美しい御方は、実朝様と命運を共にしてくださるのだろうか……）

実朝は和田義盛の邸に数回にわたり、使者を送り蜂起を思いとどまるようにと諭《さと》したが、使者は空《むな》しく帰って来た。

義盛は「実朝様への叛意は全くないが、義時のやり方に一族の若い者たちが憤っている。たびたび窘めたものの、私の力及ばず蜂起は抑えられそうにない」という。そうして、使者の前で偶然に烏帽子が落ちたのを「まるで首がはねられたようだな」と一笑したという。

実朝は、義盛が空しく笑う姿が目に浮かんで、己の不甲斐《ふがい》なさに胸が締め付けられるようだった。

そして初夏の夕暮れ時。

血相を変えた広元が御所へ飛び込むようにやって来て、和田義盛邸に軍兵が集まっていると実朝に報告した。それに対して実朝はもう驚かなかった。「そうか」とだけ答えた。

義時は御所からの使者が来る前に状況を察して参上していた。立烏帽子に水干姿というなりで、とてもこれから戦が始まるような気配を感じさせない落ち着きだった。

「碁を打っていたら三浦義村が来ました」

義時は実朝の前に悠然と坐した。

「和田一族と、それに賛同する者らが私を殺しに来るようです」

まるで他人事のように、義時は三浦義村から聞いた和田方の策を語った。

三浦義村は、和田義盛の親族であり義盛に加担する約束をしていたが、先祖代々受けてきた源氏の恩義を忘れるわけにはいかないと思い直し、義時に和田方の策を密告したのだという。

「今頃、私の邸が襲撃されているでしょう」

義時邸を襲った和田軍が、義時の不在を知ってその矛先《ほこさき》を御所に向けてくるのは目に見えていた。

(御所を襲わせて、これを確かな「謀反」とするのか……)

実朝は、ここに今、義時がいることに慄然《りつぜん》とした。

義時は、いつもと少しも変わらない様子で坐している。義時の話を聞いた広元が、実朝に進言した。

「御所を包囲される前に御台所様と尼御台所様を先にお逃がしした方がよろしいのでは」

「うん」

御所が戦火に飲まれれば御台所の命も危ない。すぐに実朝の指示により、信子と政子は鶴岡八幡宮の別当坊へ避難することとなった。


「御所が襲われる？」

信子はいったい何のことを言っているの？　と、にわかには信じられずに実朝の指示を伝えた水瀬に問い返した。

「和田義盛殿が一族を挙げて謀反を起こしたと」

「実朝様はどうされるのか？」

「わかりません。とにかく、御台様は先に尼御台様とお逃げになるように、とのことです」

「実朝様が御所に残るというのなら、私も残ります」

信子がそう言うと、それに答えるように背後から声がした。

「御台所、そのようなことを言っている時ではありません」

はっとして振り返ると信子の部屋の前に政子がいた。

「義母上様……」

「これは、戦です。逃げねば殺されますよ」

「殺される？」

政子が有無を言わさぬ勢いで信子の手を引いた。その勢いに信子は、戦が差し迫っていることを実感した。と同時に、実朝を置いて行くことに抵抗した。

「ならば、実朝様もご一緒に逃げなければ……！」

「実朝様は将軍です。将軍が謀反を起こした者から逃げるわけにはいきません。毅然として立ち向かうのみです」

（きぃん、だ）

実朝の声がしたような気がした。

政子は、実朝が命を落とすことに決してうろたえない。実朝が疱瘡に苦しんでいる時でさえそうだった。この人には、母としての情はないのだろうか。いったい何が、この人をこんなに強くさせるのか。……立場が人を変えるのか。

信子は、政子の顔を睨んだ。

（私は、この人のようにはなれない……なりたくない！）

北条時房の警護で、信子と政子が鶴岡八幡宮へ逃れたことを聞くと実朝はひとまず胸をなでおろした。

「実朝様、安堵している暇はありません」

実朝は義時に萌黄《もえぎ》錦の鎧直垂を着けられた。その手つきはまるで人形に着つけているようだった。大鎧の甲冑は着けず、籠手《こて》や臑当《すねあて》、腰刀《こしがたな》などの小具足だけを着けられた。武将が陣中で休む時の小武装だが、今、将軍が大鎧を着けてよろめいては、目も当てられないとでも思ったのだろう。

「私は何をすればいい」

引立烏帽子に白い鉢巻を巻かれながら、実朝は淡々と尋ねた。

「実朝様は源氏の棟梁として、堂々と構えていればよいのです。我々が、すぐに謀反人を討ち取って見せましょう」

そう言って、義時は最後に軍扇を実朝に捧げ渡した。

「謀反人を討ち取る、か」

実朝は軍扇を受け取ると、痘痕が引きつるように痛んだ気がした。


挙兵した和田軍は和田義盛と嫡男の常盛《つねもり》、その子息朝盛、それから義盛の三男義秀《よしひで》、四男義直、五男義重ら和田一族の他に、和田軍に味方した親族や思いを同じにする御家人ら。軍勢は百五十を優に超えていた。

幕府方についた御家人らが必死に防戦するも、和田軍の勢いはすさまじく、双方多くの死傷者が出た。義時邸には火が放たれ、逃げ惑う人と炎で一帯は火と血の海となった。

燃え上がる鎌倉の町で、僧形の朝盛は墨染の衣の上に鎧を纏い一族に従った。和田軍の将として、馬上で弓弦を引き絞り次々と対立する御家人らを射殺していく。

もはや感情というものはなかった。ただ、もう流れに身を任せる。斬られる前に斬る、射られる前に射る、殺される前に殺す。

（私は、人ではない）

仮にも僧形の身で殺戮《さつりく》をしている自分を、どこか遠くから見ている心地だった。

そして、目指す御所には、実朝がいる。

〈あわれなものよの〉

いつまでもいつまでも朝盛の耳に残って離れない実朝の声を振り払うかのように、朝盛は矢を射、刃を振るい続けた。


御所へ矛先を向けた和田軍は一気に御所の四面を囲んだ。どちらにつくか迷っている御家人が静観を決める中、北条泰時は、郎党を引き連れ南門で防戦を続けた。

「決して引くな！　御所だけは守れ！」

泰時は馬上から味方の兵に叫ぶように命じた。

（この南門が突破されれば、確実に御所は落ちるだろう。まさに、皮一枚で繋がった首のようだ。まさか、ここまで和田軍に味方する者が多いとは……。劣勢となれば、どちらにつくか迷っている御家人たちが一気に和田軍に加勢する可能性が高い。そうなれば……）

泰時が思案していたその時、流れ矢が泰時の馬の脚に当たり、馬が嘶いて立ち上がった。泰時は馬からふり落とされた。だが、すぐに立ち上がり、太刀を素早く構えた。

「泰時だ！　義時の嫡男が落ちたぞ！」

敵兵が泰時の落馬を見つけると、首を獲れとばかりに囲まれる。

（義時の嫡男を狙う、か）

泰時は舌打ちをすると、腹の底から響くような声で名乗りを上げた。

「いかにも、私は北条義時が息子、北条泰時である！」

泰時の首を狙い、敵は次々と襲いかかって来る。泰時は相手の鎧の隙間を狙い、太刀を一気に突く。生肉を突き刺す重く鈍い感覚が刃面を通して泰時の掌に伝わる。何とも言えない気色の悪い感触に泰時は眉間に皺を寄せた。しかし、動揺する暇はない。「御免」と鋭く言い放つと相手の体を足蹴にして勢いよく刃を抜き取る。すぐに背後の気配に気づき、振り向きざまに太刀を払った。切先が相手の首筋を切り裂き返り血が噴き出した。泰時が反射的に目を閉じた瞬間、顔に生温かい液体が降りかかるのを感じた。手の甲で目元を拭うと、ぬるりとした血がべっとりと付いた。目の前で、首から血を流し体を痙攣《けいれん》させて仰向けに倒れるのは、宿直も共にしたことのある御家人だった。その姿がしっかりと目に焼き付く。

「泰時！」

その時、泰時を囲む兵を騎馬が蹴散らした。

「時房殿！」

南門劣勢を聞きつけて、時房が駆けつけて来たのだった。

「ひどいざまだな」

馬上で時房はにやりと笑って言った。泰時の血まみれの姿のことなのか、それとも打ち破られる寸前の御所のことなのか……。

「お前は、実朝様の側へ行け！」

時房は泰時にそう言うと、行く手を阻もうとする兵に太刀を振りかざし退かせた。泰時は時房に黙礼し、飛び出すように御所の奥、実朝の御前へ走った。

和田軍の決死の戦いに防戦する幕府軍はじりじりと後退し、ついに南門が突破された。勢いに乗じた和田軍は御所に火を放つ。

「義時は中にいるはずだ！」

「燃やせ！　義時を炙《あぶ》り出せ！」

「将軍も一緒にいるはずだ」

「義時と将軍を引きずり出せ！」

和田軍の怒号と燃え上がる御所の炎に気圧《けお》されるも、泰時は肩を覆う鎧の袖を大きく揺らして駆け抜けた。

「実朝様！」

実朝のいる部屋に駆け込むと、そこはもぬけの殻だった。

泰時は息を切らし、がらんどうの部屋を見回した。

「泰時」

声がして、はっと振り返るとそこにいたのは義時だった。

返り血にまみれた泰時を見て、義時は事態の劣勢をすぐに悟っただろう。しかし、決して動揺することなく、むしろ静かな笑みすら浮かべていた。

「実朝様は……」

「北門より、裏山の法華堂《ほっけどう》にお逃がしした」

実朝は間一髪、御所の裏山にある頼朝の墓所に逃げたという。

「北門は三浦勢に固められていたはずでは……」

「三浦は我らに寝返った。いや、和田一族への縁故より、将軍への忠誠心が勝ったと言った方がよいか」

「………」

風に乗って、兵の叫喚と共に御所を焼く炎の匂いが漂ってきた。

「お前ももう逃げろ。御所はあきらめる」

「御所が落ちたとなれば……」

「我々には実朝様がついている。それはすなわち正義は我らということだ」

「……正義？」

「和田は将軍実朝の首を狙い御所を襲った。将軍を守るために御家人は北条に加勢し、謀反人和田一族を打ち滅ぼす。それが、この合戦だ」

将軍の花押《かおう》が入った御教書《みぎょうしょ》を出せば、どちらにつくか迷っている軍勢はこちらに加わるということを義時は確信しているのだろう。実朝を確保しているからこその余裕が、義時の表情には滲み出ていた。

泰時は何かを言いたかったが、頬が歪んだだけで言葉にできなかった。頬に貼り付いた血糊《ちのり》はいつしか乾き、ぱりぱりと微かな音を立てて炎の風の中に散っていった。

御所になだれ込んだ和田軍は、そこに義時も実朝もいないことがわかったのか騒然としていた。三浦の裏切りに気づいた義盛は目を真っ赤に充血させて吼《ほ》えたという。

「三浦、寝返ったか！」

ごうごうと燃え盛る炎は、御所を数刻で焼き尽くし、矢が尽きた和田軍は、由比ヶ浜へ引き揚げて行った。

泰時と時房は和田軍が引き揚げるのを見ると、素早く軍勢を率いて若宮大路の警護を固め、源氏の白旗を高々と掲げた。

空は真っ赤な夕焼けに染まり、源氏の白旗がくっきりとたなびいた。その白旗を掲げながら泰時は自分に言い聞かせるように呟いた。

「これは、源氏の戦いなのだ」

和田軍は、いや、朝盛は、この白旗を見て何を思うだろうか。紛うかたなき、源氏への謀反の戦であることを突き付けるような白旗に……。

泰時は源氏の白旗にすがりつきたい思いだった。


実朝は、御所の裏山にある法華堂の前に立ち、眼下で燃える御所を見つめた。法華堂は御所の裏手の急な山の斜面を切り開いて建てられており、そこからは御所が一望できた。

「御所が、燃えている……」

風に乗って、戦の喧騒とともに炎の熱気が実朝の頬を打った。実朝は見入るように体を前のめりにした。

「実朝様、危のうございます！」

広元が咄嗟《とっさ》に実朝の袖を引っ張った。足元を見ると、転がり落ちれば怪我では済まないであろう急斜面が目の前にあった。

紅蓮《ぐれん》の炎が燃え盛る中に、真っ逆さまに落ちていく己の姿を、冷静に想像する自分がいた。

（あれは、私を焼く炎なのか）

「広元……」

「は」

実朝は頬の痘痕に手をやった。

「父上が今ここにいたら、何と言っているだろうか」

実朝はそのままゆっくりと空を見上げた。

（まるで血汐《ちしお》のようだ……）

美しいほどに真っ赤に染まった空を、実朝は黙って見上げ続けた。法華堂を囲む木立が、血汐の風にゆらゆらと音もなく揺れていた。

信子は鶴岡八幡宮の別当坊の部屋で政子と二人静かに坐していた。

外の戦のどよめきは嘘のように、部屋は張りつめてしんとしている。こうして、政子と二人きりで長い時を過ごすのは、初めてのことかもしれない。戦の様子、御所のこと、実朝の安否、気になることは山ほどあるはずなのに、政子は巌のように動かない。信子も、政子に倣ってじっと坐し続けた。だが、心の中は実朝が生きているかどうかでいっぱいで、今すぐにでも実朝のもとへ駆けて行きたいくらいだった。

「御台所」

その静けさを先に破ったのは、政子だった。信子は政子の方へ体を向け、緊張して続きを待った。

「いつかのように、泣かないのですね」

「…………」

いつか、とはいつのことだろうと思いやって、ふと自分は鎌倉に来て泣いてばかりだと気づかされたが、信子は冷静に答えた。

「私は将軍御台所です。戦でうろたえる姿を御家人に見られるわけにはまいりませぬ」

信子の返事に、政子は少し驚いたような感心したような表情をした。しかし、信子は敢えて言葉を足した。

「と、義母上様なら、言うと思って」

政子はその返事を聞いてふっと笑った。

「あなたは、本当に聡い娘ですね。……あともう少しで『よくできました』と褒めていたところでした」

「義母上様は、どうしてそんなに強いのですか」

「強い？」

政子は訊き返しながら、寂しそうに笑った。

「そう見えますか」

「ええ。何があっても決して動揺する姿を見せません。たとえ、我が子に死が差し迫っていても」

「……私だって、涙を流したこともありますよ。一人の母として、人として」

「…………」

「あなたを初めて見た時、私は一人の母として泣きそうになりました」

「え……？」

信子は、婚儀の日のことを思い出す。政子が初めて信子に対面した時、その瞳が潤んだように見えたのを。息子に、上皇の血と繋がる姫が嫁いできた感動を表しているのだと信子は思った。だが、政子の答えは意外なものだった。

「あなたの雰囲気が、あまりにも死んだ娘に似ていて」

「娘……？」

信子は政子に娘がいたことを初めて知った。

「私の長女の大姫は、実朝が六つの時に病死しました」

「知りませんでした……」

「大姫は、末の弟の実朝……千幡のことを本当に可愛がっていました。大姫は幼い千幡の手を引いて、よく由比ヶ浜へ貝を拾いに行ったものです。私は遠くからそっと見守りながら祈っていました。千幡の世話に夢中になって、大姫の心の傷が少しずつ癒されていけばと」

大姫は、素直で純粋な子だった。大姫が幼女の頃。まだ「母上様」と政子の膝に座って甘えてくるような歳の頃のこと。

頼朝が平家打倒の挙兵をすると、頼朝の従弟《いとこ》であった木曾《きそ》の源義仲《よしなか》が頼朝への忠誠を誓うため息子の義高《よしたか》を鎌倉へ人質としてよこした。

政子のもとへ預けられた義高は、元服したばかりのまだ幼さが顔に残る少年だった。若い政子は、あどけない少年の義高を人質ではなく我が子のように思い、丁寧に世話をした。ずっと一人だった幼い大姫は、兄のような歳の義高の登場にたいそうはしゃぎ、いつも義高の側で遊んでいた。実の兄妹のように庭で遊ぶ姿を、政子は微笑ましく見たものだった。

だが、そんな平穏な日々はいつまでも続かなかった。

平家打倒に貢献した義仲であったが、都での傍若無人な振る舞いによって公家や都人の人望を失い、時の後白河《ごしらかわ》上皇によって頼朝に義仲追討の命が下った。焦った義仲は後白河上皇を脅して半ば強引に頼朝追討の院宣《いんぜん》を得た。しかし、それは鎌倉殿への反逆を意味し、頼朝の追討軍により義仲は敗死した。

そして人質である義高の処遇が鎌倉で問題となった。

「義高は殺せ」

頼朝は短くそれだけ言った。頼朝の命に、政子は抵抗した。

「そのようなこと、よく言えますね。義高殿はまだ幼い子供のようではないですか。それに大姫とあんなに仲が良いのです。大姫が成長したら婿にしてあげれば……」

「馬鹿を言うな。義高の父を私が殺したのだぞ。その息子を婿にするだと？　義高が私を恨まずに大人しく婿になると思うか？」

「義高殿は賢い子です」

「それならば、なおさら殺さねばならぬ」

「何ですって」

「万寿《まんじゅ》はどうなる」

政子は一昨年に生まれた嫡男万寿（頼家）の名を出されてうろたえた。

「義高を大姫の婿にしたら、源氏の棟梁を巡って、ゆくゆく万寿は義高に殺されるぞ」

「そんな……」

「親と子、兄と弟、叔父と甥、源氏の血縁は繋がれば繋がるほど、争いのもとになる。それが源氏の血だ」

政子は何も言い返せなかった。ただ、うろたえながらも大姫のことだけは言い返した。

「……ですが、大姫とあんなに仲睦まじいのですよ。大姫に何と説明するのですか」

「知るものか。人質の義高と仲良くさせたのはそなただろう。そなたが説明しろ」

頼朝は青筋を立てて言い放った。政子は突き放されたようになり、愕然とした。

結局、義高は殺された。

政子はそのことを隠しても仕方がないと、大姫に冷静に伝えた。

「義高殿はお亡くなりになりました」

幼い大姫は、死というものがどれだけわかったのだろうか。大姫はその日以来、無邪気に「母上様」と膝に座らなくなった。

そうして、時折、誰もいない庭に向かって楽しそうに話しかけるのである。

「義高様、雀の子を捕ってくださいな」

「ねえ、浜へ遊びに行きましょうよ、義高様」

うつろな目で、笑いながら庭に向かって言う大姫の姿に、政子はぞっとした。

「大姫、義高殿がそこにいるの？」

政子が大姫の小さな肩を抱いて尋ねると、大姫はこくりと頷く。そんな大姫を見て気味が悪いと囁き合う侍女たちを、政子は一喝した。

幻想の義高とともに仲睦まじく笑い合い、大姫は邸の奥でひっそりと育った。

だが、不思議なことに、千幡が生まれた時、大姫は赤子の千幡を抱いて「可愛らしいこと」と言ったのだ。その時、大姫はようやく幻想の義高以外の者に声をかけたのだった。それは義高が死んで八年の歳月が過ぎてからのことだった。

「千幡、千幡こちらへおいで」

大姫は、よちよち歩き始めた千幡を手招きしては膝に乗せ可愛がった。手を繋いで歩けるようになってからは、庭や由比ヶ浜でかつて義高と遊んだ時のように千幡と笑い声を立てて遊んだ。

ようやく、大姫が元に戻った……。そう政子が安堵したのも束の間、今度は、大姫に縁談の話が持ち上がった。

「入内《じゅだい》？」

政子は頼朝の言葉に耳を疑った。頼朝はこれ以上の良縁はない、といった様子で満足気に頷いた。大姫を天皇家に嫁がせるというのだ。

しかし、その話を聞いた大姫は途端に食が細くなり、次第に水も受けつけぬようになった。

「頼朝様、きっと大姫は都へ行くのが嫌なのです。だから、入内の話はお取り止めにして下さいませんか」

政子は頼朝に懇願した。だが頼朝はその願いを退けた。

「この鎌倉を、将軍の地位を確固たるものにするには、大姫の入内が無くてはならんのだ」

「ですが、大姫はきっと今でも義高殿のことを……」

「政子！」

「…………」

頼朝は厳しく政子を叱責した。

「二度と、その名を私の前で口にするな」

「…………」

「死んだ者は戻らん」

「ですが大姫もこのままでは死んで……」

「そのようなことを軽々しく口にするな！」

頼朝の剣幕に政子はたじろいだ。

「いいか、言葉には言霊《ことだま》というものがあるのだ。それが本当のことになってもいいという覚悟がなければ、言葉にしてはならん」

「…………」

「将軍御台所が、軽々しくそのようなことを言うな」

政子は、泣き叫びたい気持ちをぐっとこらえた。

なにが将軍だ！

なにが将軍御台所だ！

私が夫にしたのは、蛭ヶ小島にいた、寂しそうな一人の青年だ……！

その数週間後、大姫は枯れるように死んだ。

政子は一晩中、娘のやせ細った小枝のような指に指を絡め、一人静かに嗚咽した。

翌朝になって、ようやく政子は部屋を出た。

その日、大姫の死とともに、政子という母も死んだのだ。


「私は、その日から、将軍御台所として生きることを決めたのです」

信子は目の前の老いた義母の過去に静かに泣いた。

「その涙は、何ですか」

政子は優しく問うた。信子は、涙を拭って答えた。

「わかりません。……ですが、大姫様のお話を聞いたら、涙が止まらなくなりました」

政子は、信子の涙で濡れた手をそっと握った。

「人のために涙を流せるあなたが、実朝の妻になってよかったと思います」

「義母上様……」

「そういう、御台所が、あの子には似合います」

政子はそう言ってすっと立ち上がった。そのまま政子は広縁に出て、夕焼けに染まる空を見上げた。

「御覧なさい、御台所。下はひどい様なのに、美しい空だこと」

信子は政子の隣に進むと、赤く染まる空を見上げた。染め色を流したように透き通った紅色に染まり、漂う雲は翳を帯びて薄紫色に揺らめいている。

それはまるで千回も……千入《ちしお》に染め上げた濃い紅の衣のようで、紅に染まった空は、何もかもを忘れて、見入りたいほど美しくて。それなのに、美しい空の下には、命を懸けて戦う御家人たちの怒号や逃げ惑う人々の悲鳴、鎌倉を燃やし尽くす炎と血の匂いが渦巻いている……。

その空の下で独り立ち尽くす実朝の姿が、信子の目にはっきりと浮かんだ。実朝が独り見上げる千入の紅空は、その優しい心から迸《ほとばし》る血汐の色なのかもしれない。

刻一刻と山の端からは、ゆっくりと、しかし確かに濃紺色の夜が来ていた。美しい夕映えは、はかなく、消えていく。そうして、木々の葉陰には、すでに濃く深い夜の闇が潜み始めていた……。


翌日、実朝の花押が入った御教書が発行され、どちらにつくか迷っていた曾我《そが》、中村《なかむら》、二宮《にのみや》、河村《かわむら》といった御家人一族のもとへ届けられた。実朝の花押を見た御家人らは皆、幕府方についたため、形勢は一気に逆転した。義盛は再び義時の首を狙い今度は法華堂を目指すも、若宮大路を押さえる幕府方に苦戦し、次第に劣勢となっていった。

そんな中、若宮大路を固める北条の兵を馬で蹴散らしながら、馬上から弓を引く和田方の若武者がいた。何者をも恐れぬように突き進む若武者の姿に思わず身をのけぞらせる者が多い中、泰時がその行く手を騎馬で立ち塞いだ。

剃髪した頭、墨染の衣に鎧を纏った姿に、その若武者が誰であるかは一見してすぐにわかった。

「朝盛！」

「……！」

朝盛は行く手を阻むのが泰時だとわかったのか、一瞬目を見開いたが、ためらうことなく、弓弦を引き絞った。

泰時も素早く矢をつがえて、狙いを定めた。

二人同時に放ったか……いや僅かに朝盛の方が弦を離すのが遅かったかもしれない。

朝盛の矢が泰時の頬を掠《かす》め、泰時の矢が朝盛の右腕に命中した。

「……くっ」

朝盛は痛みに顔を歪めて弓を取り落としたが、叫びもせず歯を食いしばってこらえていた。

「泰時様が射貫いたぞ！」

「行け！　首を獲れ！」

一斉に北条の家人が朝盛を取り囲み、馬上から引きずり落とそうとする。馬が驚き嘶いて暴れた。

朝盛は落とされぬように手綱《たづな》にしがみつくのが精いっぱいだったろう。まるで馬が己の意志で主人を敵陣から逃がすように暴れ走り回ると、周りを囲んでいた者たちが蹴られぬように慌てて身を引く。その隙に、朝盛は馬の腹を思いっきり蹴って駆けさせた。そのまま馬に任せて大路を走り抜けて行く朝盛に、北条の家人らが矢を浴びせた。幾本かが掠めただけで、馬は止まることなく駆け抜け、そのまま姿が見えなくなった。さらに追いかけようとするのを泰時は止めた。

「やめよ！」

泰時の命令に家人たちは戸惑い怪訝な顔をする。

「しかし、あれは和田朝盛、首を獲れば……」

「右腕を射貫いた。もう戦うこともできまい」

泰時は遮るようにそう言いきり、朝盛のいなくなった道の先を見つめた。矢が掠めた頬から血が流れていたが、傷の痛みよりも胸の奥の方が重く鈍く痛かった。

鎌倉で、泰時が和田朝盛の姿を見たのはそれが最後となった。

その後、和田方の武将土屋義清《つちやよしきよ》が実朝の身柄を確保せんと法華堂へ向かおうとして、鶴岡八幡宮の赤橋《あかばし》付近で流れ矢に当たって死亡すると、たて続けに和田義直が討ち取られた。息子の死を知った和田義盛は、泣き叫びながら馬であてもなく駆けずり回った後、あっけなく雑兵《ぞうひょう》に首を討ち取られ、二日間にわたる合戦は終わった。


どこをどう駆け抜けたのか、もう覚えていない。

朝盛が気づいた時にはすでに日が暮れていて、馬もいなくなっていた。

ここはどこなのか、生い茂る木立に、湿った苔と土の匂いからきっとどこかの谷戸に迷い込んだのだろうということだけはぼんやりとわかった。

荒く吐く、己の吐息の音だけが聞こえる。

泰時に射貫かれた右腕はもう感覚がない。

彷徨う途中、刺さったままの矢が邪魔で、無理矢理引き抜いたら、激痛と共に血が涸れることを知らぬ泉のように湧き出て、右袖をぐっしょり濡らした。今はもう、血が滴っているのかすらわからない。感覚の無くなった腕が、こんなに重いとは思わなかった。右肩に、腕ではない何か重い物をぶら下げているようだ。それを左腕で抱えながら朝盛は闇の中をひたすら歩いた。

やがて、歩くこともできぬほど疲れきって、朝盛は茂みの中に体を沈めた。

頬が濡れているのは、涙なのか血なのか……息を切らして見上げた空は、残酷なほどに静かで美しい星空だった。

(独り、ここで死ぬのだろうか……)

〈朝盛、朝盛はおるか〉

朝盛が好きな、澄んだ声が響く。

〈春は何に感じる〉

「春は……空に」

〈夏は〉

「夏は、木々の葉に」

〈秋は〉

「風に……」

〈冬は〉

「冬は、夜に」

〈私もそう思った！〉

（そう言って蒼白い顔をほころばせるあなた様が、私は本当に好きだった……！）

星空が滲んで朝盛の両の目から涙がとめどもなく零れ落ちた。

〈私を独りにするのか〉

（大切な人を、私は孤独の闇に突き落とした……）

だが、他にどんな道があった？

他に、道はあったのか？

「実朝様……」

（ああ、私は生きて、私はあなた様のお側近くに仕え、あなた様のつくる言の葉で治める世を見たかった……！）

朝盛は星空を見上げながら込み上げる想いを言葉にした。

「……死にたくない」

朝盛は、動かない右腕をだらりと垂れて、ただただ独り咽《むせ》び泣いた。


御所を焼け出された実朝は、政子の邸を仮の御所とした。鶴岡八幡宮へ逃げていた信子も翌日には政子の邸に入った。

「実朝様！」

実朝の姿を見つけて駆け寄る信子を、実朝は微笑んで迎えた。

「みだい」

だが、信子は一瞬凍りついたような表情をした。

「実朝様、どこかお怪我を？」

「いや？」

実朝は信子の反応を怪訝に思った。

「お顔色がとてもすぐれません、少しお休みになられては」

「うん……顔色が悪いのはいつものことだから」

実朝は微笑んで信子を安心させたつもりだったが、その笑みは乾いた唇が僅かに歪んだだけだったようだ。実朝は冷静に、それもそうだろうと思った。つい今しがた、討ち取られた二百三十四もの首が由比ヶ浜に晒されたのを見たのだった。謀反という名のもと討ち取られた御家人たちの首に、実朝は人知れず物陰で嘔吐《おうと》していた。

「私のために、命を懸けて戦った御家人たちをねぎらわねばならぬ」

実朝がそう言うと、信子は恐ろしいものでも見るようにして立ち尽くしていた。

それでも実朝は御家人たちの前では堂々と振る舞い将軍としての威厳を保ち、冷静に広元に命じて戦で死傷した人員を記録させた。

和田一族は義盛を筆頭に十三名の死者、土屋、山内《やまのうち》、渋谷《しぶや》、毛利《もうり》など和田方に味方して戦死した者は一枚の紙には書ききれぬほどだった。

その中に、朝盛の名は無かった。

実朝は幕府方として戦い抜いた者を仮御所の庭に集めた。

ある者は腕を、ある者は足を、ある者は目を……皆、傷つきながらも主君である「将軍」の御為に戦い抜いた。その己が仕える「将軍」を仰ぎ見ていた。実朝は、主君へ一心に眼差しを向ける御家人たちに対し、震えることも怯むこともなく、毅然として立ち、皆を見回した。

「謀反人を討ち取り、この鎌倉を守れたこと、全ては命を懸けて戦い抜いた皆のお蔭である、まことに大儀であった」

かつて畠山父子の時には御家人の眼差しに怯え、己の不甲斐なさに憤り勲功差配を政子に丸投げした。幼い将軍だったあの頃とはもう違う。たとえ、この戦が、義時と和田家の私怨が発端だとしても、たとえ、大切な友を敵として失ってしまったとしても、将軍を守るために命を賭して戦った御家人が目の前にいることは確かなのだ。

実朝は一人一人の、戦での活躍に冷静に耳を傾け、それに応じた恩賞を与えた。その実朝の横に、義時が控えている。広元が御家人一人一人の勲功を記し、その恩賞を記録している。

波多野忠綱《はたのただつな》という名の御家人の勲功を審査する時のことだった。波多野忠綱が政所前での先陣を訴えたところに、三浦義村が割って入った。

「政所前の先陣は、この義村にございます」

「何だと」

忠綱が義村を睨みつけた。二人は今にも摑みかからんといった勢いで口論になった。

実朝は、将軍御前で口論するとは将軍も侮られたものよ、と心の中で嗤った。

「義村殿が来た時には、わしはすでに政所で戦っておったわ！」

「何を言うか。政所前に着いたのは私が先だ！」

先陣を切るか切らないかで、恩賞が変わってくる。一族の名誉にかけても互いに譲らなかった。

そのやり取りにじっと聞き入る実朝に、義時が耳打ちした。

「義村殿は将軍家への忠誠のために、和田方からこちらへ味方した者にございます。義村殿が北門を開けなければ……」

「私も、そなたも御所で焼け死んでいたか」

実朝は淡々と義時の言葉の後を続けた。義時はそれには返事をせず咳払いだけした。

(この戦で最も勲功があるのは、三浦義村ということか)

三浦義村が和田義盛を裏切ったことで、義盛は義時の討ち取りと実朝の奪取に失敗したのだ。

実朝と義時の囁き合いにも気づかぬほど言い合っている義村と忠綱を、実朝は冷ややかに見ると、鋭く言い放った。

「静まれ！」

義村と忠綱は驚いたように、実朝の方を見て黙った。

「そなたらの訴えだけではわからぬ。他に政所前で戦った者はおるか」

実朝は、政所前で戦った他の者の証言を丁寧に聞いた。それらの証言に共通するのは、やはり先陣は忠綱だということだった。忠綱と共に息子の経朝《つねとも》も戦っていることも証言された。実朝は答えを出した。

「他の者の証言に応じて政所前の先陣は忠綱とする」

忠綱は己の主張が認められると「聡明なご判断、感謝いたしまする」と実朝に深々と礼をした。

実朝は静かに「うん」と頷いた。

しかし、忠綱は下がり際、義村に向かって勝ち誇ったように言葉を吐いた。

「お前は盲目か！」

「な、なんだと！」

義村は忠綱の暴言に目を丸くした。

その瞬間、ぱんっと鋭い音が立った。実朝は手にした扇を床に叩きつけ立ち上がっていた。

「今、何と申した！」

実朝は激高して忠綱を睨みつけた。忠綱は顔色を変え、周囲の御家人たちも驚いたように固唾をのんで見ていた。

「それは不要な悪口《あっこう》であろう！」

「は、申し訳もございません」

忠綱は慌てて平伏した。

「政所先陣の勲功は認めるが、その恩賞は取り消しとする」

「そ、そんな」

忠綱は驚き、周囲も厳しい裁断にどよめいた。義時が仲裁するように実朝に耳打ちした。

「それは厳しすぎますぞ。つい口を滑らせたまでのこと」

実朝は義時の進言を無視すると、忠綱を指して糺《ただ》した。

「そなた、もしも自分の父母の目が見えなくてもそのような悪口を吐くか」

「いや……それは」

「あるいは、そなたの息子がこの戦で目を射貫かれていても、そのような悪口を吐くか」

「…………」

事実、この庭に居並ぶ御家人の中には目を負傷した者が少なからずいるのだ。

「たとえ口を滑らせたにせよ、言葉は容易に人を傷つける。今後そのような悪口は二度と口にするな」

「は……」

忠綱は青ざめた顔で平伏し続けることしかできなかった。

実朝は、忠綱を一瞥すると息子の経朝の方を向き、先程とは打って変わって落ち着いた声で続けた。

「だが、共に戦った子息経朝への恩賞は認める」

周囲の者は実朝の誠意のある判断に感心し、目を負傷した者は静かに涙を流した。

広元は実朝の裁断を、しかと書き留めた。


御所を守った泰時も勲功として陸奥国遠田《とおだ》郡の所領を新たに与えられた。

仮御所で政子からもねぎらいの言葉をかけられた後、泰時は水瀬を廊で見かけ声をかけた。

「水瀬殿」

水瀬は立ち止まると黙礼をした。水瀬のもの静かな立ち姿に、泰時は戦で渇ききった心が潤され落ち着くような心地がした。それに何より、水瀬が無事でいることを嬉しく思う自分がいたが、それを露わにすることはしなかった。

「ご無事で何よりでした」

泰時は真面目に一礼した。

「泰時殿こそ……」

ご無事でと言いかけて、水瀬は泰時の頬に傷があるのに気づいたのか目を丸くした。

「お怪我を」

「大した傷ではない」

頬の傷に泰時は朝盛を思い出した。その後の行方は杳《よう》として知れない。討ち取られた者の中には入っていなかったので、どこかへ逃げ失せたのか野たれ死んだのか。

水瀬は「では」と、去ろうとしたが、泰時はその袖を摑んで止めた。

「泰時殿?」

泰時はうつむいたまま水瀬の袖を離さなかった。

「私は……自分が恐ろしい」

水瀬は怪訝そうにしたが、その手を振り払うことはしなかった。そのまま泰時は声を絞り出した。

「共に御家人として努めてきた者を、殺《あや》めた」

生ぬるい返り血の感触、肉を切り裂く刃の重み、右腕を射貫かれた朝盛の形相……色々なものがよみがえり泰時をそのまま押し潰しそうになる。何もこの合戦が初陣《ういじん》ではない。今までも戦で数多の命を殺めてきた。だが、この戦は泰時の中に割り切れないものがあった。

後ろめたさ、とでもいうものだろうか。

（この戦に火を付けたのは……義時《ちち》だ）

自分はその息子として刃をふるい、息子として首を狙われた。

〈……私は、そんな実朝様が好きです〉

真っ直ぐな言葉をためらわずに言っていた、謀反の心などあるはずもない朝盛を射貫いた。

（源氏の白旗を振り掲げて……）

どうしようもない後悔と、逃れようのない己の立場に、とにかく誰かにすがりつきたくてしかたがなかった……。すがりついたところで何かが変わるわけではないけれど、どういうわけかその「誰か」が水瀬であってほしかった。

御台所の婚儀の日に初めて盗み見た、美しく寂しそうな人に……。

水瀬は、泰時の気の済むまで袖を握らせてくれた。

誰が見ているわけでもない、こんな廊の隅で手の一つも握らず、ただ幼子のように袖を握って歯を食いしばって泣いている泰時を、水瀬は何も言わず受け止めてくれた。

やがて、泰時は水瀬の袖をそっと離すと「御無礼お許しください」と律義に礼をした。

◇

数日後、泰時は仮御所に一人で参上した。

泰時は実朝の御前に坐し懐から書き付けを取り出すと、それを実朝の方に渡した。実朝は受け取って少し驚いたような顔をした。

「これは、先日の恩賞の書き付けではないか」

「はい」

「……これでは不満か」

「いえ。お返しに参りました」

「返しに？」

実朝は怪訝な顔をした。泰時は頭を下げ己の考えを述べた。

「この戦、和田義盛に実朝様への謀反の心はございませんでした。ただ、私の父、義時への恨みから挙兵に至ったものにございます」

「…………」

「私は、父の敵《かたき》を討ったまでのこと。鎌倉殿よりの恩賞は頂ける身にはございません」

「泰時……」

実朝は小さくため息をついた。

「だが、そなたは命を懸けて戦ったのだ。当然受け取るべきものなのだから、返すことは許さぬ」

そのまま、実朝は書き付けを泰時に戻した。泰時は、うつむいたまま膝に置いた掌を握りしめた。

「……朝盛に深手を負わせ、行方知れずにさせたのは私にございます」

「何……」

「申し訳ないことでございます」

「謝るな」

実朝が短く放った言葉に、泰時は顔を上げた。見上げた実朝の顔は、思いがけず微笑していた。

「朝盛は、和田の子息だ。一方、そなたは北条の子息。それぞれが、それぞれのやるべきことをしたまでにすぎぬ」

「実朝様……」

「戦を回避できなかったのは、全ては将軍たる私が至らぬゆえ。死んだ者も、負傷した者も全て私が負うべき罪業《ざいごう》だ」

「罪業……」

その時、泰時は目の前の蒼白い主君の微笑が、ぞっとするほど、静かであることに気づいた。薄茶色の瞳は泰時を真っ直ぐ見ているのに、決して目が合うことはなかった。

(これが、私に向けられる微笑なのだ……)

自分に向けられる微笑は、北条の息子へ向けられるそれは、静かな、ひどく静かなものだった。

そのことに、泰時は悄然《しょうぜん》としてうつむき、恩賞の書き付けを握りしめた。


その夜、実朝は独り、仮御所の庭を眺めていた。

ここに戦い抜いた御家人たちが、恩賞を求めて一堂に会していたのが嘘のように、今は水を打ったような静けさだった。

〈私は、父の敵を討ったまでのこと。鎌倉殿よりの恩賞は頂ける身にはございません〉

泰時の言葉が、実朝の心に鈍く刺さったままだった。

義時の挑発に乗って、和田一族は自滅したに等しい。和田義盛が討たれ、侍所別当は義時が兼任することとなり、今や御家人の中で北条に拮抗する家門は無くなった。

(そして、私は北条の血が流れた将軍だ)

今まで自分のために何かをしたいとか、自分のために生きたいとか思ったことがあっただろうか。いつも、周囲を気遣い望まれる姿でいようと努力してきた。それが、自分の選んだ正しい道だと思っていた。

(だが、それは、母の望む……北条の望む道を歩かされていただけなのだろうか)

「なんだか、ひどく疲れた」

実朝はそう呟くと目を閉じた。暗い視界に木々の葉を揺らす風の音だけが耳に響く。それは次第に寄せては返す波音に聞こえるような気がした。

(波の音を聞くと、死んだ姉上を思い出す)

幼い頃、姉に連れられて由比ヶ浜へ貝を集めによく行った。病弱でやせ細っていた姉は、実朝に綺麗な貝殻を拾って見せては、うつろな目でこう言ったものだった。

〈よしたかさま、ごらんになって〉

幼い実朝は、何のことだかわからなかったが、「うん」と頷いて姉の空想の世界に共に浸っていた。よしたかさま、が何を意味するのかを知ったのは、姉が死んでからずっと後のことだった。

姉はそのうつろな瞳で蒼い海を見つめながら、よしたかさまをそこに見ていたのだ。

(だから、海は美しいけれど、果てが無いから、あんまり見つめすぎると怖くなる)

実朝は目を開けた。

いつの間にか辺りは霧が立ち込めたようにぼんやりと白い。霧の先に、光る何かが散らばっていて、不思議と実朝は惹かれるようにそちらに歩みを進めた。

そこは、一面の草原で、葉の一つ一つに露の玉が輝いていた。

「これは……」

一面の露の原は、星屑が散らばったかのようにそこかしこが輝いている。

(きらきら光る、玻璃の玉のようだ……)

一歩一歩、実朝が歩むごとに、露の玉はまるで玻璃が砕け散るような脆《もろ》い音色を立てては消えていく。一つ一つに見入れば、ある露はさやけき月のように玲瓏《れいろう》な白、ある露は茜雲のように明々と燃え、別の露は紺碧の空のように透き通って青い。

そのうちの一つに触れようとした時、さぁん、と風が吹いて、一斉に露の玉が風に舞い上がり、清らかな音色を立てながら色とりどりに煌めいた。この世とは思えぬような美しい光景だった。舞い上がった露は宙で儚く砕け散り、一つ、また一つと消えていく。

実朝は失われていく輝きをなんとか留めようと、舞い散る露を掴もうとした。しかし、触れた瞬間に消えてしまう。

気づけば、袖や袴は己が歩み、触れたことで消えていった露で濡れている。

濡れた掌を、ゆっくり開いて見て実朝は、不思議と驚きはしなかった。

そういうことか、と思った。

掌には、べっとりと赤い血糊がついていて、実朝は妙に納得したようにその掌をじっと見つめた。

露の一つ一つは、己が歩み、触れたことで消え去っていった魂なのか。将軍として生きるということは、そういうことなのか。

血で染まった掌から視線を上げると、白い霧がだんだんと薄くなっていく。霧が晴れるとともに、微かに海の匂いがしてきた。それは次第にはっきりと感じ取れ、波の音まで聞こえる気がした。

広がる視界の先に何が見えるかを実朝は何となく察していた。そして、決して怯えることなく淡々と霧の先を見据えた。

視界に広がるのは、蒼暗い由比ヶ浜だった。浜には、首が一列に並んでいる。和田との合戦で討ち取られた、数えきれないくらいの御家人たちの首だった。ただ黙って、表情もなく、ただ黙って、実朝を見ていた。謀反という名のもと、討ち取られていった御家人たちが、実朝を見ていた。

その首の中に朝盛がいないかと冷静に探している自分がいて、そのおぞましさに実朝は嗤うしかなかった。

波の音と、海の匂いが実朝にまとわりつく。

己の身にまとわりついて離れることはできないものに、抗いはしない。ただ独り、嗤いながら実朝は蒼暗い海の向こうを見た。

そうして、実朝にはわかった。

海の向こうにあるものが。

蒼暗い海の向こうに静かに仄めくものは、己を待つ紅蓮の炎だった。

罪業という炎の中で焼かれ悶える者の姿は、多くの肉親の死、多くの御家人の死の上に立つ自分の姿だった。だが、不思議と懼れは感じなかった。

炎のみ
虚空《こくう》に満《み》てる
阿鼻地獄……ゆくへもなしと　いふもはかなし

父は弟を殺し、縁者を殺し、娘をも殺した。

私は兄を殺し、御家人を殺し、将軍の座についている。

源氏の血を濃く引く私の行く先は……、
私の行きつく先は……、
そこしかないのだ。

「はかないな……」

自分の宿命を嘆きはしない。

ただ、はかない、と思った。

実朝が一歩踏み出した時、その袖を強く引かれた。驚いて振り返ると、そこには信子がいた。

「行かないで！」

信子は紅蓮の炎から実朝を引き離すように、実朝の腕を掻き寄せた。実朝は冷静に信子を諭すように答えた。

「それが、私の宿命なのだ。……源氏の血を引く者は、いずれあそこへ行く」

「そんな……」

「そういう血なのだ」

信子は子供が駄々をこねるようにいやいやと大きく首を振る。

「ならば、私も連れて行ってくださいませ」

「私は、地獄に堕ちるぞ」

「それでも、連れて行ってくださいませ」

そのまま、信子は実朝の胸に飛び込んだ。実朝が抱きとめると、実朝の腕の中で信子が呟いた。

「海の匂いがします」

実朝が、風に乗って来るのだ、と言おうとした時、信子が顔を上げて実朝を見つめた。

「海の匂いは、あなたの匂いなの」

信子は実朝の腕の中で、ゆっくりとその匂いを吸い込むと、その吐息に言葉を乗せた。

「……私の好きな、匂いなの」

その言葉を聞いた実朝は、ただただもう、信子を抱きしめることしかできなかった。

気づけば、月明かりの庭で実朝は信子を抱きしめていた。

実朝は、信子を抱きしめる腕の力を強くしながら、このまま、時が止まることを心から祈った。

(この人を失いたくない)

この大切な人を罪業の炎の中へは決して連れては行けない。それならば、それならば、どうしたらいいのだろう?

八

和田合戦の後、鎌倉の情勢は次第に落ち着きを取り戻していった。合戦で焼けた御所の跡に実朝は、新しい御所を建てた。実朝の指図により、寝殿造りで、門構えも公家の邸のような仕様、屏風や調度品も都から取り寄せるといった、万事公家風の御所が出来上がった。

和田合戦を境に実朝の嗜好は顕著に公家風、ひいては朝廷寄りに傾き始めていた。そんな実朝の嗜好に、御家人の中には「当代は蹴鞠や歌の得意をもって評価されるのか」と嘆く者さえいたが、実朝はそれを改めるつもりはなかった。義時に「鎌倉将軍として武芸を重んじるように」とことあるごとに苦い顔をされていたが、それも曖昧に笑ってやり過ごした。

その間も実朝は順調に昇進を重ね、二十五歳となった頃には、権中納言に任ぜられた後すぐに左近衛中将を兼任、さらに、大将への昇進を考えていた。

大将任官に向けて、朝廷への働きかけをするために広元を御所に呼び出すと、広元は改まった口調で実朝を諫めた。

「都の文化に馴染むのも、将軍として為すべきことではありますが、武芸をもって朝廷を守るということ、それが鎌倉将軍としての大切なつとめであり、関東が長く久しく安泰であることにつながるのです」

諭すように言う広元に、実朝は穏やかに答えた。

「義時に言われたか」

広元は、実朝の見透かしたような言い方に苦笑いした。しかし、すぐに顔を引き締め実朝に進言した。

「しかしながら、最近の実朝様の官位への執心は私から見ても目に余るものがあります。頼朝様は、官位栄達をことごとく辞退し、征夷大将軍に専念されました。これも、ご子孫の繁栄を望まれてのこと。実朝様はまだお若いのですから、性急に官位栄達を望むのではなく、今は征夷大将軍としてのつとめに邁進《まいしん》し、御高年になられてから大将を兼任されてはどうですか」

実朝は淡々と答えた。

「私には子がいない」

「それは……」

まだ恵まれぬだけでは、と言いかけて、広元は口をつぐんだ。二十五歳となってなお子ができず、それでも頑なに側室を持とうとしない実朝にかけるには酷な言葉かもしれないとでも思ったのだろう。そんな広元を見やって実朝は言った。

「源氏の正統は私の代で途絶える」

「………」

実朝に悲愴感はなかった。きっと、信子との間にはこの先も子ができないだろうことは、自分でもわかっている。それを嘆くつもりはない。全てを受け入れるつもりだった。

「源氏の正統が途絶えた後、この将軍の地位を巡って、御家人を巻き込んだ争いは避けねばならぬ。また、正統な後嗣無き鎌倉を朝廷に潰されるわけにもいかぬ。ゆえに、誰もが認める後嗣を私は迎えねばならぬと思っている」

実朝は「後嗣」に関して深い思いを巡らせていたが、こうしてそれを誰かに語るのは初めてのことだった。

「ここから先は、広元だけに言う。義時にはまだ言っていないことだ」

実朝の改まった口調に、広元は居住まいを正し実朝の言葉に聞き入る姿勢を示した。

「都から、親王を将軍として迎えるのはどうだろうか」

「親王を？」

広元は思いがけない提案に驚きを示した。

「うん。誰もが認める揺るぎない血筋を後嗣として迎え、私は後見としてその座を譲る」

「そのための官位栄達ということにございますか」

「源氏の家名を上げ、堂々と親王を婿として迎える」

「婿？」

「まずは、兄上の娘を、みだいの猶子にしようと思う」

「頼家様の姫君を、御台様の猶子に？」

「みだいは、公卿の娘だ。その猶子とした姫に、親王を婿として迎えることに支障はなかろう。その婿を私が後見し将軍とする」

「それは……尼御台様にそのお考えは？」

広元は、実朝の理路整然とした計画に頷きつつも、そのことを政子がどう考えるかが問題だと指摘した。

「まだ伝えていない」

実朝も政子が善哉を後嗣に望んでいたことを忘れてはいなかった。実朝が善哉を出家させ鎌倉から出した時も、政子が彼の行く末を案じていたこと、そして今も、そのことが政子の心のどこかに引っかかっていることを、実朝はわかっていた。

「だが、私はそれがよいと思っている。広元はどう思う」

「私は……」

広元は暫し考えを巡らせた後、答えた。

「実朝様のお考えの通りに事が進めば、これ以上のことはないと思います」

広元の答えに、実朝は満足して頷いた。

◇

「みだい」

その晩、褥《しとね》の中で実朝は真剣に信子に声をかけた。

「どうしたのですか？」

少しうとうとしていた信子は夢見心地のように問い返す。実朝は少し間を置いてから、思いきって言った。

「兄上の娘を、猶子にしようと思う」

信子は眠たげな声で「そうですか」と答えた。以前も善哉を猶子にしたことがある。それだけではさして驚く内容ではなかったのだろう。しかし、その次に続いた言葉に信子の眠気は一気に覚めたようだった。

「私と、みだいの猶子にするのだ」

「二人の?」

信子は実朝の顔を見上げた。実朝は穏やかに頷き、広元に語ったのと同じことを信子に伝えた。

「…………」

信子は、暫く黙っていた。

「嫌か?」

実朝が窺うように問うと、信子はほんの少し哀しそうに首を振った。

「……結局、父の、ひいては上皇様の思惑通りにさせてしまったようで」

「私は、みだいがどう思うか訊いているのだ」

実朝は信子の目を見て、はっきりと言った。

「私がそうしたいと思って言ったのだ。私とみだいの二人の子に新しい将軍を迎えて、新しい鎌倉を作りたい。それを、みだいはどう思う」

「実朝様……」

信子は実朝の胸に額を当てて、ゆっくりと言葉を選ぶように答えた。

「実朝様がそうお望みであるのならば、私は、妻として、嬉しゅうございます」

「そうか」

実朝は信子の答えに安堵すると、そのまま信子を抱きしめようとした。

「ただ……」

「ただ?」

実朝は訝《いぶか》しげに信子の顔を覗き見た。信子はほんの少し不安そうに実朝を見て言った。

「その、姫君様に一度お会いしとうございます。……私たちの『子』ということになるのでございましょう？」

実朝は信子の気持ちを汲み取って、首肯した。

「うん、そうだな」

実朝は信子の髪を撫でた。

「良い姫だと聞いているよ」

「そうですか」

信子は安心したように微笑んだ。その左頬の小さなえくぼに実朝はそっと触れた。信子は頬を染めた。実朝はそのまま両手で信子の頬を包み込むと、薄桃色の唇に優しく唇を重ねた。信子のぬくもりが直接伝わるこの瞬間は、いつでも、やはり、何物にも代えがたい時だと思う。

実朝は信子のぬくもりを感じながら夢を見た。新しい将軍を迎えその後見をする頃までに式目を完成させ、血腥《ちなまぐさ》い争いで決着をつけるのではなく、言葉で清冽《せいれつ》な答えを出す、そんな世にしたい。

（みだいと迎える「子」には、そういう世を生きてほしい）

◇

この話に政子は難色を示すどころか、すんなりと受け入れ、むしろ積極的に猶子の話を進めた。その政子の態度に実朝はやや拍子抜けする思いもあったが、実朝の後嗣の問題には、密かに政子も頭を悩ませていたのだろう。実朝に実子が生まれそうにないことはもはや誰もが察している。この状況で虚弱な実朝の身に何かがあった時、善哉を出家させてしまった以上、他に源氏の血を引く男子をどこからか引っ張り出して、将軍後嗣を狙う者がいつ現れてもおかしくはない。現に、先の和田合戦の伏線がそうであったのだから。

親王を将軍とするとしても、実朝が後見となる以上は北条家の立場は動かぬままである。何より、行く末を案じていた頼家の娘が信子の猶子となることで、しかとした地位を与えられることに政子は満足している様子だった。


そうして、ある春の日に、信子のもとへ輿に乗って一人の姫君がやって来た。

政子に連れられて来たその姫君は、少し緊張した面持ちで信子に謁見した。

「頼家の娘の竹姫《たけひめ》です」

政子が信子に紹介をした。竹姫は政子に促されて信子に挨拶をした。

「御台様にお目にかかれて光栄にございます」

竹姫の薄茶色の瞳と目が合って、信子は微笑んだ。

「聡そうな目ですね。歳は？」

「十四になります」

信子は「そうですか」と、娘とするには歳が近すぎて妹では歳が離れている少女を見た。

竹姫といくつか言葉を交わし、貝合わせなどの遊びに興じるうち、信子は竹姫の物腰の柔らかい雰囲気が自分と合っていると思った。それに何より、その聡い瞳はどことなく実朝を彷彿《ほうふつ》とさせた。

（二人の、子として……）

あくまで仮の親子だ。それに親子というには歳が近すぎる。だが、それでも、三人でいつか由比ヶ浜に遊びに行ってみたいと、信子は夢を抱いた。

「もう少し、暖かくなったら由比ヶ浜へ貝を拾いに行きましょう」

穏やかに信子が言うと、竹姫は十四の娘らしくあどけない笑顔を見せた。

「楽しみにございます」

「そうですね。……義母上様もぜひご一緒に」

信子に誘われ、政子は一瞬驚いたような表情になり、遠い昔を思い出すように答えた。

「そうですね……いつかのように、由比ヶ浜へ行きたいものです」

きっと政子は、由比ヶ浜で夢中で貝を拾い集める大姫と千幡の姿を、思い浮かべたのだろう。その目は、信子にはほんの少し潤んでいるように見えた。

「あとは、公暁を呼び戻してやれたら……」

政子の呟きに信子は首を傾げた。政子は熱いものが込み上げそうになったのか慌てたように目を瞬いた。

「鎌倉を離れたくないと言って、泣きついてきたあの子は、幼い頃の頼家にそっくりでした。今頃、成長してますます頼家に似ているのでしょう……」

そう言った政子の表情は、いつも信子が見ている政子とは違うと思った。それは、我が子に先立たれた一人の老母の顔だった。政子は、薄氷の上に立つような権力の座を下り、孫に囲まれて暮らす心穏やかな老後を思い描いていたのかもしれない。

◇

信子が竹姫を猶子としてから数日後、都から、父、坊門信清の訃報が届いた。

「亡くなった……」

信子は都からの使者の知らせに、それだけぽつりと答えた。

急な知らせにもさほど驚きもせず、ただ淡々と父の死を受け入れた。近頃、父に代わって兄の忠信から文が届くことが多くなり、なんとなく父の体調がすぐれぬのではないかという予感があったこともあるが、それ以上に父と別れて十年以上という長い歳月がそうさせたのかもしれない。

信子は、喪に服すため御所を出て御家人の二階堂行光《ゆきみつ》の山荘へ移った。

御所の喧騒を離れ、静かな谷戸の緑に囲まれた山荘で信子は父、信清を思った。

不思議と、思い浮かぶのは十二歳で別れた時の姿ではなく、幼い頃に膝の上に乗って遊んでいた頃の若い父の姿だった。無邪気に父の膝の上で遊ぶ信子の傍らには、やはり水瀬がいた。物心ついた時から水瀬は側にいて、幼い時はそれを当たり前のことだと思っていた。水瀬が何者なのかなど思いを巡らせることもなかった。

「水瀬」

信子は水瀬を呼んだ。水瀬はすぐに信子の前へ進み出て「何でございましょう」と畏まった。水瀬も信子と共に喪に服すため鈍色の袿を着ている。その鈍色の袿にかかる黒髪を見ながら信子は言った。

「父上様は亡くなってしまった」

「…………」

「水瀬、私は謝らなくてはならぬな」

「……何のことでございましょう」

「わからぬふりは、もうよいぞ」

「……………」

水瀬は微動だにしなかった。それが答えだった。

「私はずっと知っていたのだよ。水瀬が、父上様の子であることを」

「姫様……」

そう答えるのがやっとだったのだろう。水瀬はそれ以上は声を詰まらせた。

信子は知っていた。水瀬がいつも信子の方を寂しそうに見ていることを。だが、ずっと気づかぬふりをしていた。

「許しておくれ。私は姉を姉上とも呼ばず、そなたに父を父とも呼ばせなかった」

「許すなど……私は、卑しい者の娘にございますれば」

卑しい……水瀬の母は、側室の一人にも数えられぬような侍女にすぎなかった。一時の主人の慰めの相手となる召人《めしうど》、それが水瀬の母だった。信清のような上流貴族には召人の一人や二人がいることは当たり前だった。召人は決して妻ではない。たとえ主人の子を孕《はら》んだとしても、妻にはなれなかった。

「私は、信清様のことを父と思ったことはございませぬ」

水瀬は恐縮でもなく卑下でもなく、ただ、それが事実だというように淡々と答えた。

◇

幼い頃、信子を膝に抱いて和歌を読み聞かせ「この姫は賢い」と嬉しそうに言う信清の姿を、廊の端からそっと見ている視線があることに、信子はずっと気づいていた。

信清が信子の柔らかい頬に顔を擦り寄せると、信子は父の髭《ひげ》がくすぐったいような痛いような心地で、きゃっきゃと笑いながら膝から転げ落ちた。信清はそんな信子が可愛らしくて仕方がないといったように、信子を追いかけてまた頬擦りしようとする。信子は笑い転げ部屋の中を逃げ回った。庭に面した廊まで走ったその時、寂しそうな少女と目が合った。

信子は無邪気に声をかけた。

「どうして、こっちを見ているの？」

少女の目が揺れた。歳は兄の忠信とさほど差はなさそうなのに、兄よりずっと大人びた立ち姿に、信子は心惹かれて尋ねた。

「ねえ、名は何というの」

「…………」

少女が答えずにいるので、信子は信清の方を向いて言った。

「父上様、この子に名を付けてあげて。信子の女房にするの」

信清は一瞬どう返事をしていいかわからないような顔をしたが、信子はそんな父の逡巡に気づくこともなく「ねえ、父上様、いいでしょう？」と信清の袖をせがむように何度も引っ張った。

信清は少し考えるそぶりをしてから、信子に言った。

「……水瀬、という名はどうだろう」

「みなせ、水瀬、みなせ」

信子の歌うような口ぶりに、水瀬は頬を染めて微笑んだ。その頬に小さなえくぼができると、突然、信清は水瀬の頭を掻き撫でた。水瀬は驚いたように信清の顔を見上げた。信清は水瀬の目を見て言った。

「信子のことを頼んだぞ、水瀬」

信清が水瀬に触れたのはそれきりだった。

◇

幼い日を思い出す信子に、水瀬は静かに言った。

「私は……畏れ多くも心の内では姫様のことを可愛らしい妹と思っておりました。坊門信清の姫君様は私の妹だと」

「水瀬……」

「そのようなおこがましい自負をお許しください」

水瀬はそう言うと、信子に深々と礼をした。

信清を父として慕うことはできない。だが密かに信子を妹と思うことで、自分の存在を肯定していたのだ。

「おこがましいなど……」

信子は水瀬の前に進み出ると、そっと古今和歌集の一つの歌を口ずさんだ。

「言《こと》に出でて　言はぬばかりぞ　水無瀬川《みなせがわ》　下にかよひて　恋しきものを……父上様はこの歌を好んでいたのよ。私に和歌の指南をする時は、必ずこの歌を一度は口ずさんでいたものだった」

水瀬は驚いたように顔を上げた。

「言葉に出して言わないだけなのだ、水脈が地下を流れる水無瀬川のように心の奥底ではあなたを思って恋しい気持ちを抱いているのだから……」

「…………」

「水瀬……そなたの名は、父上様が付けた名はそういう意味なの」

途端に水瀬の頬に一筋の涙が伝った。静かに頬を濡らすのは、きっと、水瀬が初めて父を想って流す涙なのだ。

水瀬の涙を見ながら、信子は思った。

あの日、都から鎌倉へ発った日、上皇の隣で微笑む姉の姿を見上げる信子の横には水瀬がいた。

どうして、私が？

そんな思いが込み上げていた信子の横で、水瀬も思っていたに違いない。

同じ、坊門信清卿の姫として生まれた姉と妹……しかし、歩む道は全く違うのだ、と。

「姫様」

水瀬は涙を拭うと信子を見た。

「姫様がお許し下さるのなら、これからも、ずっと私は姫様をお慕いしとうございます」

決して切っても切れぬ、姉と妹の繋がり。その糸の先が水瀬と繋がっていることに、信子は微笑んで首肯した。

「鎌倉へついて来てくれた姉が、水瀬でよかった」

九

実朝の後嗣の方向も定まった頃、鎌倉を陳和卿《ちんなけい》と名乗る一人の小柄な宋僧《そう》が訪れた。実朝は、将軍謁見を求めるこの僧を快く御所へ招いた。和卿は僧にして、宋の先進建築術を身に付けた工匠で、奈良東大寺の大仏殿を再興させていた。東大寺の大仏供養は頼朝も生前行っていたことであり、実朝は和卿に対し深い関心を示したのだ。

和卿から聞く宋の文化の話や仏教思想の話、広大な大地と深遠な自然の話に、実朝はすぐに惹き込まれた。そして、何よりも実朝の心を動かす言葉が和卿から発せられたのだった。

「あなた様は、宋の医王山《いおうざん》の高僧に面持ちがよく似ております。私は、その高僧の弟子として長く仕えておりました。その清らかな眼《まなこ》を見ていると、あなた様は師の生まれ変わりなのではないかと思わずにはいられません」

「生まれ変わり？」

「清らかな魂は、輪廻《りんね》の中で人としての新しい生を再び得るのです」

「私の魂が清らかだと」

実朝は皮肉なことを言ってくれるものだと、己の掌を見た。

「何も知らぬ者が」

「何も知らぬからこそ、申し上げたのです」

実朝は掌から顔を上げた。

「何も知らぬ私には、あなた様の眼は、その心を映したかのように澄んで見えます」

「……その、そなたの師の生まれ変わりが私だと？」

「ええ、その清らかな眼は師と同じにございます」

「ならば、その師が清らかな眼で見た医王山を、私もこの眼でいつか見てみたいものよ」

和卿は穏やかに笑い首肯した。

「夢、にございますな」

「夢……？」

「いつか宋に行くという、夢をあなた様は得たのです」

「……夢、か」

その言葉が実朝の胸にいつまでも響いていた。

◇

それからしばらくして、実朝は義時を呼び出して宣言した。

「私は、宋へ行く」

義時は、何を言っているのかわからなかったのだろう。不思議な言葉を聞いたように繰り返した。

「そう、へ行く？」

「うん、宋の国だ」

「は？」

事態を摑めず、唖然とする義時とは対照的に実朝は爽快に笑った。

「いったい何を言っているのか、わかりかねます」

「陳和卿に船を造らせる。由比ヶ浜に宋船を造るぞ」

「な、何故……」

「宋へ行ける船を鎌倉の海から出し、交易をしたい」

「交易、にございますか」

「親王将軍を迎え、私が後見する頃には、もう武士が戦をする世ではなくなろう。ならば、鎌倉を武家の要害の地から交易で栄える地にするのだ」

あまりに壮大な計画に、義時は何と答えていいかわからないといった表情だ。それを見透かして実朝は言った。

「無謀か」

「は、いや……」

「なあ、将軍とは何であろう」

実朝は義時に問うわけでもなく、ぽつりと言った。

父、頼朝は戦乱の世を生きた紛うかたなき「将軍」だった。だが、父は武家の世が始まったところで急死した。頼朝が描いた将軍が治める世はどのようなものだったのか。未完のまま、わからぬままに背負わされた「将軍」は、実朝にとっては導いてくれるものもなければ、目指す先もわからぬ、重い名だった。

(それは、孤独な生き方だ)

独り、この鎌倉で、将軍としての生き方を模索してきた。その孤独の闇の中にようやく目指すべき光が見えた。それは言の葉で治める世。式目で秩序を保ち、言葉で思いを伝え評し合う。その光が見えたのは言の葉の力を愛おしい人が教えてくれたから。

言の葉に想いを託せば、人の心は動く。

だが、それが、いかに難しいことであるかも、わかっている。現実は将軍であるゆえに、兄の死を背負い、誠実な友を失い、愛する人を哀しませた。

争いではなく言の葉で世を治めたいと願っても、それを叶えるためには、将軍という名のもとにまとわりつく権力やしがらみから、離れなければならないのだろう。ゆえに、それらとは関わりのない利益と視野をもたらす、交易が必要だと思うのだ。

「だからこそ私はいつか、宋へ行ってみたいと思う」

この狭い鎌倉の地を出て、広い場所から鎌倉を見てみたいと、実朝は夢を描いていた。

宋船に乗って向かう蒼い海の向こうは、和卿から聞いた新しい世界……そこには、将軍も、朝廷も、御家人も何もない。己を待つはずの紅蓮の炎もない……あるのは、実朝という存在としての一人の人間。生まれ変わった一人の自分だ。

「生まれ変わった自分が見る鎌倉は、どのように見えるのだろう」


恍惚として、どこか遠くを見ながら宋船の夢を語る実朝の瞳に義時は一瞬ぞっとした。

(……ついに気がふれたか)

その場の返事を、曖昧に濁して義時は御前を退出するとその足で政子のもとへ行った。

動揺を隠せずにいる義時に対し、政子は落ち着いていた。

「知っています」

「な……」

「陳和卿という者から聞いた怪しげな前世譚《たん》に惹かれていることも」

「いつの間に」

「阿波局から聞きました」

義時は阿波局の悪気のなさそうな笑顔を思い浮かべ、小さく舌打ちをした。

「なぜこのような途方もない話を……」

「そうでしょうか」

政子は鋭く指摘した。

「あの子は、聡い子です。この話を決して荒唐無稽とは思っていないでしょう」

「この話のどこが荒唐無稽でないと？」

「近頃の官位昇進への意欲、親王将軍の検討、そしてこの渡宋計画……。どれも、北条は関わっていないことです」

義時は政子の言いたいことが、すぐにわかった。

実朝が、実朝の意志で、実朝の力で、何かを変えようとしている。

（ひょっとして北条に見切りをつけようとしているのか……？）

官位を上げ、己の意志を通し、北条の手の届かぬ将軍へと変わろうとしている。

宋へ行く、と言った実朝の笑顔に義時は先程とは異なる危機感を覚えた。

政子は深いため息をつき、頭を抱えるようにして脇息にもたれながら言った。

「聡いあの子ならば、それが自身の命を懸けることになると、わかっているでしょう」

義時は何も言わなかった。黙り込んだ義時に向かって、政子は抑揚を抑えた声で言った。

「そうなれば、私は許しませんよ」

義時の掌に、ぽきっと骨が折れるような乾いた感触がよみがえった。だが、義時は冷静に姉の顔を真正面から見た。母としての静かなる怒りに対し、義時はもう、うつむくことはなかった。

「ならば、お許しくださいとは、言いませぬ」

もう「あの時」に戻ることはできない。後戻りはできないのだ。

「全ては、北条のため、か」

冷然と問う姉に、義時はゆっくりと答えた。

「いいえ。鎌倉のため、にございます」


宋船の建設が進む中、信子は実朝に永福寺へ花見に行こうと誘われた。

官位栄達、竹姫猶子、宋船建設、と思いのままに事が進み出し、実朝にとっては今までになく満たされた心地の日々が続いていたのだろう。それを表すかのように、春の空は青々とし、鎌倉の桜は満開になっていた。

御所から永福寺まで、実朝は牛車《ぎっしゃ》に信子を同乗させた。将軍と御台所の私的な花見遊山《ゆさん》につき従うのは、泰時や水瀬といったごく近しい者たちと、数名の警護の侍だけで、狭い車内で向かい合う二人はすっかりくつろいでいた。

「みだい、童《わらべ》がついて来るよ」

実朝が笑って扇で御簾の外を指し示した。信子は実朝の方へ寄って実朝が扇で作った御簾の隙間から外を見やった。大路にいた幼子たちが、牛車の後ろを無邪気に笑いながらついて来る。牛車の御簾から出る信子の華やかな桜襲の出衣《いだしぎぬ》が物珍しいらしい。

「まあ、可愛らしいこと」

今にも信子の衣に触れるのではないかというくらい近づく童を、騎馬の泰時が散らそうとするのを「よいよい」と実朝も信子も穏やかに制する。

終始和やかに過ぎて、ほどなく牛車は永福寺に着いた。

実朝は公家の作法通りに前から降りて、後に続く信子に手を差し伸べた。

「みだい」

微笑みながら実朝の手に取られ牛車を降りると、信子の目の前に、永福寺の鮮やかな光景が広がった。

鎌倉の山に囲まれた緑豊かな谷戸に、極楽浄土を思わせる煌びやかな伽藍が建ち、池には立派な朱塗りの太鼓橋が架かっている。池の周りを満開の桜の花が薄紅色の霞のように彩っている。

「まあ、綺麗」

感嘆する信子を実朝は嬉しそうに見つめる。

実朝は若草色の直衣《のうし》を着ていた。順調に昇進を重ね、公卿の身分となってからというもの実朝は好んで直衣を着た。公家の衣である直衣に長烏帽子を被った姿は、皮肉なほどよく似合っていた。

実朝のすらりとした立ち姿を見上げながら、信子はからかうように言う。

「また背が伸びました？」

「もう伸びないさ」

実朝は笑って答える。かつて、十五、十六歳くらいの頃の実朝の体は一晩眠るごとに背が伸びているのではないかと思うほど、大きくなっていた。信子が嫁いだ頃は背を並べていた二人も、今はもう二十六歳と二十五歳である。信子が実朝の方を見上げている。

「いつか、みだいと一緒にこの桜を見たかったのだ」

実朝が満開の桜木を見上げると、信子も薄紅色の梢を見上げた。

（鎌倉で見る桜は、これで何度目になっただろう……）

気づけば生まれ育った都で見た桜より数が多くなっていた。

二人は並んで、春の空に揺れる桜の花房の梢を眺める。実朝はごく自然に信子の手を取った。

「みだい、行こう」

「はい」

実朝と信子は従者たちの目を気にすることなく、少年と少女のように楽しそうに手を取り合ったまま朱塗りの太鼓橋を渡った。

橋の上で信子は立ち止まると、実朝に訊いた。

「宋へはいつ行くのですか？」

「どこでその話を」

「あら、私が知らないとでも」

信子がすまして言うと、実朝は悪戯がばれたかのような笑みを浮かべる。

「船がどんどん形になっていく、と義時殿が苦い顔をしていますもの」

「うん」

その曖昧な「うん」を言う時、実朝の蒼白い顔に、ふと翳が落ちることに信子は気づいている。それは、実朝が自分の感情を押し殺す時の翳だということも、そうして和田合戦の後、その翳は一層濃くなったことも。

和田合戦で失った朝盛の行方はいまだにわからない。だが、実朝は朝盛を探すことはしなかった。朝盛のことを語ることもなかった。あんなに「朝盛はどこか」と常にその姿を探し、側近くに置いていたというのに……。

実朝は春の風に吹かれながら言った。

「私は、言の葉で世を治める将軍になりたい」

「言の葉で」

「うん。言の葉の力は、武の力より無限だ。言の葉があれば、何だってできる」

「………」

「おかしいか、武家の棟梁が」

実朝は真剣に信子を見つめ、じっと信子の言葉を待っていた。信子はしっかりと答えた。

「いいえ、おかしいとは思いません。……それが実朝様には本当によく似合います」

花びらが信子の黒髪にひらりと舞い落ちた。実朝がそっと手を伸ばし、その花びらを取った。実朝は花びらを掌に載せたまま、古歌を口ずさんだ。

「空蟬《うつせみ》の世にも似たるか花桜」

信子は合点して、下の句を続ける。

「咲くと見しまにかつ散りにけり」

古今和歌集、読み人知らずの古歌だった。実朝は、打てば響くように答える信子を心底愛おしそうに見つめた。そうして、その古歌から実朝は歌を紡ぎ出すと、朗々と歌い上げた。

うつせみの　世は夢なれや　桜花　咲きては散りぬ　あはれいつまで
（この世は目覚めれば消えてしまう夢みたいなものだから、桜の花も咲いてはすぐに散ってしまうのだ。ああ、この世に生きる私の身もいつか夢のように消えるのか）

「……なんだか、儚い歌ですね」

信子は、その歌にほんの少し不安を覚えた。

「うん、夢だからな。人の夢と書いて儚い、だ」

「…………」

「皆、夢のようなことを、と笑って言う。だが、夢を見て何が悪いと思う。夢を見ている間は、何者にも縛られることはない」

実朝がそう言った瞬間、風が吹いて花びらが舞い上がった。夢の景色のように目の前が淡い薄紅色に霞んだ。その風と共に実朝が消えてしまうような気がして、信子は実朝の腕にしがみついた。

「みだい？」

信子は祈るような気持ちで言った。

「私の夢は、あなた様といつまでも一緒にいることです」

「………」

「だから、儚いなんて、言わないでください」

「……うん」

実朝は春の青い空を見上げ……不意に泣きそうな声で言った。

「みだい」

信子は首を傾げて実朝を見上げる。

「公暁を呼び戻そうと思う」

「公暁殿を……？」

善哉が出家して公暁となり、近江国の園城寺に修行へ出たのはもう六年前になる。

「母上が会いたいと言うのだ」

「義母上様が」

「孫に会いたいのだと言う」

「……そうですか」

言いようのない寂しさに信子は腕の力を緩めた。それを、今度は実朝が引き寄せ、信子の手を強く握りしめる。

「……すまぬ」

「どうして謝るのですか？」

信子は笑顔を作ったが、その声は自分でもわかるくらいに哀しそうだった。実朝も、泣き笑いのような顔をしていた。そんな二人を包むように、花びらが舞っていた。

桜花の下を逍遥《しょうよう》する二人の姿を、遠くから泰時は水瀬と並んで見ていた。若草色の直衣に桜襲の袿姿の二人は微笑ましいほど絵になった。

泰時は視線を二人に向けたまま、水瀬に声をかけた。

「実朝様は、御台様と何を語らっているのだろう」

「さあ……お二人の心の内はお二人にしかわかりません」

いつまでたっても少年と少女のように仲睦まじい二人の姿に、水瀬も他の側仕えの者も、皆、一様に同じことを思っていただろう。

〈こんなに仲がよろしいのに〉

決して口には出さないが、同じことを心の底では思っていた。

〈どうして、御子ができないのでしょう〉

決して口には出さないが、皆がそう思っていることはきっと実朝も信子も知っているのだろう。

「もしも、あのお二人に御子がいたならば……」

泰時が言いかけた言葉を、水瀬はすげなく遮った。

「生きていく上で、もしも、はございません」

「………」

「もしも、を考えてしまえば、今が見えなくなります」

「今……」

「今を見て、先を見る。『時』は戻らないし、止まらない。そうでしょう、泰時殿」

水瀬は少し照れたように、微笑んで泰時を見た。

「言葉遊びをしてみました」

水瀬の笑顔を初めて見たような気がして、泰時は水瀬の顔を真剣に見つめた。頰にできた小さなえくぼ、やはりその輪郭はどことなく似ていると思った。水瀬がいつも見つめる先にいる人の輪郭に……。御台所婚儀の日に、初めて水瀬を見た時にもそう思った。その時感じた気持ちは、今も変わらない。

(美しく、寂しい人だ)

だが、泰時はその気持ちを言葉に表すことはしなかった。

◇

その数日後、泰時は義時とともに実朝の供として由比ヶ浜の宋船建造現場を訪れた。御所から馬に乗り、現場に行くと陳和卿が迎え出た。

「実朝様、御足労頂きまして」

「うん」

実朝の返事に、義時は苦虫を嚙み潰したような顔をした。そんな父の姿を泰時は黙って見ていた。

眼前に広がる由比ヶ浜では、木製の足場に囲まれた建造中の宋船がほぼ完成形となっていた。その堂々たる姿に実朝は満足気に笑い、和卿に問う。

「あとどのくらいでできる」

「あとひと月もせぬうちに進水できましょう」

「そうか、それは楽しみだ。な、義時」

話を振られ、義時はますます苦々しい表情をする。この渡宋計画が現実味を帯びてきていることに、言いようのない危うさを感じていることは、その表情からも容易にわかる。そういう義時に構わず、実朝は和卿に尋ねた。

「もう少し近くで見てもよいか」

「それはもうぜひ。足元にお気をつけ下さいませ」

和卿は恭しく実朝を船の近くまで案内する。嬉々として和卿について行くその後ろ姿を見ながら、義時は唸るように泰時に言った。

「本当に、実朝様は宋へ行く気なのだろうか」

「幼い頃は、父上は実朝様の願いを何でも聞き入れていたではないですか」

「なに？」

「ほら、いつでしたか、実朝様が鷹匠《たかじょう》に興味を持たれ『鷹匠の技が見たいと思うのだがそれは子供の我儘《わがまま》であろうか』と父上に願い出た時、父上は二つ返事で鷹匠を御前に連れて来たこともありました」

純粋に自分のことを叔父として慕ってきていた少年の頃の実朝を思い浮かべたのだろうか、義時の鋭い目がほんの少しだけ寂しそうに揺らいだ。だがすぐに義時は元の表情に戻り、泰時を軽く睨みつけた。

「子供が『鷹匠が見たい』という我儘とは事の大きさが違う」

泰時は意に介することもなく、思い出したように言った。

「そういえば、宋船に乗せる御家人の名簿を見ましたよ」

泰時は試すように父の顔を見た。

「そこに、北条の名はありませんでした」

「……………」

「実朝様は、実に聡い御方です……色々と悟ったのでしょう」

「何を」

「色々ですよ」

「お前が、何を言っているのか皆目見当がつかんな」

そう言うと、義時は黙ってしまった。父の姿を見ながら、泰時は寂しく笑った。

実朝が書いた名簿の中には泰時の名もなかった。実朝の繊細な字で、和田朝盛の名がそっと記されているだけだった。それが、どうしようもなく切なかった。

（やはり、何をやっても、自分は北条の息子なのか）

「おおい」

宋船の甲板に上がり、こちらに手を振る実朝の声に、義時と泰時は目を向けた。

「おおい、ここは遠くまで見えるぞ」

手を振る実朝の表情ははっきりとは見てとれない。だが、泰時には、その表情は満面の笑みに見えた。その笑顔は実朝の内に秘めた痛々しいほどの翳を隠すための鎧なのだ。大鎧を着けて戦に出たことのない将軍は、笑顔という心の鎧をずっと纏いながら生きてきたのだ。

「おおい、義時……」

実朝は手を振り続ける。義時は顔をしかめ叫び返す。

「そろそろお戻りくださいませ！」

実朝はなおも手を振り続ける。

「おおい、泰時……」

泰時は真面目に頭を下げ「将軍」への敬意を表した。

北条家の大切な「将軍」に。


実朝は二人に手を振り終えると、笑いながら鎌倉の海を見渡した。

「ああ遠くまで見えるな……ほんとうに遠くまで」

春の海と霞んだ空はどこまでもあおく、遥かに遠いその水平線は朧げで、どこからが海でどこからが空なのかわからないくらいだった。

「空か海か、うみかそらか……」

実朝は口ずさむように歌った。

空や海　うみやそらとも　えぞ分かぬ　霞も波も　立ち満ちにつつ
(空なのだろうか海なのだろうか、蒼い海と青い空はどこからわかれているのだろうか。霞も波

も立ち込めたこの景色はどこまでもあおいのか）

決して混ざり合うことのない海と空が春の霞に包まれて、一つの「あお」になっている。その、遠くのあおい場所は、この船に乗って向かう夢の場所……。

隣で和卿は微笑んだ。

「美しい歌ですな」

「うん……言の葉は、美しい」

実朝は笑って言ったつもりなのに、泣きそうな声になってしまったのを、自分でもどうしてだろう、と思った。

◇

その一カ月後、ついに由比ヶ浜の宋船が完成した。

進水式が執り行われることとなり、実朝は浜に桟敷を設け観覧した。その隣には義時がいて、宋船を睨みつけるようにしていた。

人夫、百人を動員して浜から沖へ宋船を引いたが、船はびくともせず初夏の陽射しの中、長い間船を引いては押し、押しては引いてなんとか海へ浮かばせようと悪戦苦闘が続いた。

人のざわめきと、船が軋《きし》む音と、どちらが先だったか。

何とも言えない不気味な木の歪む音が響いて、船を引いていた者たちが一斉に叫んで逃げ出した途端、実朝は見た。

船が大きく傾き、鈍い音を立てて由比ヶ浜に崩れ落ちていくのを。

割れた木片が、蒼い海に散らばっていく……。
実朝はその光景に、立ち上がった。
「ああ、あれは……」
実朝は、独り言のように呟いた。
白玉の飛沫《しぶき》を上げる波が崩れ落ちる船に当たって砕け、美しい光を散らしていく。
割れて、
裂けて、
砕けて、
散っていく……。

(ああ、あれは……私か？)


実朝の夢は儚く波間に砕け散った。

「実朝様」

目の前での宋船崩壊に茫然としていた実朝は、義時の声で我に返った。義時が険しい顔で窺うように実朝を見ている。

「残念にございましたな」

その声色は、言葉ほどに惜しんではいなかった。むしろ安堵するような義時の表情に、実朝は曖昧に頷いた。

「……うん」

わらわらと、周りを囲んでいた御家人や人夫たちが無残に崩れ落ちた船に駆け寄っている。幸い下敷きになった者はいなかったようで、緊迫した空気が和らぐと同時に、今までの働きが徒労に終わったことへの脱力感へと空気は変わっていった。

建造の指揮を執っていた陳和卿が頭を抱えて、目の前の出来事に立ち尽くしていた。

「和卿を咎めますか」

「いや、よい」

あっさりと和卿を許した実朝に義時はやや拍子抜けしたように、「それでよいのですか」と問いを重ねたが、実朝は笑った。

「そういうことだったのだ」

「は？」

「夢は夢のままにしておけばよかったのだ」


由比ヶ浜で宋船が崩れ落ちた後、鎌倉に公暁が呼び戻された。公暁は政子の命により、鶴岡八幡宮の神宮寺別当になった。

公暁が御所で実朝、政子と対面する場に義時は泰時を伴い同席した。義時は、公暁の姿を見てぞっとした。

あまりにも、頼家に似ていた。

その、えらの張った顔に勝気な目……それは北条の顔つきだった。途端、頼家の首の骨を折った時の乾いた感触がよみがえる。

(北条の血を濃く引いた将軍は、北条の手によって殺された)

皮肉なくらいよく似ていた。

一方、政子は心底喜んだような声を上げた。

「まあまあ、こんなに立派になって」

十八歳となってすっかり大人の体格になった孫との再会に、政子は公暁の手を取っては「大きくなった、鎌倉を出た時はこんなに小さかった」と嬉々としていた。

その時、実朝がさらりと言った。

「北条の顔立ちだ」

場が、一瞬にして凍りつく。公暁は実朝を睨みつけた。

「私は、源氏の男子です」

その一言で、公暁が不快になっていることはすぐにわかった。政子は場の緊張を和らげるように、やけに鷹揚《おうよう》に言った。

「亡き頼家殿にとてもよく似ていますよ」

険しかった公暁の顔がほころんだ。その笑顔に政子は嬉しそうに続ける。

「頼家殿は、弓馬に優れ、実に将軍らしい御方でした」

公暁は、素直に尋ねた。

「どうして、父上は亡くなったのでしょう」

その言葉に、政子の表情が引きつる。公暁は実朝に問うた。

「叔父上は、ご存知ですか」

敢えて叔父上と呼んだ公暁に実朝は動揺しなかった。

「うん……知っている」

義時は実朝が何と答えるか、背中に一気に冷や汗が出て、きりりと胃が痛んだ。実朝が口を開こうとした瞬間、ずっと義時の隣で黙っていた泰時が声を発した。

「病で、お亡くなりになったのです」

それ以外に答えがありますか？　とでもいうようなはっきりとした口調だった。公暁は泰時の顔をじっと見た後、言った。

「それで、叔父上が将軍職を継がれたと」

「さようにございます」

恭しく、泰時は頭を下げた。実朝は肯定も否定もせず、黙っていた。

「そうそう、お前の妹の竹姫とも会って行くといい」

政子はやけに明るく言った。

「御台所の猶子としたのです。御台所のもとに今日は来ているでしょう」

政子が、この場から公暁を引き離すかのように、御台所の部屋へと公暁を誘《いざな》った。

義時は公暁の姿が見えなくなると、ふっと息をつき、体の緊張が一気に解けるのを感じた。実朝は沈黙したまま公暁の座っていた場所を見つめている。そんな実朝を見やりながら義時は思った。

泰時が頼家の死因を言わなければ、実朝は何と答えていたのだろう、と。

公暁が政子について御台所の部屋へ行くと、部屋には床いっぱいに由比ヶ浜で拾った貝が広がっていた。

その貝殻に囲まれて、御台所信子と妹の竹姫が「これが綺麗」「この形は珍しい」などと談笑していた。久しぶりに見た妹の成長した姿にも驚いたが、それよりも、その妹の向かいで、少女のように貝殻を愛でる信子の姿に公暁は戸惑っていた。「上皇の従妹で義妹の将軍御台所」という認識とはかけ離れた可憐な姿だった。

「まあ、にぎやかなこと」

政子は上機嫌で床に広げた貝殻を見渡した。信子は微笑んで言った。

「まるで由比ヶ浜がここに現れたようでございましょう?」

「ええ、そうですね」

竹姫が薄紫色の小さな貝を政子に見せる。

「おばあ様、私はこれが好きです」

「綺麗な色ね」

「養母上《ははうえ》様と拾って来たのです」

「そう」

信子と竹姫は打ち解けて姉妹のような親子のような友のような、何とも言えない仲を築いているようだ。そんな二人の姿に、政子は満足そうに頷いている。

「そちらの御坊様は？」

信子が僧形の公暁の姿に気づいた様子で声をかけてきた。政子が公暁に前に出るように促し、公暁は信子の前に坐して礼をした。

「公暁にございます」

公暁は信子のことを改めて間近に見ながら、年上ながら「可愛らしい」という言葉がしっくりくるな、などと思った。目が合うと、信子はにっこりと微笑んだ。公暁はその純真さが溢れるような笑顔にどきりとして、慌てて目をそらし取り繕うように部屋を見回した。

「この部屋は京の都がそのまま移ってきたかのようなしつらえで、感心いたします」

「実朝様が、都から色々と取り寄せたのですよ。この屏風も京の職人にわざわざ描かせて」

信子が指し示した吉野《よしの》の深山《みやま》が描かれている優雅な屏風絵よりも、公暁は屏風を見つめる信子の横顔の方が気になってしまう。

ふと、この部屋を訪れる実朝の姿を想像した。

鎌倉には不似合いの公家風の調度品が並ぶ部屋に、雛人形のようにおっとりと構える御台所……いかにも優男《やさおとこ》な実朝にお似合いの部屋と御台所だろう。屏風絵をうっとりと見上げる信子の表情が、そのまま実朝をうっとりと見上げる姿に重なって、一瞬、公暁の体に熱に浮かされるような感覚が走った。それを周囲に気取られぬよう、公暁は脳裏に浮かんだ二人の姿を打ち消そうと頭を小さく振った。

◇

その夜、公暁は寝付けなかった。

瞼《まぶた》の裏に広がる暗闇は、昼間に見た御台所の黒髪の色に重なった。その黒髪を掻き上げる実朝の姿を想像して、またあの浮遊感に襲われた。その浮遊感は全身を走り抜け、手先や足先、体のあらゆる先を痺れさせた。それを打ち払うように公暁はかっと目を開けると寝床から飛び起きた。

高鳴る鼓動を押さえつけようと、僧坊を出ると夜の闇に沈んだ鶴岡八幡宮の境内を歩いた。夜気に当てられて、だんだん鼓動は落ち着いていくのに、心の熱はしつこくまとわりついて離れなかった。

自分が園城寺で、厳しい年上の僧侶たちに囲まれて辛い修行をしている間、実朝はこの鎌倉で美しい調度品に囲まれて、あの可憐な御台所を掻き抱いていたのだろうか……。

「くそっ」

公暁はとめどもなく浮かんでは消える妄念に向かって唾を吐くと、ぎりぎりと歯ぎしりをした。

その翌年、政子は時房を伴い、熊野詣と称し都へ入った。都で政子は、上皇の親王を鎌倉に迎えるための交渉をし、信子の姉、坊門局の産んだ親王を鎌倉へ迎える話を取り付けた。

いよいよ親王将軍を迎えることが濃厚になり、その影響かこの年、実朝は権大納言から左近衛大《さこんえのだい》将《しょう》、内大臣と一年の内に一気に官位を上げていく。

そんな中、阿波局がいつものように信子の部屋へやって来て、実朝の昇進を喜ぶ話をしている時だった。水瀬は阿波局の発言に唖然とした。

「まるで官打《かんう》ちのようですね」

阿波局が悪気もなく言うのを、さすがの信子も穏やかではない眼差しで睨みつけた。官打ちとは、本人の身分に不釣り合いなほど高い官位を与えることで相手を呪う行為である。

「お黙り！」

信子とは思えぬきつい口調でぴしゃりと言われ、阿波局は一瞬あっけにとられたように、ぽかんと口を開けていたがすぐにいつものように笑いながら言い返した。

「まあ、その言い方、まるで尼御台様ですわ」

「………」

「ようやく、御台所としての風格が出てきましたか」

阿波局の皮肉めいた言葉を、信子は黙殺した。もう、相手にするのも嫌だというように顔をそむける信子の代わりに、水瀬は苦言を呈した。

「阿波局様、お言葉が過ぎるかと」

阿波局は「そうですか」とさして気にすることもなく続けた。

「そういえば、公暁様のこと、ご存知ですか？」

信子は阿波局を一瞥して問い返した。

「公暁殿がどうしたと？」

「宿願と称して、鶴岡の神宮寺で千日参籠《さんろう》をしているとか」

「宿願？」

信子は怪訝な顔をした。

「一心不乱に何かを祈り剃髪することもないとか」

「………」

「いったい何を祈禱しているのでしょうね」

阿波局の明るい声に、信子は不快そうに顔をしかめた。その話を信子の傍らで聞いていた水瀬は、言い知れぬ不安を感じて、そっと御所を抜け出すと泰時の邸へ行った。

◇

水瀬の突然の来訪に、泰時は驚いた様子だったがすぐに部屋に通してくれた。

「御台様の使いとして来たのではありません」

水瀬の思い詰めた言い方に泰時は真剣な表情で向き合った。水瀬は周囲に誰もいないことを目で確認すると、泰時ににじり寄った。あまりに近い距離に泰時は勝手に頰を赤らめた。

「勘違いなさらないでください」

鋭く睨みつけて水瀬が言うと、泰時は苦笑いをした。改めて二人は向き合う。

「公暁様のことです」

「公暁様？」

「千日参籠されていることはご存知ですか」

「ああ」

「その宿願とは何なのかはご存知ですか」

「それは、誰も知らぬ」

「私は胸騒ぎがするのです。その宿願が……」

泰時はそれ以上は言わない方がいいというように、水瀬の唇にそっと指を当てた。水瀬は泰時の思いがけない行動に驚いて飛びのいた。耳まで真っ赤になっているのが自分でもわかるくらい、体がかっと熱くなった。動揺した水瀬とは対照的に泰時は落ち着いて水瀬の顔をじっくりと見つめている。

「やはり、美しい人だ」

「な、なんてことを」

あまりの大胆な発言に水瀬が怒ったように言い返すと、泰時はぽつりと言った。

「やっと、思うがままを言葉にできた気がする」

水瀬はどう答えていいかわからず、顔をそむけた。泰時に聞こえてしまうのではないかと思うくらい、心の臓が強く脈打ち水瀬はそれを隠すように胸に手を当てた。

泰時は何事もなかったかのように話題を戻した。

「水瀬殿は、その話をどこで？」

「……阿波局から」

水瀬はその名を口にすると、阿波局の不快な言葉を思い起こし、胸の高鳴る感覚が一気に消え失せた。

〈まるで官打ちのようですね〉

（あの阿波局という人は、どうして言わなくてもいいことを、言わなくてもいい相手にわざわざ言うのだろうか）

屈託なく笑って本当のことを言う。それはある種の毒だ。相手の心に染み入り、決して消えないで残る毒だ。

「阿波局はいったい何者なのですか」

思わず、水瀬はきつく言った。泰時は静かな笑みを浮かべた。

「実朝様の乳母」

「それは、知っています」

「尼御台所の妹」

からかっているのか、と水瀬は泰時を睨んだ。

「あの方は、実朝様の昇進を御台様の前で『官打ち』と言ったのです。今までもあの方の言葉に御台様がどれだけ心を痛めたか」

憤る水瀬とは対照的に、泰時は淡々と言った。

「まあ、憐れんでやってくれ」

「憐れむ？」

「乳母ということは、子がいた。夫もいた」

「……？」

「あの女人は、その二つを共に失ったのだ」

「失う……」

「阿波局の夫は、あるかないかの謀反の罪で死んだ。乳母夫として実朝様の後見をしていた阿野全成は、実朝様将軍擁立の動きを警戒した頼家様の一派に粛清されたのだ。その子も、男子であったがゆえに殺された」

「………」

その時、水瀬の脳裏に浮かんだのは、泣き喚く赤子をぼんやりとした笑みを浮かべながら抱く阿波局の姿だった。

阿波局はゆっくりと胸元をはだけると、泣きやまぬ赤子に豊満な乳房を寄せた。赤子は今まで泣いていたのが嘘のように、頰に乳房が触れた瞬間、ぱくりとその乳首を咥《くわ》えた。懸命に乳を吸う赤子の柔らかな頰に一筋の涙が伝うのを、阿波局はぼんやりと笑い見つめている。その豊満な乳房から迸るのは……愛情という名の毒だ。それは、夫と我が子の死の要因となる、無垢な子に注がれる歪んだ愛。阿波局の明るい声の裏にある翳は、底知れぬほど暗い。その暗い翳を吸い取り、実朝は育ったというのか。

水瀬は、ごくりと唾を飲み込む。いつの間にか喉がひどく渇いていて痛んだ。

「とにかく……公暁様の言動には気をつけて頂きたいのです」

「それを、なぜ私に頼む？」

「あなただから頼むのです」

「私は、北条の息子だが」

「でも、あなたは他の北条の方々とは違う。御台様のお側にいて、あなたをずっと見ていたから、私にはそれがよくわかっています」

泰時は水瀬の言葉に微笑した。

「何よりの褒め言葉、だな」

水瀬はいつものようにそっけなく答えた。

「褒めたつもりはありませんが、そう思ったのならばそうなのでしょう」

水瀬はそれ以上を泰時に求めることはなかった。だが、水瀬はそれでよかった。なぜなら、泰時も同じ気持ちなのだということはわかっているから。自分によく似た、真面目で口数の少ない泰時のことを、水瀬はずっと見てきたのだから。

公暁は一心不乱に祈っていた。鶴岡八幡宮の八幡大菩薩像の前に跪き、己の妄念を払うようにただひたすら祈った。祈りながら、思い浮かぶのは園城寺でのつらい日々だった。

◇

園城寺の師は厳格な老僧だった。

「源氏の御曹司だからといって、修行に容赦はせぬぞ」

華美な生活はもちろんのこと、好んでいた武芸からも切り離され、冷たい本堂の床に大人しく坐し御仏に祈りを捧げる日々。由比ヶ浜で馬を走らせ、お気に入りの家人を引き連れて矢を放って遊んでいた日々とは正反対の生活は、苦痛以外の何物でもなかった。

師の言葉通り、他の修行僧と同じように勤行《ごんぎょう》や奉仕をさせられた。どこまでも続く廊の雑巾がけをする手は冷たい井戸水ですぐに皹《あかぎれ》だらけになった。大勢の修行僧の食事を用意するため、竈《かまど》の煙に顔を煤《すす》だらけにしながら慣れない作業に手間取っていると、厳しい兄弟子に「もたもたするな」と叱責された。広大な境内では、掃いても掃いても散りやまぬ落ち葉に癇癪を起こして箒《ほうき》を石段に叩きつけた。

「どうして俺が！」

箒を叩きつけたところを、通りかかった兄弟子が見咎めた。

「何をしている」

罰として暗い蔵の中に閉じ込められた。その冷たい暗闇が恐ろしくて、ただひたすら兄弟子に謝った。

「お許しください！」

蔵の重い扉を叩きながら、公暁は泣き喚いた。

将軍頼家の子として、源頼朝と政子の孫として何不自由なく、周囲にかしずかれ大切に養育されてきた。源氏の男子としての尊厳をことごとく踏みにじられるような屈辱的な日々。今もこうして、自分よりも出自の劣る兄弟子に泣きながら許しを乞うている。

思い出すのは、鎌倉の雄大な海と、優しい祖母政子の顔、そして己を園城寺へ追いやった叔父の蒼白い顔……。いつしか叩いているのは蔵の扉ではなく、叔父の薄い胸板になっていた。

「わあああっ！」

言葉にならない喚き声を上げたその時、扉が開いた。入って来たのは蔵に閉じ込めた兄弟子だった。

「黙れ！」

公暁は口を塞がれた。それと同時に公暁は床の上に押し倒された。兄弟子の無骨な手が公暁の胸元にするりと入り込む。

「……！」

湿った手が全身を這いまわり、次第に何をされるのかを察した公暁は必死にもがき抵抗した。だが、十二歳の少年の公暁の体は、大人の兄弟子に容易に組み伏せられ嬲《なぶ》られるがまま体を撫でまわされた。

「狙《ねろ》うていたのだ、お前が園城寺《こ　こ》に来てからずっとな」

兄弟子の熱い吐息に公暁は目の前が眩《くら》んで、吐き気すら催した。恐ろしさと嫌悪で全身が硬直し肌は粟立つ。

「あきらめろ、新入りは必ず通る道だ。ははは、おまけに源氏の御曹司だという貴種のお前に手を出さん奴がいるか」

心と体を貫く痛みと屈辱に、公暁は唇を嚙みしめてただひたすら耐えることしかできなかった。

霜の降りる寒い朝、狂ったように凍てつく井戸水を何度も何度も体に打ち掛けた。穢《けが》れた己の身を清めんがために……。事の成り行きを察した師の老僧は、公暁のもとへ来て冷えきった公暁の体にそっと衣を掛けた。

「俺は、源氏の男子だ」

震えながら、公暁はそう言った。

「俺は……俺は、こんなところにいる人間じゃない。本当なら将軍にだってなれる……源氏の男子だ！」

「もう戻ることはできぬ」

公暁は師の皺の深く刻まれた顔を睨みつけた。師は動じることなく、淡々と言った。

「己を貶《おとし》めるか否かを決めるは、己自身じゃ。口惜しければただ祈れ。御仏に一心に仕えよ。そうして、いつか、その屈辱を打ち消すほどの御仁になればよいのじゃ」

（勝手なことを……！）

公暁は叫びたくなる心を抱えて、駆け出した。

あてもなく駆け続けた。園城寺の境内を駆け抜け、息が切れるまで走った先にあったのは、朝の陽に静かに波打つ近江の水海《みずうみ》だった。水海に向かって公暁は叫んだ。

「どいつもこいつも、勝手だ！」

目の前にある、静かなさざ波は、海の匂いがしなかった。

そのことに、公暁は泣いた。

ひとしきり泣いた後、公暁はとぼとぼと園城寺に戻った。戻るところはそこしかなかった。それから、公暁はひたすら修行に没頭した。兄弟子に嬲られる屈辱もひたすらに耐えた。

——ただ、ひたすらに——

立派な僧侶となって、鎌倉に戻ることを夢に抱いて。

◇

（それなのに……）

鶴岡八幡宮で一心不乱に祈る、公暁の数珠《じゅず》がはじけた。公暁はそのまま堂の床を拳で叩いた。

「くそっ」

自分にできることは、鎌倉の平安と源氏の繁栄を祈ることだと言い聞かせ、立派な僧侶になろうと御仏にすがるように祈ってきた。それなのに、打ち消しても打ち消しても、瞼の裏にはあの黒髪が残像のようにまとわりついて離れない。屛風絵をうっとりと見上げる可憐な横顔が、そのまま蒼白い叔父をうっとりと見上げる姿に重なって、そうして、その黒髪を掻き上げるのは……。

自分の手が黒髪に触れる感触を想像して、あの熱い浮遊感が体を走った。手から足先から浮遊する感覚が妙に心地よく、痺れるように絡みついて離れない。その痺れに身を任せたまま、弾け散った数珠玉を掻き寄せようとして腰を浮かせた瞬間、公暁の体から生温かいものが勢いよく溢れ出た。

「あ……」

己の身に起きたことが、一瞬信じられなかった。

（まさか……御仏の前で！）

己の身に起きたことがあまりにも情けなくて、公暁はわなわなと震えながら床に崩れた。

そのまま呆《ほう》けたように床に散らばる数珠玉を見た。次第に、羞恥と哀しさと怒りとみじめさが沸々と湧き上がり、とめどもない感情に公暁は涎《よだれ》を垂らして泣いた。嗚咽しながら見上げた八幡大菩薩の顔は冷ややかに公暁を見下ろしていた。その視線に公暁の体は一気に冷たくなっていく。床に散らばる数珠玉が、公暁には、自分の中で崩壊していく何かと重なった。

（自分が決して手に入れることのできないものを、全てあの叔父は手にしているのか……）

「父上が生きていたら……」

きっと、園城寺へ行っていたのは、そうして今ここで情けない姿を御仏の前に晒しているのは、きっと……あの蒼白い優男の方だ！

その時、どこからか声がした。

「父は、不幸な死に方をしたのだ」

はっとして公暁は辺りを見回したが、閉め切った暗い堂の中には誰もいなかった。気のせいか、と思った時、再び声がした。

「父は病で死んだのではない」

「誰だ！」

公暁は暗闇に向かって叫んだ。だが、堂の中にこだまするのは、己の吠えるような声だけだった。ぞっとして、ごくりと唾を飲み込んだ時、その声が公暁の耳にはっきりと響いた。

「将軍の座を追われ殺されたのだ」

その声は、堂の中に妙に反響して男か女かもはっきりわからない。若い張りのある声のような気もするが、齢を重ねた声にも思える。だが、そんなことは公暁はどうでもよかった。声の主が誰なのかということよりも、その「事実」に公暁は体が硬直する感覚に陥る。

「……誰に？」

獣が唸る声のように堂の中に発した公暁の問いに、答えは返ってこなかった。

（御仏の声……か、それとも、死んだ父上？　……いいや、それとも……？）


公暁の目が炯々《けいけい》と光り始めるのを見ながら、義時はそっと堂を離れた。

振り返ったところで、境内の木陰に立つ人の姿にどきりとした。

「泰時……」

「父上は、ここで何をしているのですか」

淡々と問う息子に、義時は何も答えず歩を進めた。その後ろを泰時はついて来る。背後の沈黙が、静かな憤りであることを義時は感じていた。

鶴岡八幡宮の楼門を出たところで、義時はおもむろに振り返った。

「お前こそ、なぜあそこにいた」

昼下がりの若宮大路は、行き交う人々の喧騒で互いの声が周囲の者に聞き取られることはなかった。

「私は、ある人から公暁様のことを聞いたので、様子を窺いに」

「ある人？」

訝しげに問う義時に、今度は泰時が何も答えなかった。その表情から教える意志がないことを悟り、それ以上は訊かなかった。

「公暁様は、もはや正気を失っているようでしたが？」

泰時は感じたままを言った。

「頼家様を手にかけた者が誰であるかを知ったら、公暁様はどうするでしょうか」

義時は「何が言いたい」と泰時を睨んだ。

頼家の死の真相を公暁が知るのは時間の問題だろう。そうなれば、公暁はそれを許しはしまい。曖昧な笑みを浮かべて「うん」とは決して言わないだろう。なぜなら、公暁はあんなにも頼家によく似た、勝気な目をしているのだから。……そう、政子によく似た、勝気な目を。

「だから、公暁様の歪んだ狂気を、父上は煽《あお》ったのですか」

「あれは私ではない。公暁様は幻聴に惑わされているのだ」

「だとしたら、それは、見殺しにするのと同じです。見て見ぬふりをして、自分の身を守ろうとしているだけだ！」

泰時は「誰を」見殺しにするのかを言わなかった。義時はいつになく感情を露わに語気を強める息子の顔をまじまじと見ながら言った。

「お前は一つ思い違いをしている」

「思い違い？」

「私が保身のために、この手を汚したことは、一度もない」

「なにを……」

泰時の顔が歪んだ。義時は掌をじっと見た。

「私がこの手を汚す時は、この鎌倉のためだ。姉上が頼朝様から託されたこの鎌倉のためならば、この手はいくらでも汚してやろう。それが、北条の男としての生き方だ」

「……！」

「お前も、北条の男ならば、それがわかるだろう」

泰時は首を振りながら、声を震わせた。

「わかるものか……私は、私は、あの御方のことが……好きなのです！」

それはまるで、己を待ち受ける道に懸命に抗おうとする、悲壮な心の叫びだった。

「北条が見限られていてもか？」

「北条は北条、私は私です」

「誰もそうは思わない」

「いいえ、見ている人は、見てくれています」

それは義時に対して言うというよりは、自分に言い聞かせているかのようだった。だが、その声も、若宮大路の喧騒にかき消されていった……。

十

年が明けてから、鎌倉は雪のちらつく寒い日が続いた。

信子は御所で、兄の坊門忠信と久しぶりに再会していた。

「右大臣ご昇進のこと、心よりお喜び申し上げます」

忠信が恭しく平伏する先には、信子の隣で満足そうに頷く実朝の姿があった。

実朝は前年の暮れについに右大臣に昇進した。武家の出身である者が右大臣になるということは異例の出来事であった。それは、実朝の後嗣に親王将軍を迎えるための昇進であることはもはや周知の事実だった。それを示すかのように、上皇から祝儀として檳榔毛《びろうげ》の車や、豪華絢爛《けんらん》な調度品や布などの品々が贈られ、鶴岡八幡宮で行われる右大臣拝賀の儀に参列するために、前日には都から公卿らが鎌倉へ下向した。今や権大納言となった忠信も、その中の一人としてやって来たのだった。

「都よりの長い旅路、苦労であった」

実朝は、忠信にねぎらいの言葉をかけた。

「御台所様におかれましても、鎌倉でつつがなくお過ごしの御様子にて、安心いたしました」

「兄上様、そのような堅苦しい言葉はよして」

信子は兄の品よく整った顔を改めて見る。

(相変わらず、兄上様は人がいい)

心の底から妹が鎌倉で「つつがなく」お過ごしだと思っている、そんな暢気な兄の顔を信子は冷ややかに見た。

「いやいや、妹とはいえ、今や、右大臣の奥方」

「忠信殿、そう堅苦しくならず」

実朝は笑いながら、忠信に酒を勧めた。忠信は「では一献《いっこん》」と杯を交わす。水瀬ら、都からつき従った女房たちも交え、しばしの間、酒を飲み、鎌倉の海で捕れた新鮮な海の幸を食べ、最近の都の様子や縁者の近況を語り合うなど、身内だけの酒宴を楽しんだ。

しばらくして、実朝は「兄、妹、何かと水入らずで語り合いたいこともあろう」と、先に退出した。信子はそんな実朝の気遣いに心が温まる。

実朝がいなくなるのを見届けると、忠信は途端に昔のような口調になった。

「いい男に嫁いだのだなあ」

「…………」

「お前が鎌倉へ下った時、まさか右大臣の奥方にまでなるとは思わなかったぞ」

「あら、それは私もです」

信子は冗談めかして笑った。忠信は潤んだ目で妹を見た。

「……それにしても、美しくなったものよ」

「え？」

「お前のことだ。鎌倉に下ってから十五年か……妹でなければ、惚れていたところだ」

「まあ、少しお酒が過ぎましたかしら」

信子は軽く窘めるように言った。確かに、忠信は酒が過ぎたのか顔も火照り、多少呂律《ろれつ》も怪しい。

「お前に久々に会えて嬉しいのさ」

忠信は杯に残った酒を一気に飲み干すと、信子の肩を抱いた。驚いて信子が忠信の顔を見ると、兄の顔からいつもの暢気さが消えていた。

「父上はずっとお前のことを心配していた」

「…………」

鎌倉将軍家との縁談に、姫君を一人差し出さねばならぬとなった時、多くの公卿がためらう中、父、信清は自ら名乗りを上げた。

「父上は、死の間際まで、お前のことを言っていた。信子にはすまないことをしたと。東国の武家など……」

「兄上様、お酒が過ぎますわ」

信子は、これ以上は、と制するように兄をそっと押しのけた。

二人はしばらくの間、沈黙した。

静けさの中に、微かな気配を感じて外を見やると、雪がちらつき始めていた。

「冷えてきましたね」

信子は水瀬に命じて、蔀戸を下げさせた。水瀬は「かしこまりました」と立ち上がり蔀戸を下げるために廊へ出た。

水瀬は廊へ出てすぐに「あっ」と小さな声を上げた。

「どうしたの?」

信子は水瀬の方を見た。水瀬は慌てたように「何でもございません」と言って何事もなかったかのように蔀戸を下げ始めた。信子は水瀬の動揺を不思議に思ったが、さして気にはしなかった。

全ての蔀戸が下がると、部屋の中は薄闇に包まれた。信子の前に置いてある火桶の炭火の赤いゆらぎだけが、淡く闇を照らしていた。信子は火桶に手をかざしながら、その闇を照らす静かな焔を見つめていた。

「信子……」

忠信に呼ばれ信子が顔を上げると、忠信の問いが闇の中から聞こえた。

「鎌倉へ来て、幸せだったか？」

その問いに、信子はすぐには答えなかった。水瀬がほんの僅か、身じろぎをする気配がわかるくらい部屋は静寂だった。この場にいる全ての者が、静かに、だが、確かに、信子の答えを待っている。

それは、少しの沈黙だったのかもしれない。だが永遠に続く沈黙のようにすら感じられた。

じっと熾火《おきび》を見つめた後、信子は顔を上げ、その「答え」をはっきりと言った。

「この鎌倉で、実朝様の妻となれたこと、私は幸せに思います」

実朝は蔀戸の裏で、独り静かに目頭を押さえた。

その「答え」に、実朝は零れ落ちる涙を止めることができなかった。

部屋を出た後、そっと廊の柱にもたれて立っていたのだ。盗み聞きするつもりはなかった。ただ、自分がいなくなった途端に始まった兄と妹の率直な会話に、思わず足が止まってしまったのだった。蔀戸を下げようと廊へ出てきた水瀬はそれに気づいたが、実朝が素早く「しっ」と唇に指を立てて、声を上げそうになる水瀬を制した。水瀬に目で下がるように言うと、心得た水瀬は何事もなかったかのように取り繕ってくれた。

(ずっと、問いたかった……)

だが、その答えを聞くのが恐ろしくて、決して問えなかった。

――みだいは、鎌倉へ来て幸せか……?――

心の中で問いながら、ただただ、抱きしめることしかできなかった。

今、その答えを知って、実朝は嗚咽をこらえて空を見上げた。銀灰色の曇り空から、真っ白な雪が舞い落ちていく。

その時、実朝の心に思い浮かんだ言葉は、一つしかなかった。

(ありがとう、みだい……)

頬の痘痕が、純粋に信子を想う涙の雫で温かく濡れていくのを、実朝は感じていた。

◇

一晩中、しんしんと降った雪は、翌朝には鎌倉を白銀色に染め上げていた。日中も降ったりやんだりの空模様が続く中、夕方になりようやく雪がやんだ。

雲の切れ間から西陽が射し込んできた頃、御所では拝賀の儀のために右大臣の衣冠束帯姿になった実朝に、信子が嘆美の声を上げていた。

「ほんとうにお似合いです」

文官の右大臣の束帯には飾太刀を佩《は》くが、実朝は頼朝伝来の衛府《えふ》の太刀を腰に佩いている。

「右大臣に見えるか？」

実朝の律義な問いに、信子は頷き返す。

「ご立派な右大臣様の御姿にございます。……言の葉で世を治める将軍にあなた様はついにおなりになったのですね」

「うん」

実朝は、しっかりと頷いた。そうして、目の前の、信子の姿を見つめた。夢の場所へ行くための船は壊れてしまったけれど、夢を一緒に見てくれる人は、こうして、今、目の前にいる。もうそれだけで、十分だった。

庭には、実朝が永福寺から移植した、あの梅の花が咲き始めていた。

「まるで、梅も寿《ことほ》いでいるようですね」

二人は並んでほころび始めた梅の花を眺めた。

「みだい」

「……？」

信子は首を傾げる。その仕草が愛おしくてたまらなかった。

「戻ったら、二人で梅の花を愛でながら歌を詠もう。今宵は、忠信殿抜きで、心ゆくまでみだいと言の葉を紡ぎたい」

信子は笑顔で頷いた。その左頬のえくぼに実朝がそっと触れると、信子の頬はほころぶ梅の花びらのように薄紅色に染まった。

支度を終えた実朝が廊に出ると、大江広元が控えていた。広元は右大臣の束帯姿になった実朝を仰ぎ見た。その齢七十を過ぎた広元の両の目が涙で濡れていて、実朝は素直に驚いた。

「広元、どうした？」

広元は涙を拭うこともせず、声を震わせた。

「……私は今日という日に、涙を流さずにはいられません」

実朝は、広元が泣いているのを初めて見た。

「右大臣になって、泣かれるとは」

実朝は困惑しながらも優しく言った。

「広元、笑《わろ》うてくれ。その方が、私は嬉しい」

広元は嗚咽しつつ言った。

「実朝様に仕える心は、畏れ多くも、孫の成長を見守るようなものでした。ですが、このようなご立派な御姿になり『広元はどう思う？』ともうお尋ね下さらぬような気がして……」

「何を言うか。これからも、いくらでも言おう」

実朝は赤子の頃から知る、老臣の肩にそっと手を置いた。

「広元は、どう思う？」

広元はそれを聞いて余計に泣いた。周りの目を憚《はばか》ることなく嗚咽する広元は、もう何も答えられなかった。

◇

右大臣拝賀の儀の行列は、上皇より贈られた檳榔毛の牛車に実朝が乗り、京から下った忠信ら公卿や鎌倉の御家人、そして随兵ら千騎を従えた威風堂々たる姿だった。

行列が鶴岡八幡宮へ着く頃には空は暮れかかっていた。

実朝は、牛車を降りると雪の積もった参道に立った。厳粛な儀式の間は、武装した御家人や随兵らは楼門の外で控えることとなる。実朝は参列する公卿らと側近の義時だけを従えて、束帯姿の後ろに垂らす下襲の裾《きょ》を長々と引き摺《ず》りながら参道を厳《おご》かに歩んだ。

ふと、降り積もった雪が、紅く焔めいているような気がして実朝は立ち止まった。ゆっくりと見上げた空は雲の切れ間が紅に染まっていた。

「なんと美しい」

実朝が感嘆した時、後ろに従っていた義時が苦しげな声で言った。

「実朝様」

実朝が振り返ると、義時は険しい顔で胃のあたりを押さえている。

「先程より、みぞおちがひどく痛むのです」

「顔色がひどく悪いぞ」

「この寒さにやられたのでしょうか……」

義時は苦笑いするが、その顔は土気色で額には冷や汗のようなものが光っている。このまま本殿へ続く長い石段を上るのは酷であろうと、実朝は慮《おもんぱか》った。

「ならば、そなたは先に戻ってよいぞ」

「いやしかし、このような大切な儀。つき従わぬわけには……」

「下がってよい。寒さにやられるとは……いつの間にか歳をとったのだな、叔父上」

実朝を見つめる義時の鋭い目が、一瞬、泣きそうに歪んだ。

「このような次第となり、申し訳もござらぬ」

苦しそうに一礼する義時の声は心なしか震えているようにも思えた。

そうして、実朝は都から来た公卿らと神職だけを従えて、ゆっくりと本殿へ続く石段を上った。


実朝の発った御所で信子は、実朝が戻って来た時のために部屋を暖めておくよう水瀬に命じた。

廊に立ち、実朝の向かった鶴岡八幡宮の方を見やっていると、

「ずいぶん今日は冷え込んだこと」と、政子がやって来て、信子は黙礼した。

「ついに、あの子は右大臣になりました」

「ええ」

「こうしてみると、公家の娘を嫁にもらって良かったと思います」

「…………」

どう答えていいかわからず、信子が黙っていると、政子は告げた。

「あの子自らが、望んだことでした」

「自ら……？」

「ええ、最初は御家人の一人、足利家《あしかが》から姫をもらう話もあったのです。それなのにあの子は、はっきりと言ったのです……」

〈私は公家の妻がほしい〉

妻の家の比企家に取り込まれ非業の死を遂げた兄、頼家の姿を見ていたからなのか、公家の娘を娶り朝廷との関係を強化することまでをも考えていたのか。それとも、ただ単に公家のお姫様を妻にすることへの憧れがあったのか。

だが、信子はそんなことはどうでもよかった。

ただ、自分が、公家である自分が、実朝に望まれて、選ばれた存在だったという事実が、信子の胸に、静かに温かく、満ち満ちていくようだった。信子の心に、初めて実朝と出会った夜の言葉が、鮮やかによみがえる。

〈私は、そなたが鎌倉に来るのをずっと待っていたのだよ〉

(本当に、ずっと、待っていてくれたのだ)

信子は鶴岡八幡宮の方の空を見上げた。

見上げた空は、暮れかかる空に紅雲が漂っていた。夜の闇の中へ溶けゆく紅色が、あまりにも美しく儚く、その空の下に立つ実朝の姿が、目に浮かぶような気がした。この鎌倉で独り佇む実朝は、ずっと、待っていたのだ。

一緒に生きてくれる人を。

「あなたと語らう時の、あの子の穏やかな顔は、母として、女として、悔しいくらいに、いい表情をしていました。私にはあのような表情は一度も見せてくれませんでしたから」

そう言うと、政子は寂しそうに笑った。ふと、信子は小さく呟いた。

「……きぃん」

「何ですか、それは」

政子は不思議な言葉を聞いたように首を傾げた。信子はそれには答えず、政子を見つめて言った。

「義母上様。私は、嫁いですぐの頃、実朝様にこう言われたことがあります」

「……？」

「私を産んでくれた母を、嫌いになってくれるなよ、と」

政子は目を丸くした。

「……困ったこと」

「困る？」

政子は本当に困ったような表情をしていた。

「これから、あの子にどんな顔をして会ったらいいのかわからなくなってしまいました」

政子と信子は目が合うと、自然に微笑み合った。それは、母と娘が、初めて穏やかに笑みを交わした瞬間だったかもしれない。


やがて日は沈み、美しい紅雲も夜の闇に消えていった。

灯籠《とうろう》に火がともされ、鶴岡八幡宮の境内に夜が来た頃には、再び雪が舞い始めていた。

実朝は右大臣拝賀の儀を終え、神職の持つ松明《たいまつ》の火に導かれて本殿から出ると、長い石段を下りた。

石段を下りきると、実朝は暗い夜空を見上げた。舞い落ちる雪は、実朝の頬に触れては消えていく。

「ほう」

冷えた夜気に、己の吐息が白い幻影となって漂うのを見ながら、実朝は御所で待つ信子を思った。きっと今頃、信子は部屋を暖めて待っているだろう。こういう寒い夜は、実朝が風邪をひかぬようにと信子はいつもそうしてくれる。

（みだいと今宵はどんな言の葉を紡ごうか）

実朝が信子との約束を思い出しながら一人で微笑み、再び歩き始めた時だった。

少年のような高い叫び声がして、実朝は束帯の下襲の裾を踏みつけられた。刹那《せつな》、背中に鋭い痛みが走った。

「あ！」

斬られたのだ、と冷静にわかった自分がいた。突然の凶行に参列していた他の公卿たちは叫び慄き逃げまどうのみで、誰も実朝を助けようとはしなかった。実朝は逃げようにも裾を踏みつけられていて身動きができない。なんとか笏《しゃく》で二の太刀をかわそうとして実朝が振り返った時、白頭巾の男が太刀を振り下ろさんとしていた。その白頭巾の隙間から見える勝気な目をしかととらえた実朝は、それだけで相手が誰だかわかった。その瞬間、白刃が光った。

（やられる！）

実朝が息をのんだその時、思いがけない方から黒い塊が飛び出し、白刃が空を飛んだ。実朝は驚いてその黒い塊を見た。

参列していた坊門忠信が、白頭巾の男を突き飛ばしていた。不意を突かれた男は忠信に足を押さえつけられている。男は忠信を足蹴にして雪の中に落ちた太刀を取ろうとするが、忠信は男の足にしがみついて離れない。

「離せ！」

男は忠信の頭を殴り、忠信の冠が外れた。それでも忠信は男を離さない。恐怖に震えながらも声の限り忠信は叫んだ。

「誰だか知らんが、おぬしのような者に妹の幸せを奪われてたまるか！」

忠信は実朝に向かって叫んだ。

「逃げよ！　逃げてくれ！」

斬りつけられた背中の傷は焼けるように痛かったが、それでも忠信が凶漢を押さえている隙に楼門の外にいる随兵たちのもとへ駆け込むことはできるだろう。

実朝が背中の痛みに耐えながら立ち上がった時、男が思いっきり忠信を蹴り飛ばした。顎を蹴り飛ばされた忠信は雪の中に倒れ込む。男は素早く取り落とした太刀を手にすると、忠信に斬りつけようとした。実朝は叫んだ。

「やめろ、公暁！」

男がぴたりと止まった。

「お前が殺したいのは、私だろう」

白頭巾の隙間から光る目が、実朝を射るように見た。男はゆっくりと白頭巾を取った。

「どうして俺だとわかった」

露わになった公暁の顔を見て、実朝は背中が血で濡れていくのを感じながら、今、ここにいない義時の顔を思い浮かべた。

（ああ、北条の顔だ）

実朝は傷の痛みに耐え、肩で息をしながら言った。

「ほんとうに兄上によく似ているな」

「お前に何がわかる。父上はお前に殺されたのだ！」

実朝はその言葉を否定しなかった。公暁は狂ったように喚いた。

「お前さえいなければ俺はこんなことにはならなかった！　お前さえいなければ！」

ぶつけられる公暁の剝き出しの言葉を、実朝は全て受け止めた。

「私は源氏の棟梁だ。源氏の血を引く者としてお前の刃から逃げることはしまい」

実朝が佩いているのが飾太刀ではなく、源氏伝来の衛府の太刀だと公暁は気づいたのか、挑発するように言った。

「源氏の棟梁か、それならば、その太刀を抜いて俺を斬ってみろ！」

実朝は次第に霞んでいく視界にしかと公暁をとらえると、その手を柄《つか》にかけた。

「この太刀を抜いて、力で応えることはたやすい。……だが、力では人の心は動かぬ」

実朝は毅然として言った。

「だからこの太刀は、抜かない」

怒りや恨みを力で訴えようとする者に、言葉はあまりに非力だ。だが、それでも実朝は信じたかった。

言の葉は人の心から生まれ、人の心を動かすものだと。

実朝は太刀の柄から手を離すと、両手を公暁に向けて広げた。

「私は言の葉の力を信じた将軍だ」

「そんなのは綺麗事だ！」

「綺麗事だとしてもいいではないか。言の葉は、美しいのだから」

そう言って微笑んだ実朝の薄い胸板へ向けて、公暁が絶叫しながら飛び込んできた。

ぐさり、と己の体を貫かれる感覚はしたが、不思議と痛みは感じなかった。だが、喉の奥から血が込み上げてくると同時に、全身の力がすうっと抜けていくのを感じた。そのまま実朝は仰向けに倒れた。

憐れみにも似た愁いを帯びた目に映るのは、深い夜の空から舞い落ちる白い雪。ふわりふわりと舞い落ちる雪は、いつしかひらりひらりと舞い散る花びらになって……実朝は、この世で最も愛した言の葉を、歌うように口ずさんだ。


「みだい……」


倒れた実朝の頭上で公暁の刃が光り、実朝の血汐が迸った。

「実朝殿！」

目の前の惨劇に忠信は悲鳴を上げて気を失った。

転がった実朝の首を、公暁は摑み取ると天に向かって咆哮《ほうこう》した。

「父上！　ご覧になりましたか！　ちちうえ……」

叔父の首を抱えたまま叫ぶ公暁の頬には、ぽろぽろと涙が伝っていた。ひとしきり叫んだ後、公暁は涙で濡れた目でゆっくりと前を見た。目の前に広がる冷たい暗闇を見つめると、公暁は首を抱えたまま、その闇の中へ消えていった。

混乱する境内の中で、雪明かりに白々と浮き上がった石段の一角が、千入の紅に染まっていた。


将軍実朝斬殺――。

その青天の霹靂《へきれき》ともいうべき事実に、様々な憶測が鎌倉を飛び交った。

「公暁殿に企みをそそのかした者がいるはずでは」

「黒幕か」

「そうだ、そうに違いない。このようなことを公暁殿一人で行うとは思えん」

「あの時、義時殿は実朝様につき従っていなかったのはどうしてだ」

「いいや三浦こそ怪しいではないか。公暁殿の乳母夫は三浦殿」

「公暁殿は、三浦の邸へ駆け込もうとしたところを、追手に斬り殺されたというではないか」

「そもそも親王将軍に反対する朝廷の一派が差し向けたのではないか」

「朝廷か、やはり官打ちだったのか？」

だが、憶測を囁き合う者たちは、義時の姿を見ると皆揃って口をつぐんだ。そうして、恐ろしいものでも見るように、遠巻きに義時を見ていた。義時はその全てを相手にしなかった。実朝の死を嘆きもしない代わりに、疑いの眼差しを向ける者へも一切弁明しなかった。誰もが義時を疑っているが、それを誰も義時に確かめはしなかった。

そして、泰時も問うては来なかった。何も言わず、冷淡な視線を送ってくるのみであった。それに対し、義時は何も答えなかった。ただ、その泰時の鋭い目が、自分に似てきたなと、ふと思うのみだった。

そんな中、実朝の亡骸《なきがら》は、御所の南にある勝長寿院《しょうちょうじゅいん》に葬られた。

昨日の大雪が嘘のような晴天の下、その首の無い遺体に阿波局が人目も憚らず泣きじゃくり、すがりつく一方、政子は少しも涙を流すことなく毅然として立ち続けていた。その光景を見ながら、義時はここに信子がいないことに少なからず安堵していた。信子は、悲報を聞いて卒倒するとそのまま床に臥してしまったのだった。

「なんと可哀想な、実朝様！　こんなお姿になり果てて……首の無い遺体は成仏出来ぬというではありませんか」

大仰に泣き騒ぐ阿波局に、義時は心の中で舌打ちをした。その隣で政子は恐ろしいほど冷ややかな目をして妹を見下ろしていた。

「静かになさい！」

ぴしゃりと政子に言われ、阿波局は目を丸くして政子を非難した。

「姉上様は、悲しくないのですか！」

迫る阿波局に政子は動じなかった。少しも表情を変えない政子を、阿波局はなおも責めた。

「姉上様が公暁を呼び戻したのでしょう！」

「やめよ」

見かねて、義時は制した。阿波局はぴたりと動きを止めると、口の端にぼんやりとした笑みを浮かべた。

その顔を見た時、義時はようやく、気づいた。

（ひょっとして、この妹は……いたぶっているのか？）

大切なものを失った日から、ずっと、無邪気に言葉を吐き続けて……。

胃がきりりと痛んでみぞおちを押さえた。弟の時房の方を見やると、時房は薄笑いを浮かべて他人事のように言った。

「ひどいざま、ですな」

凍りつくような冬空の下、立ち尽くす北条の兄弟姉妹の間に吹き抜ける風には、降り積もった雪が風花となって舞っていた。

「ねえ、四郎」

いつかの幼い日のように、姉に名を呼ばれた。その呼び名が、義時の胸に疼《うず》くように響く。

〈ねえ、四郎。蛭ヶ小島に行かない？〉

政子の凛とした横顔に一筋の涙が光るのを直視できず、義時は己の掌に目を落とした。

（あの時、この掌が姉上の袖をもっと必死に摑んで止めていたら……？）

再び義時が顔を上げた時には、その涙は風花と共に散っていった後だった……。

実朝斬殺を聞いて床に臥していた信子は、その翌日には髪を下ろす決断をした。水瀬はあまりにも早い決断に思いとどまらせようとした。周囲も「まだ若いのだから」「もう少しお考えになって」などと言ったが、信子の気持ちは変わらなかった。その信子の固い意志に水瀬も、信子と共に出家すると言った。

「水瀬、それでよいのか」

信子は、静かに問うた。

「これでいいのです。……いいえ、これがいいのです」

「…………」

「御台様のお側にいることが……」

私の役割なのです、と言おうとして水瀬は言い直した。

「御台様のお側にいる水瀬が私なのです」

「……ならば、そうなさい」

信子は表情のない顔で頷いた。そんな信子を見ながら水瀬はつらくなる。実朝の死を知って信子は涙を流していない。

（いつもあんなによく泣いていたというのに……）

信子の部屋を出て局に下がる途中、まるで待ち伏せしていたかのように泰時がいた。水瀬は黙礼だけしてすれ違おうとしたが、泰時は呼び止めてきた。

「水瀬殿」

水瀬は立ち止まったが、泰時の方は見なかった。

「あれだけ、頼んでおきましたのに」

誰もが察していた。公暁の狂気を。それなのに、誰もそれを防ぐことができなかったという事実。

「北条だと思っているのか」

その泰時の声が、あまりにも哀しそうで水瀬は泰時の方を振り向きそうになった。だが、振り向くまいと耐えた。水瀬の背中へ、泰時は語りかけ続けた。

「将軍を斬殺して北条に何の利があると思う」

「…………」

「だが、きっと水瀬殿は、それもわかっているのだろうな……畠山重保が騙し討ちされた時も、そなたは冷静に考えていたのだから」

〈私は考えてみたのです。この一件で誰が利を得たのか〉

「きっと、今も考えているのだろう？」

泰時の問いに、水瀬は振り返らなかった。

「あなた様は真面目な方ですから、こうしている今も、おそらく冷静にこれからのことを考えているのでしょう」

「……ああ」

「やはり、あなた様は北条の人間ですね」

泰時は、いつか、水瀬の唇に触れた時の柔らかな温かさを思い出した。その温かさにもう触れることはないだろう。もう、戻ることはできない、その喪失感を受け入れるように、泰時は水瀬の言葉を静かに受け入れた。

「『時』は、止まらぬからな」

そう言うと、泰時は水瀬の背中に黙礼をした。それは、美しく寂しい人に別れを告げる黙礼だった。

泰時が顔を上げると、水瀬の姿はもうそこにはなかった。泰時は、冷たい鎌倉の風に頰を打たれながら前を見た。

「さて、これからが大変だ」

将軍のいなくなった鎌倉を、このまま崩壊させるわけにはいかない……時は残酷なまでに留まらないのだから。

(主亡《あるじ》きこの鎌倉を支えるのは……北条だ)

己の体に流れる血から逃れることは、できないのだ。


寿福寺で信子は髪を下ろした。

いつか、桜の花びらが舞い落ちたその黒髪が、そうして実朝が舞い落ちた花びらを取ったその黒髪が、ゆっくりと削ぎ落とされていく、その時、信子は虚空の先に見た。

実朝が、独り、紅蓮の炎が満ちるその先へ歩んで行くのを。

〈源氏の血を引く者は、いずれあそこへ行く……〉

実朝の声が聞こえた気がして、信子は叫んだ。

「それならば私も連れて行ってください！」

振り返った蒼白い顔は、曖昧な微笑みを浮かべ「うん」と頷いた。信子は愛しい人の頷きが、何を意味するかはすぐわかる。

連れて行ってはくれないのだ……と。

寿福寺の門を出ると尼削ぎになった信子の首筋を冷たい風が撫でた。御所へ帰る輿に乗り込む前、信子は命じた。

「海が見たい」

輿の横で控えていた水瀬は理由を訊かず「かしこまりました」とだけ答え、輿を由比ヶ浜へ向かわせた。

由比ヶ浜で信子は海を見つめた。

〈海は、美しいけれど、果てが無いから、あんまり見つめすぎると怖くなる〉

(そう、あの人は言った)

〈海の向こうには何があるのですか〉

(それなのに、私は無邪気にそう尋ねた)

実朝は静かに微笑みながら、果ての無い海の向こうに己の運命を見ていたのだ。

「みだい」

はっとして、信子は振り返った。だが、そこには誰もいない。でも確かに聞こえた気がした。もういないはずの、愛しい声が。

どこか切なく、たゆたう波のように心もとなく、それでいて沁み入るような……海の匂いが、実朝の匂いが包み込む……鎌倉は信子にとって実朝そのものだった。

だけど実朝は、もういない。

信子は海の向こうを見つめると、ぽつりと言った。

「皆で見殺しにしたのよ」

実朝斬殺の答えは、その言葉にあるとしか思えなかった。実朝は曖昧に「うん」と頷きながら、心のどこかで見ていたのだ。自分の死を……。夢を見ることよりも、きっと己の死を見ることの方が多かったであろう。その、ぞっとするほどの怜悧な孤独に満ちた人生に、誰もが気づいていた……それは見殺しにしたのと同じなのだ。

惨憺《さんたん》たる現実を見ていたというのに、それでも実朝は懸命に美しく清らかな言の葉を紡ぎ出していた。そんな実朝と、一緒に生きたいと心から願った。それなのに……。

「あんまりです……」

信子は蒼い海から目を背けた。

その時、道の傍らに一人の旅の僧が立っていて、信子をじっと見ていることに気づいた。

墨染の衣は薄汚れているが、その立ち姿は清廉さを感じさせる。深く被った笠で表情はわからない。僧は信子に深々と礼をした。

信子はその立ち姿に感じるものがあり、あの歌を口ずさんだ。

「秋来ぬと　目にはさやかに　見えねども……」

僧は、深々と頭を下げたままたじろいだ。

少しの沈黙の後、僧は信子の歌に続けた。

「……風の音にぞ　おどろかれぬる」

信子は静かに目を閉じた。暗闇の中に、ひらりひらりと、舞う花びらが信子には見えた。花びらは、尼削ぎの黒髪や、鈍色の袿に舞い落ちて儚く消えていった……。

そうして、信子が再び目を開けた時には、そこにはもう旅の僧はいなかった。

◇

「御台様……ではなく、西八条禅尼様《にしはちじようぜんに》」

呼び慣れない名に戸惑うように水瀬は信子を呼んだ。

信子は髪を下ろした後、都へ戻った。鎌倉を去る信子に、阿波局は「所詮あなた様は公家のお姫様ですからね」と笑い、政子は何も言わなかった。ただ黙って、凜として背筋を伸ばし、信子を見送った。

都の西八条に邸を与えられた信子は、西八条禅尼と呼ばれ実朝を供養する静かな日々を過ごしていた。

「御客人が来ております」

「私に？　……どなたが」

「藤原定家様にございます」

「定家殿が？」

信子は少し戸惑いながらも、定家を通すように告げた。定家は信子と御簾越しに対面すると、深々と礼をした。

「御台所様におかれましては……」

「もう、御台所ではありませんよ」

信子はやんわりと否定した。定家は少し気まずそうに笑った。

「さようでございましたな」

「今日は、何の御用で？」

「突然の来訪お許しください」

「いいえ、いいのですよ。都へ戻って来た私を訪ねる者は暢気な兄の忠信くらいですもの。……死んだ将軍の御台所に好んで関わる者などおりません」

御簾越しにかけられる信子の声に、定家は若くして不幸にあった信子の身を痛ましく思ったのだろう。しばらくうつむいたまま黙っていた。ややあって、顔を上げると訪ねた理由を伝えた。

「実は、御台様……いえ禅尼様にお見せしたいものがございまして」

そう言って、定家が御簾の内に文箱《ふばこ》を差し入れた。

「これは？」

「実朝様の御歌にございます」

信子は驚いて文箱を見た。

「実朝様からは、時折、和歌の合点を依頼されておりました。これは、私の手元に置いてあったものです」

信子は、震える手で文箱を開けた。丁寧に折りたたまれた和紙を開く。そうして、手元に広げた瞬間、信子の目に実朝の綴った和歌が飛び込んできて、信子は思わず「あっ」と声を上げそうになった。

見慣れた懐かしい文字が、そのまま実朝の澄んだ声となって信子の心の奥に響くようだった。そのまま信子は声を震わせた。

「……実朝様の言の葉にございます」

〈やまとうたは、人の心を種として、万の言の葉とぞなれりける〉

いつか二人で唱えた、懐かしい思い出が鮮明によみがえった。

信子は、実朝の和歌をぎゅっと胸に抱きしめると、定家が見ているのも構わず、わあっと泣いた。それは、実朝の死から初めて流した涙だった。泣き崩れた信子の背を水瀬がそっと撫でてくれた。

「まるで、いたわり合う姉妹のような……」

定家の呟きを聞き取った水瀬が、定家へ言った。

「私のような者を、禅尼様は姉と慕ってくださるのです」

定家は信子の嗚咽が落ち着くのを待ってから、一つ提案してきた。

「それを、まとめて和歌集として残してはいかがでしょうか」

「和歌集……」

信子は顔を上げ、涙に濡れた目元を袖で拭った。

「このまま、散逸させるよりも、和歌集として後世に残すことがよいと思うのですが」

「……後世に残す」

その瞬間、信子の手元にあった実朝の和歌が、愛しい人が紡ぎ上げた一つ一つの言の葉が、美しい露の玉となって煌めくように思えた。

（ああ、そうか。言の葉は、残るのだ……）

美しい露は消えるけれど、言の葉になった露はもう消えることはない。信子は目を閉じ愛しい人の面影を心に描いた。その優しい姿に似合う響きがふっと浮かんだ。

「きんかい」

「……？」

定家が何のことかと首を傾げた。信子は心を込めて言った。

「実朝様が紡いだ和歌に、名を付けるならば……鎌倉の鎌の偏から金、それに、大臣の意味の槐《えんじゅ》を合わせて、金槐《きんかい》、という響きが合うと思うの」

「鎌倉の右大臣、という意味ですか」

「ええ」

「将軍ではないのですか？」

「いいえ、あの御方は将軍よりも、その響きの方が似合います」

言の葉で世を治めんと夢を見た、あの優しい人には、その響きがよく似合うという信子の思いに定家は頷いてくれた。

「いい響きですね」

◇

実朝亡き後、朝廷は親王将軍の要請を拒否した。代わりに頼朝の妹の血を引く、九条頼経《くじょうよりつね》が二歳という幼さで将軍となるべく鎌倉へ下向した。後に竹姫がその歳の差十五歳で御台所となり竹御所《たけのごしょ》と呼ばれるようになる。

そして、混乱する幕府の弱体化を見越して後鳥羽上皇は討幕の挙兵をした。朝廷が鎌倉幕府から政権奪取を試みた、後の世にいう「承久《じょうきゅう》の乱」である。

朝廷を敵として戦うことに動揺する御家人たちに対し、尼御台所政子は堂々と説いた。

「皆、心して聞きなさい。頼朝様がこの鎌倉の地を開いてから、東国の武家に対する朝廷の待遇がいかに良い方へ変わったか。頼朝様の御恩は山より高く、海より深いということを、忘れてはなりません。夫、頼朝、子の頼家、そして……実朝が築き上げたこの鎌倉を、今、守らねばならぬのです」

政子の言葉に鼓舞された御家人たちは、北条泰時を総大将に朝廷の官軍を打ち破り武家の世を確立させた。政子は尼御台所から、いつしか尼将軍と呼ばれるようになった。

その政子の大演説を都で伝え聞いた信子は、上皇側についていた兄、忠信の助命嘆願の文を泰時に向けて綴りながら呟いた。

「きぃん……だ」

乱の後、上皇は隠岐《おき》に流され、上皇方についた公卿らの多くが死罪や配流にされる中、信子直筆の嘆願書を泰時は受け入れ、忠信は流罪を免れた。その後、上洛した泰時を忠信が歓待しようとしたのを、真面目な泰時は黙殺したという。

その泰時は武家の世に適した式目を定めた。御成敗《ごせいばい》式目と名付けられたその式目に、泰時は思いを込めた。

「道理であると己が思うことを、仲間を憚らず権力者を恐れずに申し立てるべし」

その式目を定める時、泰時は実朝を思い浮かべていたのかもしれない。

信子が死を迎えたのはそれからずっと後のこと……。


八十二歳の老尼となった信子は夢を見た。

露の原に立っている愛しい人の夢。

その薄茶色の瞳で見据える先には、星屑が散らばったような露がそこかしこに輝いている。

(きらきら光る、玻璃の玉のよう……)

そう信子が思った時、愛しい人が信子の方を振り返って、その蒼白い顔をほころばせた。

「みだい」

その瞬間、風がふうわりと吹いて、海の匂いが信子を包んだ。

(今宵は二人で言の葉を紡ぎたい、と言っておきながら……)

「ずいぶん遅かったこと」

左頰に小さなえくぼを作ると、信子は愛しい人が差し伸べた手を取り、露の原へ足を踏み入れた。

初出

「小説すばる」二〇一九年十二月号（抄録）
第三十二回小説すばる新人賞受賞作
単行本化にあたり、加筆・修正を行いました。

参考文献

五味文彦『源実朝　歌と身体からの歴史学』角川選書　二〇一五年
坂井孝一『源実朝「東国の王権」を夢見た将軍』講談社選書メチエ　二〇一四年
樋口芳麻呂　校注『新潮日本古典集成〈新装版〉金槐和歌集』新潮社　二〇一六年
三木麻子『源実朝　コレクション日本歌人選０５１』笠間書院　二〇一二年
五味文彦 本郷和人　編『現代語訳吾妻鏡7　頼家と実朝』吉川弘文館　二〇〇九年
小沢正夫 松田成穂 峯村文人　校訂・訳
『日本の古典をよむ5　古今和歌集　新古今和歌集』小学館　二〇〇八年
山本幸司『日本の歴史09　頼朝の天下草創』講談社学術文庫　二〇〇九年
小林秀雄「実朝」(『モオツァルト・無常という事』新潮文庫　一九六一年　に所収)
井筒雅風『日本服飾史　男性編』光村推古書院　二〇一五年
井筒雅風『日本服飾史　女性編』光村推古書院　二〇一五年
倉本一宏『藤原氏——権力中枢の一族』中公新書　二〇一七年
次田真幸　訳注『古事記(中)』講談社学術文庫　一九八〇年
北原保雄編『全訳古語例解辞典　第三版』小学館　一九九八年

装画／立原圭子

装幀／アルビレオ

佐藤 雫　さとう・しずく
一九八八年、香川県生まれ。
二〇一九年、「言の葉は、残りて」（「海の匂い」改題）で第三十二回小説すばる新人賞を受賞してデビュー。

言《こと》の葉《は》は、残《のこ》りて
二〇二〇年二月二九日　第一刷発行

著者　佐藤《さとう》雫《しずく》
発行者　徳永真
発行所　株式会社集英社
〒一〇一—八〇五〇　東京都千代田区一ツ橋二—五—一〇
電話　〇三—三二三〇—六一〇〇（編集部）
〇三—三二三〇—六〇八〇（読者係）
〇三—三二三〇—六三九三（販売部）書店専用
印刷所　凸版印刷株式会社
製本所　加藤製本株式会社

ISBN978-4-08-771697-9　C0093
定価はカバーに表示してあります。